Ai ru Xiahua

水湄伊人 / 著

爱如夏花

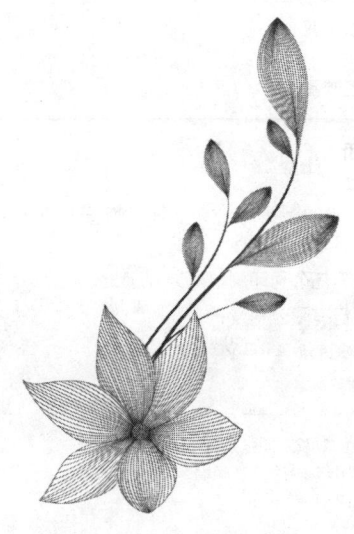

图书在版编目(CIP)数据

爱如夏花/水湄伊人著. —重庆：重庆出版社，2018.3
ISBN 978-7-229-12712-1

Ⅰ.①爱… Ⅱ.①水… Ⅲ.①长篇小说—中国—当代
Ⅳ.①I247.5

中国版本图书馆CIP数据核字(2017)第233788号

爱如夏花
AI RU XIAHUA

水湄伊人 著

责任编辑：陶志宏 张 蕊
责任校对：刘小燕
装帧设计：黄 杨 王芳甜

重庆出版集团
重庆出版社 出版

重庆市南岸区南滨路162号1幢 邮政编码：400061 http://www.cqph.com
重庆出版社艺术设计有限公司制版
重庆市国丰印务有限责任公司印刷
重庆出版集团图书发行有限公司发行
E-MAIL:fxchu@cqph.com 邮购电话：023-61520646
全国新华书店经销

开本：880mm×1230mm 1/32 印张：9.875 字数：272千
2018年3月第1版 2018年3月第1次印刷
ISBN 978-7-229-12712-1
定价：38.00元

如有印装质量问题，请向本集团图书发行有限公司调换：023-61520678

版权所有 侵权必究

目 录
CONTENTS

1　多事之夏 / 1
2　初相见 / 15
3　神奇的拐杖 / 24
4　狭路相逢 / 35
5　迟暮之见 / 49
6　殇之憾 / 57

7　旧爱之辱 / 70

8　温暖的海 / 80

9　狼狈的身份 / 89

10　何事秋风悲画扇 / 102

11　何亚娴的秘密 / 110

12　如意算盘 / 122

13　窥　秘 / 133

14　软　肋 / 141

15　合伙人 / 160

16　柳暗花明 / 171

17　避而不见 / 194

18　出师大捷 / 206

19　丑闻阴谋 / 215

20　投奔情敌 / 227

21　惊吓一场 / 243

22　揪出推手 / 255

23　迁　怒 / 269

24　一些内情 / 279

25　追　爱 / 286

26　又一次受伤 / 296

27　抉　择 / 305

28　相爱不如怀念 / 309

1
多事之夏

初夏,骄阳似火,碧空无云,一扫连日来连绵不断的梅雨所带来的阴戾之气。沿河的绿化带,紫藤花已凋零,原本在冬季已干枯成无生命状态的模样,经过一个季节雨水的洗礼,花去叶盛,粗壮的枝藤上已变得郁郁葱葱,厚厚地铺在石亭之上。小月季、木槿花、一品红争相斗艳,似乎这初夏的季节给了它们怒放的勇气,只是骄阳之下,路上车来车往,行人却有点稀少。

丁皓哲从出租车上下来,手里拿着一个已撕开口的快递件,只见他原本清秀的脸显得有点乖戾,脸紧绷着,皱着眉,烦躁地咧了咧嘴,并抹去额头的汗。

他东张西望地看了一圈,看到了前面斜右方的小区挂着个破旧的牌子"金凤小区",再看了看快递单上的地址,没错,就是这里了。

好吧,不管怎么样,一定要把那只"猫咪猫咪轰"给逮出来,不狠狠踩那家伙几脚完全不能解心中的愤恨与憋屈啊。

爱如夏花

就因为手上的这个破玩意,何果果跟他闹分手,本来想给她一个惊喜,结果变成了分手的导火线,你说他恼不恼火,憋不憋屈?

他找到了305室,站在门外,使劲地敲着,这时,一个穿着宽大棉麻料无袖睡袍的女孩不耐烦地开了门。他无视她凌乱得跟杂草一样的头发,更无视她恼火的表情。一大早,所谓的大早,也是九点了。她刚被特别勤快的快递员给吵醒了,正常的快递都是中午至下午才来派发的,她刚关上门,又来一个人,心里十分烦躁:就不能让我有个清静的早上吗?

她还没来得及发脾气,丁皓哲就朝她气势汹汹劈头吼道:"你是'猫咪猫咪轰'吗?"

夏栀惶惑地点了点头,"猫咪猫咪轰"是她网店的掌柜名。丁皓哲扬了扬手中的件:"我是你的顾客!"

夏栀觉得来者不善,但还是把表情调到了微笑档。"原来是客人上门呀,有失远迎了。"

其实心里想的是,他是来试穿内衣内裤的吗?这不科学啊,其他衣服可以试,内衣不能试啊,说不定是来做批发的吧?看这表情又不像,那又来干什么?还没来得及说客气的话请这找上门的客人进来参观,丁皓哲已经不客气地进来了。

当他看到里面到处堆着与挂着各色bra与红红绿绿的睡衣内裤,心里还是被这个浩大而壮观的场面给震撼了一下,因为这情景只有规模相当不错的批发店才会有,而眼前的这个人不过是开网店的!因为他自己买这类贴身的东西一直是在实体店买的,但这次是给女友买的,作为送给她的礼物,想送她惊喜,不好意思去实体店,免得被人各种猜想,所以才选择了网购,只是想不到就因为这决定,何果果就跟他闹分手了。

"我说你开网店的,就不能上点心用点脑子啊,码子搞错了知道吗?码子!"丁皓哲重重地吼出最后两个字,然后把手里的袋子狠狠地摔到地上。

里面的那两件bra是他当作跟何果果上次吵架时的赔礼,想讨何果果的欢心,但是,等了两天,没等到她欢心地说谢谢你的礼物,反而等到分手的短信,连电话都不接了。

他就不明白了,她为什么突然要跟他分手。死也要死得明白,便跑到何果果的单位,何果果却把一红一黑的bra扔到他的脸上,吼道:"你看看,是什么码子?"

他愣愣地拿着这两件东西看了老半天才看明白,原来码子错了,何果果是"波霸",这两件A码的怎么能装得下她那"胸器"啊?

丁皓哲赔笑道:"不就是码子搞错了嘛,小事嘛,我退回去换两件就行了,要不退货也行,我陪你去万达广场,你随便挑,想要啥就要啥,怎么样,这么点小事千万不能动怒,都是我的错我的错亲爱的,你看你皱纹要是气出来了……"

往常这一招挺管用的,但是那天何果果硬说他另有新欢,而且新欢就是个小胸的女人,他这bra就是买给她的,既然心里没有自己了就不要勉强了,还是分手吧。丁皓哲心里那个憋屈啊,但是他怎么解释何果果都听不进去,还把他给轰出去了。

这之后,他打电话给她不接,微信短信QQ全部都不回,他怀疑自己都被拖进黑名单了,去她楼下呐喊,嗓子喊哑了也不见动静,就这样,被分手了。所以,对这件事,丁皓哲真的是有苦说不出,他就这么莫名其妙地被渣男,被分手了,连个洗白的余地都没有,所以他必须得找那个混蛋"猫咪猫咪轰"算账!

夏栀把那两个bra捡起来,看一眼就知道,这确实是A罩杯的。

她有点歉意地抓了抓脑袋,擦了擦令自己视线发糊的眼屎,其实夏栀长得挺清秀,所以这个动作也不是那么令人反胃。老熬夜,虚火重,所以,这些玩意也多了,而且她最近确实有点恍惚,长期的睡眠不足带来的大脑缺氧与短路,是常有的,干网店这一行,就是每天睡得比狗晚,一天24小时

爱如夏花

一年365天全年无休地挂在线上,一有嘟嘟响,她就条件反射般地跳起来。现在电脑与手机旺旺同时挂线,你说像她这么操劳的能不犯间歇性脑子短路么?夏栀真是害怕自己会未老先衰,不过生意一旦淡下来,她又觉得慌,一种即将被淘汰出局的恐慌,然后又折腾着办活动求销量。

"对不起!真是不好意思——我给你另外换两件吧?"

"换两件?我大老远地跑过来,光打车都花了30块钱,就是为了换?"

"那——车费我报销我报销,这样好吗?要不,这俩内衣我也送你了,你回去直接申请退货,好不?"

"你知不知道,就因为你一个小小的错误,我失去了这个世界上最心爱的女人!"丁皓哲吼道,恨她不理解自己的处境与悲痛。"就因为你的错误令我想跳楼的心都有你知道吗!"吼到尾处,却哽咽了,竟然呜呜地哭起来。

本来夏栀还真是不想鸟他,就码子错了分手,坑谁啊。但是,她还真是没有见到过一个男人在自己的面前哭过,当然,那些未成年的小屁娃除外,比如她那非常令人操心的弟弟夏木是被父亲的棒子打着长大的,所以在她的记忆里,对弟弟的记忆是挺讨厌的,老是拿着蚯蚓与刚出生的小老鼠来吓唬自己,要不然就是被爸爸打得鬼哭狼嚎,一把鼻涕一把眼泪那个撕心裂肺,听起来特别痛快,特别解恨,不过随即又吵得令她想逃,因为他能不停歇地号上半个小时。

后来父母离了婚,她跟了爸爸,弟弟跟了妈妈,就没有再见过了。家里少了弟弟与妈妈,刚开始她觉得自己的世界突然变清静了变美好了,天空都晴朗了,梦也变美了,再也没有人跟她抢小书桌、抢电视、抢仅有的那个机器猫玩具,但是清静没几天,就觉得寂寞了,还有想念。想念追着弟弟跑的日子,想念弟弟拿着两个苹果,犹豫了很久才把大一点的那个拿出来,说:"姐,你比我大,这个给你。"特别是对母亲的想念,再也没有人给她做一桌的饭菜了,虽然做了一桌可能也没有肉,有时候,她不知道是想念红烧肉的味道,还是想念着母亲,想念到夜里会偷偷地哭,哭多了,便也学会了坚强。

开这个网店,是因为她觉得创业才会有出路,她必须得干出一番事业,而且她也必须得搬出来,她不想跟继母在一起。继母太会装,跟父亲也生了一个儿子,看起来似乎挺关心自己,其实恨不得自己早点滚出去或嫁出去,老是念叨着女孩子念大学有什么用,得花多少钱啊,一年学费加生活费得好几万,哪来的钱啊,反正都要嫁人,儿子的学费都交不起了,噼里啪啦地没完没了,所以夏栀高中一毕业便去打工,攒了点钱就搬了出来,边打工边开网店,所幸经过她一年的努力,生意终于好了起来,把工作给辞了,专做网店。她指望着有一天,她能昂首挺胸地站在继母的面前,让她知道,女儿并不比儿子差!

她看着眼前的丁皓哲,莫名其妙地想起了弟弟,弟弟的个子应该也有这么高了吧,不知道他长大了以后像谁,是不是没小时候那么调皮了,会不会挨继父的拳头。

但是眼前的男人怎么感觉更像个无赖,她有点无奈地说:"我赔你bra可以,但是你女朋友我赔不起啊,这个真没有办法。"

这事都能赖到自己的头上,不会是专业骗子特意拍了东西来讹自己的吧,虽然心里甚是疑惑,但是看到一个原本长得还算比较好看的"小鲜肉"突然间就泪水滂沱的,你还能忍心去试探他是不是个骗子么,就算是骗子,也开不了口啊,万一小体格犯病哭晕过去了怎么办?

所以,她只能选择安慰:"你说怎么办吧,只要不是很过分的要求,我都答应,好吗?"

夏栀转身去把纸巾拿过来,递给了丁皓哲,丁皓哲也不知道自己是抽了哪根筋,怎么就这么哭了呢,而且还在一个陌生女生面前。可能有时候,在陌生人面前更能放得开自己,他只是觉得自己太需要宣泄了,心里的憋屈,还有对何果果疯狂的想念,都令他有一种痛不欲生的感觉,于是再也控制不了自己的情绪,越哭越起劲了。

夏梔念念叨叨地安慰着:"想哭就尽情哭吧哭吧,一首歌怎么唱来着,男人哭吧哭吧不是罪——尝尝阔别已久眼泪的滋味,就算下雨也是一种美,不如好好把握这个机会,痛哭一回——是这样唱的吧,我这里隔音效果还不错,邻居好像这时间也上班去了,放心吧,反正没人听见,就算听见了又有什么关系,大家都不认识你……"其实她想说,顶多把你当作神经病而已。

哭了好一会儿,丁皓哲心里感觉好受多了,他突然想起自己来这里的目的,他是来这算账的啊,又不是来哭丧的!

"你说,我该怎么做,我女朋友才会原谅我?"

夏梔想了想,他买bra是为了讨好女友,同时女友也是出于需要,女人嘛,像那种波霸女人特别爱炫胸,那么漂亮又性感的bra是必不可少了,好吧,看在自己犯了错误并导致这场情感悲剧发生的分上,就咬咬牙,来次大放血吧,大不了,这几天都白干了。

于是她便挑了十来款最漂亮最性感的,质量也是上好的,风格颜色又不大相同的bra装在袋子里给丁皓哲。"这些,算是我对自己工作失误所付出的代价,算是对你的赔偿,你女朋友一定会喜欢的,只要她喜欢了,那么她一定会跟你和好的,如果仅仅是因为bra的型号搞错的话。"

其实,她的话外音是,如果你女友是真心跟你分手而这次不过是找了个借口的话,我是真救不了你。

丁皓哲迟疑地看了她一眼,觉得白拿人家这么多的东西,也有点过意不去,但是转念一想,若不是她的疏忽大意,何果果怎么可能跟他分手啊,我这么好的男人哪里找啊。这么一想,他便理直气壮地接过袋子,转身便走了。

"连句谢谢都不说,真没礼貌。"

夏栀看着他的背影嘀咕着,但这件事情总算是完美解决了,她也舒了一口气。

这时,电脑的旺旺在响,她便来到电脑前面坐下,一边应答着客户的各种问题,一边头脑冷静下来,开始思索刚才的事情,真的是自己把码子搞错了吗?于是她开始查阅售出记录,仔细一看,他拍的就是小码啊,根本不是其他码数,原来是他自己拍错了,关姐屁事啊,凭什么送他那么多东西啊。

夏栀立马冲出房间站在走廊上往下面望,哪里还有那家伙的身影啊。

不行,姐可不是好坑的货,想骗姐的东西,门都没有,就算你长得跟金秀贤宋仲基一样帅都不行,姐照样不吃你这一套,拼着小命也要把你给揪出来!

夏栀又冲到电脑前,照上面的收货人电话打过去,但是响了很久没人接,于是便把收货的地址用手机给拍了下来。这收货人明显是女人的名字,何果果,应该是他的女友吧,不会是骗子团伙吧,不管是一群骗子还是真的是那家伙拍错了,我夏栀都会全力以赴保护作为卖家的权益,追回属于自己的财产。哼,我夏栀自己做错的事,我会承担,如果你个路人甲所犯的错由姐来承担,你当姐是傻子啊!

幸好这地方是本市内,而且离这里还不算太远,否则那男的也不会跑到这里来索赔,于是夏栀一不做二不休,很利落地换了件白色的及膝连衣裙,抓起手机塞进包,就"腾腾腾"往楼下冲,找到自己的电瓶车,坐上去然后飞一般地往目的地出发。

风刮着她的长发,呼呼地响,炙热的阳光就像烧烤架上的炭火,炙灼着大地。夏栀在路上不停地穿梭着,她的身子在光亮与阴影的交替之下忽明忽暗,而她脸上细细的绒毛里渗着密密的小汗珠,被额头上淌下的汗水汇成小河流,耳际的几绺头发粘在了一起,脸蛋因燥热而变得绯红。她不知道此时的自己在狼狈之中透着一种美，一种青春焕发的无所顾忌的美。

等绿灯的时候，她并不知道旁边的一辆凯迪拉克内，一个男人正入神地看着她的侧面，不是因为她好看，她确实是挺好看的，五官的线条很柔和，美得不尖锐不惊艳，但舒心，而且在这火辣辣的阳光底下似乎有一种金灿灿的光环，令人忍不住多看几眼。美女他见过不少，她之所以引起他的关注，是因为他非常纳闷地想，这世界上还有顶着个大太阳不用任何遮阳工具的傻妞吗？

想他所认识的女人中，包括自己的老妈与二姑，纵然太阳都躲到十八层厚的云朵里面，只要出门，哪怕是几米的距离，也要打着伞戴着帽子甚至还戴着墨镜，偶尔忘了拿，就惊叫大呼晒死了晒死了。但是一去海边却完全变了样，一副恨不得全剥光光的样子，除了脸，恨不得全身晒成蜜糖黑，他的那些个前女友就是这样。

这时，有车子在后面滴滴地叫，他才意识到绿灯亮了，赶紧起步，这会儿那傻妞就不见了，但是他也没多想，世界之大无奇不有，况且傻女人本来就多。

夏栀开了二十来分钟之久，然后又东拐西问，因为对这里不大熟悉，打探到后，便下来停好车。这里是不新不旧的商品房，所有的房子看上去都差不多，要不是敢于向路人打听，她觉得自己真会绕晕掉。

她拿起手机对照着地址，然后上楼，确认没错后，便按着门铃，按了好久，这时一个光着上身的男人打开门："你找谁？"

夏栀愣了下，这男人分明不是找自己索赔的那个"小鲜肉"啊，这都什么情况。她一时脑袋转不过弯，弱弱地问："请问何果果在吗？"

那男的朝里面大叫："果果，找你的！"

里面有一女声回应道："谁啊？"

"一女的，我不认识。"

这时候,一个长得不算差但又不算很好看的女人从门缝里探出头,虽然她在竭力地挡住自己除脑袋外的部分,但夏栀还是看到了她的透视装,身材真的很火辣,这码子应该有D吧,绝对不是那"小鲜肉"拍下的A。夏栀虽然有点不好意思去看,但还是忍不住看了一眼,再让自己的视线努力停留在对方的脸上,不飘移。

"是这样的,我是淘宝的卖家,前几天,一位网名叫'最爱果果'的客人拍了两件bra,是直接寄给您的,但是他拍错了码子——"

夏栀还没有讲完,被一句"神经病"给甩了出去,门"砰"的一声关掉了,差点碰到了她的鼻子。夏栀无限憋屈,敢情姐大老远地跑过来,是来吃闭门羹的啊,我看你们才是一窝的骗子!她心里的怒火腾腾就冒上来了,姐的东西不是那么好骗的,如果真是骗子,一定把这个贼窝给举报了!

她凭着一股犟劲一直按门铃,终于惹烦了这一对男女,他们同时探出来,女人愤怒地吼:"你到底想干什么?"

"那客人是他自己拍错了码子,然后找我赔偿,我当时不知情赔给了他!我想要回我赔出去的东西!"

"我没有让他去索赔啊,关我屁事啊,你赶紧给我滚滚滚!"

夏栀拼着力气顶着门,那女人拼着全力关门,那男的却不见了,不过随即又出现了,手里甩着五张红彤彤的百元大钞。"这够了吧小毛丫头,再给我乱叫乱号信不信我一个手指头就把你扔下楼去?"

夏栀还真给吓着了,接了钱,便灰溜溜地下去了,这都什么破事啊,好歹折现要回来了。

她走到电瓶车旁边,在那里站了半响,想理清头绪,如果他们真是骗子团伙,才不会还钱给自己,而且也不至于为了几件内衣这么处心积虑,而且这女的就是收货人,名字也是真的,这时夏栀的脑子灵光一闪,难道是这"小鲜肉"的女友另有新欢了,而她不过是趁着这个借口把他给冠冕堂皇地甩了？

　　这么一想，一切便合理了。确实甩得漂亮，而且还让姐背了黑锅，她自己倒是抹得干干净净一点灰都没有。

　　好吧，可怜的娃，怎么死的都不知道，姐也不插手这码事了，反正我也没亏，算按批发价发给他们了。

　　她把手机塞进包里，上了电瓶车，正准备离开，却看到一个貌似熟悉的身影正兴冲冲地往那边走去，手里甩着一条她最熟悉不过的秘密花园的彩袋，这种袋子她是用来装定价五十元以上的bra的，这不就是那个坑姐的货吗？夏栀是没想跟他在这件事上理论的，反正她没亏，不关她什么事，但是一想到楼上的那一对……

　　她赶紧跑过去，边打招呼边拦住了他："嗨，还认得我是谁吗？"

　　丁皓哲疑惑地看了看夏栀，因为夏栀换了件白色的连衣裙，比那件麻袋一样的棉麻大睡衣看起来漂亮多了，但随即还是认了出来。"那个——'猫咪猫咪轰'？你来干什么？"

　　"我——有个客人要买东西，就住在这里，因为急，要我亲自送货上门，所以，嘿嘿，我就跑来了嘛，反正另给了跑脚费，能赚一点算一点，这年头，赚点钱嘛，不容易的嘛……"

　　他"噢"了一声，然后继续往里面走，无暇顾及夏栀的絮叨，可是夏栀的"圣母病"偏偏犯了，真怕他那小心脏受不了，于是又挡在了他前面："等等等等！"

　　丁皓哲非常疑惑地看着她，不明白这人怎么了，这时夏栀急中生智，她捂着肚子皱着眉头弯着腰作痛苦呻吟状。"我肚子痛，不会是中暑了吧，还是刚才吃坏了东西，啊啊，好难受好难受，快，快救救我……"

　　丁皓哲迟疑地看着她："'猫咪轰'怎么了？真的不舒服？"

　　夏栀拼命点着头，准备把"病情"升高一级，便"疼"得要往地上趴，丁皓哲赶紧过来扶着她:"要不要我送你去医院?"

"要要要……"

于是丁皓哲便扶着她走到路口拦了辆出租车,急急地往医院赶去。一到那里,看着医院里比菜市场还多的人,而丁皓哲要把她往急救室里拉,夏栀想着怎么逃脱好。"我——我想上厕所,憋不住了。"

丁皓哲看着她,心想着,你都这个样子了,走路都走不了,如果掉马桶里了谁来救你?

"要不要我陪你去?"

"我去的是女厕……"

这下丁皓哲闭嘴了,夏栀捂着肚子跑到卫生间,给何果果打了个电话,这会儿那边倒是很快地接了起来。"何果果,我有一件重要的事情告诉你,你男朋友要去找你了,你千万别让他知道你屋里还有个男人啊!"

"你谁啊?"

"就是刚才找你们的,我开网店的。"

"你管得可真宽,敢情'圣母'呀,行了,'圣母',我那小男友就送你了吧,他来就让他来吧,我就是想让他死了这条心!"

说完电话就挂了,夏栀听着嘟嘟声发呆,原本想做点好事被人骂成"圣母"?敢情我这是自找巴掌抽啊,太气人了,不过她的话也在理,长痛还不如短痛,让他知道了这件事,也好让他早点从阴影里走出来,免得一厢情愿地沉沦其中,对他反而不是一件好事。好吧,何果果,既然你这么想的,既然你这么不识好歹,我还替你瞒个屁啊,我还乐得看捉奸戏呢。

夏栀从卫生间跑出来,拉着等在卫生间门口的丁皓哲就往医院外面跑,丁皓哲莫名其妙地看着她。"这就出来了?我们不看了吗?你不是肚子疼吗?"

"嗯,拉了个大的,肚子好了,最近上火严重,拉完就好了,我们回去吧,

爱如夏花

我的小毛驴还在那里。"

丁皓哲瞪大眼睛看着她:"你真没事了?"

"是啊,你看我现在像有事的样子吗?"不由分说拉着他走,丁皓哲只好跟着她走。

坐上了出租车,两个人互通了名字,老是叫着"猫咪猫咪轰"夏梔觉得没什么,别人听着挺怪的,比如说此时的司机听到,他就笑了:"怎么不叫'麻尼麻尼轰'呀?"

夏梔在车上又爱心泛滥,一直像个老太婆般地絮絮叨叨,让丁皓哲一定要坚强一定要冷静一定不能太冲动,凡事一定要看得开,经历过风雨才能看得见彩虹,没失败过的人生不是完整的人生,经历过挫折拥有的幸福才是真正属于自己的幸福,千万不要做既伤害别人又伤害自己的事情,有的事情你当时觉得很严重,事实上永远没你想的那样严重,很多年后想起来可能连个屁都不算等等等等。

最后丁皓哲像看神经病一样地看着夏梔:"你今天不是肚子痛吗,我看是脑子坏了忘了吃药吧?"

夏梔气得差点蹦了起来,心想:姐好心好意地提醒了他,他还不知好歹这么直接地骂姐,真是狼心狗肺! 跟那个何果果真是天生一对啊,我干吗要帮他啊,跟他非亲非故还受了他的敲诈,这样都还要帮他,我又不是他妈,凭什么去管他的感受,管他的死活,夏梔啊夏梔,你还真是有病。

她努力压着要爆发的脾气,冷冷地说:"谁脑子要坏,过一会儿就知道了。"

一时间,两个人都没话讲,车里的空气似乎都凝固了,安静得只有外面路上车来车往的喧嚣声与喇叭声,还有司机大叔努力抑制住的窃笑声。

到了何果果楼下,夏梔走向电瓶车,丁皓哲往住宅楼里走,夏梔也懒得跟他道再见。就算他要死要活闹着要跳楼,跟姐一毛钱关系都没有,活该啊。姐尽心了。

她坐上车一想,被他们骂得这么惨,我干吗就这样走了?于是又下来了,然后悄悄跑过去,跟在丁皓哲的后面,好吧,纯当看戏吧,一定是一出挺闹腾的戏,说不定比电视里演的还出彩,拍出来放网上一定很火爆的。夏栀幸灾乐祸地想,拿出手机,随时做好拍好戏的准备。

只见丁皓哲使劲地按着门铃,这时,门打开,是何果果那甜得腻死人的声音传过来:"亲爱的你来了?这是什么东西呀?"

"bra,都是D罩的,我知道你一定会喜欢。"

"亲爱的,你真好!"

然后"啵"的一声脆响,等等等等,这都什么情况,何果果不是说让他面对现实让他死了那条心吗?

此时好奇害死猫这几个字用在夏栀身上一点都不为过,她觉得这件事情一定要弄明白,何果果这样明显在耍自己啊!

夏栀便冲了进去,何果果与丁皓哲毫无防备,这时夏栀看明白了,何果果一身正装,而不是先前那套性感妖娆的透视装,被丁皓哲搂在怀里,两人正卿卿我我着,他们看到夏栀就这样闯了进来都非常吃惊,丁皓哲放开了手。

丁皓哲叫道:"喂,你进来干什么啊?"

夏栀四处乱蹿到处搜索着那个之前光着膀子的男人。"喂,你给我出来!出来啊!"

何果果一脸无辜地看着丁皓哲:"这女的谁呀,刚才是不是跟在你后面?就这么闯我家来,不会是脑子有什么问题吧?万一是个精神不正常的,我好怕怕呀……"

这会儿丁皓哲完全是火了,还真后悔刚才救了这个小神经,还陪她去医院,病都没看,莫名其妙地好了,这会儿居然冲进果果家大叫大嚷,脑子

爱如夏花

真的有问题啊。

他跑过去拽着夏栀使劲往外面推。"你干什么啊你,你跟着我干什么,疯婆子你给我滚,滚得远远的!"

夏栀挣扎地大叫道:"这是阴谋!阴谋!"

丁皓哲干脆像老鹰抓小鸡一样地提起夏栀往门外扔。"再让我看见你,你信不信我把你揍得满地找牙!"

然后"砰"的一声关上了门。

夏栀艰难地爬了起来,今天她第二次被人从这个门赶出来。同一扇门,被两个不同的男人赶了出去,这门是我今天的劫数吗?苍天啊,世界上还有像我这么不讨喜又倒霉的人吗?我今天到底在干什么啊,明明不关我的事,然后我就变成了一个狗见狗吠人见人轰的神经病,我这是吃饱了撑的,还是走路踩到屎了,如果真的踩到屎,宁可臭死也要憋着啊,我非要到处宣扬,这是自作自受自找虐吗?

夏栀有一种欲哭无泪的悲愤感,然后自己也认同了他们对自己的评价:疯婆子!

2
初 相 见

　　回去这一路上,夏栀坐在电瓶车上一直在走神,今天发生的所有事情越想越觉得憋屈。明明跟自己没有关系,非要侠义心肠地插上一脚,你以为你是江湖女侠铲奸惩恶为民除害啊?其实不过是狗拿耗子多管闲事,结果下场呢?好吧,我这是咎由自取,不"作"就不死!
　　就在她拐弯的时候,看到一个小孩子突然从对面的拐角处蹿了出来,刹车根本已来不及,她尖叫了一声本能地扭车头避开孩子。孩子是避开了,但她却"嘭"的一声撞到了一辆豪车上,幸好拐弯的时候她放慢了速度,十字路口对方的车子也不快,如果两个都快的话估计她这条小命都没了。
　　车里的男人皱了皱眉头。这都什么事啊,我老老实实地开着车,也有人自动撞上来,唉,又是电瓶车,几次出事都栽在电瓶车上,我说你们就不能慢一点吗?觉得自己比汽车开得快特牛吗?那人好像摔地上了,不会是碰瓷的吧,上个月就碰到过一次,因为车子没任何损伤,又有个重要的会急着要开,给了人家一千打发走了,这码事如果再来,我一定会报警!

爱如夏花

  他从车里出来,发现自己的右车头明显刮了大块的漆,虽然没凹进去,但是损失也不小,看来这次不是碰瓷这么简单了,那女的好像是真的受伤了。

  此时夏栀的脚被压在电瓶车下面,刚开始还没有感觉,没几秒钟,那种疼痛感便越来越钻心,她痛苦地呻吟着,男人检查完自己的车子情况后,跟一个路过的好心大妈一起把车抬起来放好,然后把夏栀给扶起来。

  "你没事吧?要不要叫救护车?"

  这时,男人认出了这个女孩,不就是刚才红灯时停在自己旁边的耐晒女孩吗?看来,我们之间还真有缘分啊。

  夏栀紧紧地捂着伤口,看着自己的白裙子都染上了一块醒目的血色,强忍疼痛往前面看,憋出几个字:"那孩子没事吧?"

  男人一时没理解,他抬头看到不远处一个奔跑的孩子,还有一个跟在后面不停叫着慢点的妇女,霎时明白了:原来这女孩是为了避开那熊孩子才撞上我的车啊,这姑娘还是挺善良的,只是可惜我无辜的爱车啊成了倒霉鬼。

  这时萧静也注意到她裙子上的血。"你受伤了?要不要紧啊,叫救护车还是我送你过去?"

  这一句话出来,夏栀心里所有的委屈与怨气都凝聚在一起,"哇"的一声哭了。"你觉得我像不要紧的样子吗?呜——我会不会变成残废?我的腿是不是要切掉了,我可不能变成残废啊,我不想一辈子坐在轮椅上啊,我变残废了谁来养活我谁来照顾我啊,我今天为什么这么倒霉啊,这么多人欺负我,现在连个小屁娃都来欺负我,就挑我来下手……哇……"

  她一把鼻涕一把眼泪号啕大哭着,泪水鼻涕口水一齐流,"梨花带泪"绝对不是形容在大哭的女人身上,只用在小泣的连鼻子都不红的小悲伤或装伤悲的女人身上。夏栀在萧静心中美好恬静的形象荡然无存,但是现在的他也顾不得什么形不形象了,救人要紧。

他抱起夏栀小心地躺放在车后座,然后直奔医院。

这是夏栀一天内第二次进医院了,第一次装病来的逃掉了,第二次,想逃都逃不掉,而且也不能逃,只能乖乖地由着别人把自己送进来。看来医院这地方真是不能乱来啊,千万不能装病,难不成刚才来的时候就沾上晦气了?

所幸夏栀没有伤到骨头与筋脉,但是小腿处却有一道挺大的伤口,伤到了肉里,缝了七针,疼得夏栀鬼哭狼嚎又是鼻涕眼泪一起下。

萧静看着也觉得疼,本来他是赶回公司拿些文件,然后去一家投标公司参加会议的,但是现在明显不能分身了。

萧静双眉微蹙,挺拔俊秀的鼻子透着一股冷峻,双眸乌黑深邃,气宇轩昂,夏栀被医生包好伤口后才有空瞟了他一眼,发现这男人还挺帅,不禁发了花痴,装可怜状。其实这可怜不算是装的,是真可怜,可怜人却玩起了欲擒故纵的伎俩。

"你有事你就先走吧,我,我能行的——"

她佯装踩下地,紧接着"哎哟"一声尖叫,扯着皮肉的感觉是真的痛啊,眼泪又掉了出来,她真不知道,自己算是真戏假做还是假戏真做了,真是应了一句话,自找虐不"作"不死啊。

医生皱着眉头:"就不能爱惜下自己,等下裂大了还得重新缝!让你男朋友扶着!"

夏栀这下不敢动了,她还没来得及解释他们之间的关系,萧静的手机响了起来,是助理米娜打过来的,在催着会议要开了快点来,她已在会议现场。

萧静看了看脸上都是泪痕,像被遗弃的流浪猫一样可怜的夏栀,再看看她的伤,自己能这么一走了之吗?这样做的话还是个男人吗?

"我还有事,这样吧,我让司机过来把资料送过去,会议你参加就好,重

爱如夏花

点都在会议纪要上写着了。"

"可是——"对方还没讲完，萧静便挂掉了电话。

萧静又打了个电话给司机，让他把资料送过去。

接着他便蹲下来，弯着腰。"既然我撞着你了，算我倒霉，上来吧，我送你回家。"

于是夏栀便不客气地趴在他的背上，要不然呢，还有什么可选择的？也活该，谁叫他的车子早不来迟不来，刚好在那节骨眼上出现，否则自己也不会这么倒霉撞成这样，估计好几天不能走路了。

夏栀趴在他背上，旁人投来羡慕死人的眼光真的令她很受用，不过心脏倒是怦怦直跳，这是她第一次跟一个男人距离这么近，虽然隔着两层薄薄的衣服，她还是能闻到他身上散发的非常好闻的味道，类似于柚子的香味，浑厚中透着旷野的清香，或者这就是所谓的男人味吧，记得小时候，她经常趴在父亲的后背上睡觉，脸贴在爸爸背心上面裸露的肌肤上，闻着那股淡淡又好闻的味道，心里笃定安稳，便很快进入了甜美的梦乡。

萧静背着夏栀，心里想着还好不是背着一个胖子，否则这天气不仅会被活活热死，还给重死，这姑娘确实挺轻的，他心里莫名其妙又浮起了怜悯之心，这是他除了在痴狂的大学时代，背过大学女友外，第一次背别的女孩，而且还素不相识。

他背着她到停车场，在自己的车子边停下，腾出一只手打开后座的车门。"喂，你可以下来了。"

但是后背上的女孩却半天没有反应，他只好把她轻轻地放在后座，这会儿萧静身上的汗水淌得简直像是进了桑拿房似的成河流了。虽说她轻，但是这一路背过来还真不是件轻松的活，除了健身运动，他都好几年没干过这样的体力活了。

此时的夏栀睡得正香，她梦到了小时候，父母与弟弟在老房子里，她追着调皮的弟弟跑。"还我蚕宝宝！还我蚕宝宝！"而母亲在掐着龙须豆,父亲在给松掉的扫把扎着铁丝,看着他们闹却直笑,也不过来帮她一把。夏栀心里虽然有点怪他们,但是这一切都多么美好啊,特别是母亲,梦里的母亲那么可亲与慈祥,用怜爱的目光边看着他们,边叫道:"喂,小心点,别跑那么快会摔倒啊！"

这时夏栀踩到了橘子皮,脚下一滑,不禁大叫:"妈妈来救我！"猛然醒来,却发现自己在一辆非常豪华气派的车子里,一个长得挺帅的男人正似笑非笑地看着自己。

她神经质地尖叫了一声:"你是谁？"

"你说呢,就是那个背了你老半天,还被你的口水流了一后背的男人。"

夏栀这才慢慢地清醒过来,然后想起了今天所发生的事情,紧接着小腿上的痛感神经又传递了过来,原来自己又回到了该死的现实中了,而且竟然睡着了,还流口水了！

真是难为情死了,她腾地红了脸,都红到了脖子根了。"我——今天也许可能——或许是真的太累了——平时没这么能睡……"

今天发生的事情实在太多了,确实很累,光是那个叫丁皓哲的白痴就把她气个半死！

在她睡着的那会儿工夫,萧静不忍心叫醒她,而且手头的资料司机也过来拿过去了,但是又不知道她家住在哪里,只得停在这里,让她醒过来再说。好在这地下室停车场还算凉快,否则萧静只得带着她漫无目的地压马路了。

萧静不冷不热地说:"我还不知道你的名字呢,刚才没注意病历上的名字,还有你住哪里,现在送你回去。"

"我住在城南的金凤小区,我叫夏栀,夏天的夏,栀子花的栀,不用猜,我是夏天出生的。"这时她突然停了下来,像磁带卡住了一样,然后又突然

爱如夏花

叫了起来:"今天——不会是我的生日吧?"

萧静心想着这女孩看上去挺文静的,相处起来还真有点神经兮兮,老是一惊一乍的,跟她在一起,心脏还得好啊,否则会犯病。他正想要不要说几句祝福的话表示一下礼貌,夏栀的手机响了起来。

她从包里摸索出来,这个号码对她来说太熟悉了,虽然她从没保存过,但是只要这个号打过来,她就知道,今天是她的生日。因为这个号码一年只出现一次,就是在这天,而自己连这个人的模样都记不清了。夏栀终于知道今天为什么会有这么多的事情发生了,今天本来就是个特别的日子,每次这样的日子,事情就特别多,就算不多也会多出个永不露面的亲妈来个虚情假意的问候。

"小栀,妈妈的礼物你收到了吗?"

她想起了大早把自己吵醒的那个快递,当时她想她没买过需要发顺丰的急件啊,想必就是那吧。"嗯,早上收到了。"

每年除了一个电话,还有一个礼物,这是她作为母亲唯一的一点心意,也算是给予夏栀的唯一的作为母爱的补偿。

"还喜欢吗?"

当时,她也不知道这个快件是谁寄的,也没有仔细去看单子,打开来就知道了呗,还需要看单子么? 正当她想打开看看里面装着什么东西,丁皓哲就来闹腾了,一直折腾到现在,哪有空去拆开,所以夏栀根本不知道里面是什么玩意,反正她送的东西都不会便宜。对于母亲,她有一种又爱又恨五味掺杂的情感。

夏栀只得含糊其词地说:"嗯,还行。"

这时,她的手无意中碰到了伤口,不禁一声呻吟,电话那头的声音显得很关切:"怎么了小栀,你没事吧?"

不知道为什么,这十几年来的隐忍与委屈在一瞬间爆发了,想起今天又发生这么多倒霉的事,她再也控制不住了,她太需要宣泄了。"我没事我没事我没事!除了一年一个电话一年一个礼物你还会什么,有真的关心过我吗?你就不能来看我一眼吗?我有这么令你讨厌吗?十几年了,你有关心过我与爸爸吗?我根本就想不起你的样子了!我根本就想不起还有你这样一个妈妈,请你别再打扰我的生活了!我不需要你假惺惺的关心与狗屁礼物,我不稀罕,你就生活在你的黄金海岸,享受着你的阔太生活吧!以后,别再打电话也别再送礼物了!我没有你这样的妈!"

说完,夏栀便按掉了手机,此时她的泪水已滂沱,她不记得今天都是第几次流眼泪了。

萧静一直边开着车,边安静地听着她的对话,在心里暗暗地叹息,想不到,这个看似孱弱的女孩子居然有这么悲惨的身世,真是令人疼惜。

这时,他在街边停了下来。"你等我一下,马上就来。"

等得夏栀快要再次睡着的时候,他才提着一盒东西进来,递给夏栀。"夏栀,生日快乐。"

这是一盒生日蛋糕,夏栀呆呆地看着他,陌生多于熟悉的脸,一直不苟言笑,而此时微微地绽着水波般的淡笑,看起来又那么有亲和力。原来男人的笑容,同样会给人一种如沐春风的感觉。

闻到蛋糕的香味,夏栀才感觉到这会儿真是饥肠辘辘了,早上到现在她一直都没吃东西,怪不得人都虚掉了。但是饿死也得忍住不当场打开蛋糕来吃,否则自己那副饥不择食的样子,不小心把这男人的车子弄脏的话,估计自己还没被送到家,就直接被扔在路边,那可就惨了,所以只能在车里不停地咽口水。

到了家门口之后,夏栀走不了,于是萧静又把她背到楼上。进了屋子萧静也吓了一跳,开内衣店的啊,夏栀如实说她是开网店的,集员工客服售后与掌柜于一身,讲白了,小网店,就她一个人身兼数职。其实她也请过客

爱如夏花

服,是一个不管在现实中说话还是网聊都非常嗲气热情的女孩。那时候,夏栀真的打算跟从高中时就一直追求她的男生好好相爱,并想一起创业,但是创业还没创成功,男友跟客服私奔了,这算是她人生中所遭遇的最冷的笑话。

萧静把夏栀轻轻地放在床上,他看着夏栀的腿,皱着眉头说:"你这样不行,你叫父母或朋友过来照顾吧,噢,你母亲好像另嫁了,父亲总有吧。"

夏栀苦笑道,叫父亲是不可能的,父亲被派到另外一个城市的建筑工地上,上次做了一年多的工程,老板跑路,一个子儿都没拿到,父亲差点想不开。他也有自己的家庭,继母要带孩子不能上班,养一个家也不容易,而她这么拼命地开淘宝拼命地想赚钱,就是想让父亲能过上轻松的日子,好友呢,只能照顾得了一时,她也不想打扰谁。

她指了指杵在内衣柜旁边的撑衣杆:"你能把那个玩意拿给我吗?我当拐杖用。"

萧静犹豫了一下便拿了过来,夏栀便挂着它慢慢起立。"哇,还挺好用的,无敌聪明的'猫咪猫咪轰'啊!就是长了点。"

萧静不大明白她的意思,夏栀笑道:"'猫咪猫咪轰',我的网名呀。"

这时萧静的手机又响起,秘书又催过来,萧静看看这边也差不多了,毕竟他们是初次见面,也不大熟,况且他现在真的有事。

于是便跟夏栀告辞了,走之前给她留了一张名片,并嘱咐道,如果有需要帮助的,尽管打过来。没办法,谁叫自己撞了别人。

其实,夏栀一直指望着他能赶紧走,再这样待下去,她真担心自己会活活饿死,这会儿已饿得两眼昏花了。萧静一走,夏栀的第一件事就是把蛋糕给打开,然后以风卷残云之势一阵狼吞虎咽。

这蛋糕还真不错啊,甜而不腻,里面夹的水果分量也足,有她喜欢吃的蓝莓与芒果。这么一个说大不大说小不小的6英寸蛋糕居然全部下肚,虽然肚子有点撑,但是夏栀非常享受。

终于可以停下来歇口气了,她心满意足地打了个嗝,一切安静下来后,夏栀觉得无限疲惫,不知道是温饱后的倦怠感,还是真的累了,这一天发生的事情太多了,简直可以用"兵荒马乱"四个字来形容,多得令她来不及消化。这时,她突然想起了早上的那个快递件,那是自己的亲生母亲寄给她的,一直还没来得及查看是什么东西。

于是便把那盒子拿过来拆开,里面有一本最新款的iPad,夏栀在心里冷笑,为了让她心里少一点亏欠感,礼物倒是一直这么值钱。那就用吧,自己不必跟高档的电子产品过不去,况且她还真需要,像她这种开网店的,24小时挂在网上,闲余的时候,还可以用它来追追剧。

她把机子拿出来,盒子里面还有一张照片,便拿起来看,明显是一张一家四口全家福的照片,背景类似是马尔代夫那样的湛蓝色海岸,其中一位中年男人,还有一位长得跟他很像的25岁左右的漂亮女孩,这两个人她并不认识,也不想关注,而另外一位中年女人与年轻男子却是那么面熟,虽然时间过了这么久,虽然夏栀总是回忆不起他们的样子,但是一旦影像出现在面前,她还是一眼就能认出来。原来有一种影像早就留在她的心里,刻骨铭心,特别是这种骨肉相连的感觉是陌生人之间无法体会的。

她看着照片中的中年女人,跟自己记忆中的她变化好像不是很大,岁月在她的身上并没有留下非常深刻的印记,但痕迹还是有的,肤色还是很白,一眼就看得出保养得很好,依旧笑靥如花,只是眼角有着很明显的笑纹,也明显胖了,这就是所谓的心宽体胖吧,记得小时候,母亲跟现在的自己一样瘦。

在她旁边的夏木,没错,就是她那特别淘气、比她小两岁的弟弟,比那中年男人还要高。一直令她讨厌的弟弟看上去真的跟以前不一样了,脱胎换骨了一般,高高帅帅的,一看就是那种养尊处优的公子哥儿。

如果，如果，当初母亲带走的是她，而不是弟弟……她还这么辛苦地没日没夜地守在电脑前，为了省点快递费，经常要跟快递员争得面红耳赤吗；为了省点钱，大件的东西让供应商发物流，然后骑着电瓶车，去物流中心取货，车后座压着大箱的货，有一次摔倒差点压到她，然后又拖着箱子，从一楼到五楼……还有老是一身脏兮兮的，干着重体力活，比实际年龄衰老的父亲……

他们在阳光之下笑得如此灿烂，仿佛从未经历过阴霾，这种灿烂狠狠地刺痛了夏栀层层包裹下脆弱的心，令她顷刻崩泪。

她狠狠地撕掉照片，扔进旁边的篓子里，然后挂着撑衣杆，坐在了旺旺在不停跳动着的电脑面前。

3
神奇的拐杖

萧静与女助理米娜从会议室出来，米娜捂着胸："还好会议推迟开了，萧总能及时赶到，吓死我了，那家伙太气人了，一直针对咱们，咄咄逼人，我都不知道怎么应对了，您一来就把那家伙的气焰给压下去了，否则这次的投标真的悬了。"

萧静淡淡一笑:"商场就是战场,知己知彼才能百战不殆,能在立锥之地混下来不容易,对于竞争对手,一定要打准七寸,掌握好对方的弱点,我们才能一举击垮。"

"太棒了!"

米娜推了推黑框眼镜,露出了无比钦慕的眼神。米娜是本科生,长相中等,不算很好看,但是衣着保守,办事得体,做事认真又勤快,虽然能力差了点,但是非常好学与敬业,弥补了自身的不足。最主要的是安静,话不多。萧静最怕那种爱嚼舌的女生,这是萧静选她为助理最主要的原因,但是他不知道,每个女生都有爱嚼舌的一面,特别是三五成群的时候,跟他一起共事之所以话不多,是因为她根本就没有嚼舌的机会。

萧静一直是她心目中的男神。其实像萧静这样的男人是很多女人的男神,但是她觉得他不过是自己的一个梦,梦着就好了,无须多想,她不想打破这个梦,所以她宁愿活在梦里,也不愿意愚蠢地戳破,有的情感放在心里就好。

况且听说老董,就是萧静的父亲,给他物色了一个女友,漂亮,有钱,是标准的"白富美",跟他真的是门当户对,她又何必自讨没趣。她坦白的后果,她太清楚了,那就是她会丢了这份工作。跟萧静跟了一两年,他是个怎样的人,她太了解了。

更何况公司上下没一个女同事不羡慕她的,特别是未婚的,她们想巴结萧静的机会都没有,而她却能跟他朝九晚五地相处,光这点,她觉得自己已经很幸福了,所以又何必去破坏这样的一种幸福呢。

两人走到了大门口,另有两个男人也站在那里,一个比较年轻,一个稍年长,应该在等司机把车开过来。米娜对萧静努了努嘴巴,萧静却无视他们。

爱如夏花

这时，其中一个年轻点的男人走了过来。"萧总，祝贺你，不过下一次你可能就没这么幸运了。"

萧静不卑不亢地说："丁兄，幸运这东西，不是单靠运气的，也是靠脑子的，祝你下一次能幸运。"

"你——"那丁兄气极，抡起了拳头，被年长的那个拉住。萧静拉了拉自己的衣角，后背笔挺，头也不回地往停车场走去，米娜在后面紧跟着。

开了车出来，车驶了一会儿，萧静突然想起了什么，问米娜："对了，你知道拐杖哪里有卖吗？"

"拐杖？"米娜愣了一下一时没回过神，"是户外爬山用的那种吧？"

"不是，那种——不大受用，就是适合腿伤的人用的。"

米娜想了想，但她并没有问是谁受了伤，她知道多嘴的人是讨不了喜的，在萧静这样的男人面前，就算有一丁点的好奇心也要把它死死地压下去，所以聪明的她是不会过问的。

"我爸以前受过脚伤，朋友送了一根拐杖过来，做工特别好，反正放着也是放着，要不我把它拿过来吧？"

"不不不，我要买个新的……"

也是，像萧静这样的男人怎么会弄二手货给别人呢，米娜自嘲地想。"拐杖这东西还真是难买，网上倒是有，但实物好不好难说，估计你也等不了，对了，我认识一位大爷，老木工，手工特别好，平时做一些椅子桌子卖，拐杖也是有的，我爸的那支拐杖就是他送的，是他亲手做的，我们去碰碰运气，说不定有现成的。"

"好啊！你指路，这就去。"

反正重要的事情已经办完，萧静也轻松了，何不为那个可怜的女孩弄个她最需要的东西，那个撑衣杆确实不大好用，万一再摔倒伤口裂了，那麻烦自己的时间不是变得更长了吗？

于是萧静在米娜的指引之下,开出了城,辗辗转转,到了郊外的一个小村庄,这是米娜的老家,所以她对这里自是熟门熟路。

他们在一幢老房子前停下,那里有一个院门,半开着,米娜边叫着吴爷爷边进去了,萧静也跟着进来,只见院子里除了种的一些绿植与果蔬之外,摆着好多崭新的桌椅与儿童站椅,连碳化的木秋千都有,还有些雕龙琢凤的工艺品,有的还是半成品,不过犄角打磨得特别圆滑,而且雕花也是精雕细琢的,特别精致,可见这位吴爷爷的手工是挺不错的。

这时,吴爷爷听到叫声从里面出来,看见米娜乐呵呵地笑,并注意到她身边玉树临风的萧静。"娜娜你带男朋友来看爷爷啦——"

米娜一时红了脸:"不是的吴爷爷,他是我领导呢,他想买个拐杖送人,我想到你这里可能会有,所以就过来看看了。"

"有有,还有几根好拐杖,那可是我精心打磨的,都舍不得卖,既然你来了,我就不能有私心喽。"米娜与萧静相视一笑,看来这一趟大老远的没有白来啊。

米娜欢呼道:"那太好了!"

"那你们等一会儿,我把拐杖都搬出来,让你们挑。"

不一会儿,吴爷爷搬出五六根拐杖,这些拐杖乍一看并不起眼,但是细看,上面雕着各色图案,做工非常精致又大气,有一种浑厚的文物感,萧静看着也挺喜欢的,他挑了两根,一根给夏栀,另一根准备送给奶奶,奶奶最近腿脚有点不利落了,放在那里备用也挺好的。

难得还能找到这么纯朴的手工玩意儿。

这天早上,夏栀一觉醒来,感觉人精神多了,但是腿还是不大好用,走几步就疼,她拄着撑衣杆来到冰箱面前,一打开,却发现里面空空如也,难道我夏栀不是病死也不是老死,而是被活活饿死的?

大清早的,她却有一种欲哭无泪的感觉。

难道我夏栀就这样饿死在这高科技的新时代?她一拍脑门,不是可以叫外卖吗?我这是真撞到脑子了吗?

她刚订好套餐,外面的敲门声就响了起来,心想着这也太快了吧,现在的地球人都这么秒速的吗?反正自从开网店后自己就被全地球的人都抛弃了。

她艰难地走过去打开门,准备迎接人世间的美食,果腹之后好度日,一看,这人咋这么眼熟,这不是丁皓哲吗?

她冷冷地看着他。"你来干什么?"说着便准备关门。

但是丁皓哲却抓住了门沿,还泪眼朦胧的,而且一看到她就像是看到了亲妈。"对不起,我错了,哇……"

竟然就这么号啕大哭,天啊这是什么男人啊,见两趟哭两趟,哭着哭着还扑在了夏栀的怀里,夏栀躲避不及,一时重心不稳,连同撑衣杆一起被扑倒在地,而丁皓哲根本没注意到她有腿伤,也跟着倒,差点压在了她的伤腿上。

夏栀尖叫:"你干什么啊?有病啊?"

夏栀真怀疑这个人的出现就是为了要自己的命,命不断,追不绝,每次遇到他,她就会倒八辈子的霉!

丁皓哲狼狈地爬起来,这才注意到夏栀的腿伤。"你?怎么弄的,昨天不是好好的吗?"

一提起昨天夏栀就气不打一处来,要不是他,她能受伤吗?要不是他,她现在还能弄得连生活都不能自理,连上个卫生间都困难,而且这么炎热的天,连澡都不能痛痛快快地冲了!这是夏栀感觉到最烦躁的地方。

丁皓哲赶紧扶着夏栀起来。"你搭着我的肩膀吧,我扶你到椅子上坐着。"

夏桅还能有什么选择,她这回还真是起不来了,只是搭着他的肩,努力地被他搀起来。

这时,萧静拿着拐杖与大袋零食往这边走来,看到夏桅的门是开着的,有点奇怪,便站在门口往里面探,却看到夏桅跟一个男人互相搀扶的情景,这是她的男朋友吧,看来也不是太可怜的人,毕竟还有人照顾着,也用不着自己为她太操心。

他把拐杖与袋子轻轻地放在门口,然后退了出来,脸色却有点萧然,心里莫名地就多了一份酸楚。

可能是发现令自己心动的女孩原来心有所属,多少会有点失落吧。他自嘲道,是的,自己又有什么资格去嫉妒呢,萍水相逢的女子罢了。只是昨晚他竟然失眠了,细细地想着他跟夏桅之间的相遇,一切那么巧合,而且特别令他心疼,一个特别善良,父母离异,又靠着自己打拼创业的女孩,真的很不容易,比他所认识的任何一个女子都要坚强与勇敢。

但是又能怎么样,何亚娴是自己的准媳妇,虽然到目前为止,他对她还没有任何感情,但他遵循父母的选择,因为这桩婚姻于两家而言是双赢的。既然没有心爱的女人可记挂,让老人家高兴一下又何妨呢,他自嘲道。其实,他那所谓的准未婚妻他也只见过一面,因为她还在国外读研,不过有这么一个莫名其妙的未婚妻,他并不觉得是坏事,至少可以冠冕堂皇去拒绝一些花花草草的轰炸。

而夏桅既然有男友,这样也好,他也安心了。

他以为,在这之后,这个女孩可能永远从他的世界里消失了,偶尔想起,有点惊喜,也有点惊吓,还受了损失,也给她造成了伤害,而跟她的相遇不过是人生中的插曲罢了,不会改变自己的哪怕一丁点的人生轨迹,也不留任何痕迹,却不知道,有的相遇,却是宿命,不可逆转。

丁皓哲把夏桅扶定之后,问她受伤的原因,夏桅翻了翻白眼。"你大爷的,要不是你这傻缺兴师动众地上门向姐搞什么索赔,姐还能成这样?而且还是你自己下错了码子你知道吗? 自己掏手机查!"

"呃,我下错了单子?"他掏出手机,看了看单子,还真是自己拍错码了,不好意思地抓了抓脑袋,"真对不起……我当时气糊涂了,就是没想到这个……难道后来你是来找我,是向我要回东西的?"

"是啊!"

"然后,然后你就发现了?"说着丁皓哲又哽咽了。

"是啊。"夏栀又愣了一下,难道那女的劈腿的事他知道了? 估计也是,否则也不至于又哭丧似的,呸,昨天就是被他给哭得一身晦气,所以才撞上那么多的事。

她问道:"你终于知道了?"

"嗯,你走了之后,她就对我说分手了,里面还出来个男人! 她还给我介绍这是她的新男友,新男友是她的上司,比我有钱多了,说新男友要送她一套维多利亚的房子,我呢,顶多只能送两个内衣装她的'胸房',而房子,却能装她的全部,她需要的是能装得下整个她的男人,所以权衡之下,只能对不起我,还让我恭喜她祝福她——呜——"

那女的真是可恶啊,害自己白白被这个傻子骂了。"那我在的时候她为什么要那样讲啊?"

"你可不要生气噢,她说你太多事,活该遭报应……"

"什么——"夏栀气得真想冲过去找她打架,但是摸了摸伤腿,又泄了气,或者她说的是对的,自己太多事,所以遭了报应。

想起这件事夏栀就是满肚子的憋屈。"现在你总算知道,我是好心想提醒你的吧,之前想拦着你,就是怕你受不了刺激,打电话让何果果收敛点,结果还让她骂了,然后就想干脆让你早点知道真相。狗拿耗子多管闲事的下场就是我现在这个样子,你满意了吧。现在我算是吃一堑长一智,什么都不想管了,这些破事知道了不关我事,不知道也不关我事,其他的话我也不想听,我也不是恋爱专家,你也没给我咨询费,说完了,你可以走了。"

夏栀甩了甩手,作了一个驱赶的手势,现在她真是不想看到丁皓哲了,感觉这个男的就是一个白痴,情商为零智商为负,活该被人甩。

丁皓哲却没动,想到了什么。"但是这些跟你的腿有什么关系啊?"他十分不解地看着可怜的夏栀。

"你还有脸问,若不是被你们气崩了,我哪会骑车那么不小心!"

丁皓哲重重地叹了口气,这时想到什么,把刚才手里拿的那个袋子放在桌子上。"这些东西我用不着了,除了为昨天的事道歉外,就是想还给你的。"

夏栀翻了翻白眼,其实是想说,钱已经由你的情敌补给我了,但是想了想还是闭嘴,免得他又哭!"随便,你留着当纪念也可以,睡不着了还可以抱着睡觉,软。"

丁皓哲讪讪地笑:"你现在腿脚也不方便,以后有什么需要帮忙的,给我来个电话吧。"

夏栀心想:不来找我麻烦我就谢天谢地了,还敢动你这瘟神。随即面无表情地说:"出去的时候,记得把门给带上。"

于是丁皓哲便很没趣地退出去了,走到门口,发现立着一把挺别致的拐杖,还有一大袋东西,看样子是吃的。"这是什么呀,刚刚进来的时候这里也没有东西呀?"

想了想,还是把东西拿进去给夏栀看。"'猫咪轰',门口有这些个玩意,是你在网上拍的吗?"

夏栀看着这些东西,有点莫名其妙。"没有啊,我自己订的到货的话至少也会打电话过来啊。"

丁皓哲突然脑子开窍了般:"我知道了,一定是暗恋你的男生送的,'猫咪轰',一定要好好珍惜这份感情,有的东西很多时候,一旦失去就不再来了。"

最后那句话丁皓哲还真是有感而发啊,说完这句话后他就黯然离去,顺便带上了门。

夏栀试了试这根拐杖,还真是挺适合她这个瘸子用的,舒适实用,又非常结实,高度刚好,做工也非常精致。但是她现在关心的是肚子,比萨怎么还没到啊,一边解开袋子,里面各种盒装食物看起来很新鲜,还有零食都是自己所需要的,很明显不是丁皓哲送的,他来的时候压根就不知道自己受了伤,那会是谁呢?

这时,夏栀的脑海里出现了萧静那张英气逼人的脸,不会是他吧,因为除了他就没人知道自己受了伤,不过真是他的话,为什么就放在门口不进来呢?她突然想起了刚才被丁皓哲熊抱并摔倒,又被他搀扶着走的事,噢天哪,他不会以为那傻子是自己的男朋友吧?天啊,他一定看到了,然后这样认为了,不想打扰,放下东西就走了。

既然他是这样想的,我得去跟他解释吗?唉,算了,也没什么好解释的,否则反而弄巧成拙,人家还觉得我傻不拉叽的,看他开的那豪车,再看他一身的名牌,再加上那张脸,估计女人排成长队了,哪能看上我。

她这么一想,也就释然了,有一种男人,叫"高富帅",既善解人意又是德才兼备的冷酷总裁,你还以为天上真掉下金屎壳你头上了?要屙也是屙在别人的碗里,你有个青菜萝卜吃吃就知足吧。

这么一想,夏栀就坦然了,不过总得谢谢人家吧,还送了这么些东西来,但是她并不知道他的名字与电话啊,她突然想起了,他走的时候不是留下一张名片吗?

于是夏栀找出那张名片,萧静,萧氏制衣集团副总裁,还真是碰到一个冷酷总裁啊,难道是自己追总裁文追多了,老天终于被自己的诚心打动,还真是掉下一个来?

于是便给萧静打了个电话,表示谢意,萧静轻描淡写地说:"家里刚好有个拐杖闲置,放着也用不着,就送你用了。"

这家伙说起谎来真是不打草稿,拐杖上明明刻了日期字样,虽然上面的花纹看上去不像是新的,那日期像是新刻的,不是昨天的吗,似乎还盖了个印,夏栀懒得细看,萧静只知道老伯后来又作了小加工,但没去看到底加了些什么东西。

"那谢谢了。"

夏栀没有道破,摸着这拐杖,倒是满心的欢喜,这家伙姐真是太需要了。

萧静手里拿着另外一根拐杖,还有一堆礼品下了车,来到了一个满庭芬芳,墙头爬满一品红与绿萝,还有些零零散散的花草的旧房子门前,这是他奶奶的家。

他奶奶不跟他们住一块,守着这幢老房子,一开始他以为奶奶只是喜欢清静,不喜欢跟太多的人生活在一起,但是后来隐隐听二姑说起来,她一直在等一个人,据说等的那个人到台湾去了,后来她才嫁给了爷爷。爷爷生病去世后,子女也各自成家了,她便搬回了这里来住。在萧静很小的时候,她就没跟自己的父母住一块了,所以在他的印象中,奶奶清静得有点自私。只是小时候他特别喜欢来奶奶家串门,总觉得这个四合院里有很新奇的东西等着他,而且隔壁还有两个小伙伴一起玩,后来隔壁的那些人嫌房子太旧,想拆掉一起合建,但奶奶怎么都不肯,他们只好搬出去重新买了房,现在这里就只剩奶奶一个人了。

小时候,看着院子房子还挺大的,现在却觉得有点狭促了,可能是自己住惯了偌大的别墅吧。奶奶年纪大了,脾气却跟以前一样固执,父亲给她配了一个保姆她也不要,把人家打发走了。

萧静叩响了门,老太太便过来开门,一看到是萧静,眼睛笑得眯成了缝。

"奶奶——"

"乖孩子,又过来看奶奶了,快点进来。"

萧静看她走路的样子有点不利落,担心地说:"奶奶,是不是腿又犯病了?"

"最近老是麻,唉,真是老了不中用了,不服都不行。"萧静便扶着奶奶在院子的藤椅上坐了下来,把她的腿放直,然后给她轻轻地捶着。

"奶奶,年纪大了要补钙的,否则手脚就容易麻,这几天我买给你的钙片又没吃吧,一定要坚持吃,你骨质疏松厉害,医生叮嘱好几次了,等会儿我打电话让王阿姨过来照顾你吧。"

一直倔强的老太太这回没有再拒绝,对于独立生活,她真的有一种力不从心的感觉了,或者属于自己的日子真的不多了,你在年轻时可以跟时间赛跑,但是没有人会一辈子跑得过光阴,当你想跑都跑不动的时候,你就觉得自己已经废掉了。

她轻轻地叹了口气,萧静这时想到什么,把手里的礼物放了下来,然后递上拐杖。"奶奶,你试一下,这拐杖怎么样?"

老太太接过来,细细地抚摸着拐杖上面精致而细密的花纹,这拐杖初看没什么可圈可点的地方,因为颜色是深褐色的,不会令人一眼就惊艳,但是细细观摩下,就会被上面雕得非常出神入化的龙凤呈祥图案所折服,栩栩如生,仿若天成。

这时,萧静注意到老太太原本黯淡无光的眼神突然间散发着异彩,她喃喃自语:"真好,这做工真的好,好久没看到手工这么好的了,这是哪位大师的作品吧——"

这时她突然停止了说话,眼睛直直地盯着上面一个雕刻的印章图案,

"吴——德——孟——"瞬间,她心跳加速气喘吁吁,萧静看她那样子慌了神,以为她犯病了。"奶奶奶奶,你怎么了?"

老太太深深地吸了口气,难道真的是他,他不是去了台湾一直没回来吗?只是同名同姓的人而已?但是能这么巧吗,手艺也这么好,同名同姓,还同样是木工师傅?如果真的是他,回来了又为什么不来找自己?

"这拐杖你是从哪里买的?"

"落木村的一个老大爷家里,他是个手艺很精湛的老木工,怎么了,奶奶,你不会认识他吧?"

老太太用近乎恳求的语气对他说:"过两天能带我去看看他吗?"

萧静瞪大了眼睛,一时说不出话来。

4

狭路相逢

本着丁皓哲对自己受伤之事有着不可推卸的责任,所以他再次来的时候,夏栀并没有赶他走。

而且,她现在是真的需要一个帮手,物流处的货要去提,很多客人订单,她得打包处理,这几天沉积下来的事都堆在一块,她都快疯掉了。况且现在自己这个伤残人员根本就无法独立完成这些事情,现在有这样的免费劳动力不用,傻啊,如果不是因为他,自己也不会变得像现在这样一团糟,这是他义不容辞的事!

丁皓哲把物流处的货拉了过来,然后打包好前几天的单子,就等快递员过来拿货,便坐在电脑前给夏栀当起客服,看他打起键盘噼里啪啦,应对自如,看来也挺适合这个工作的嘛。

夏栀也忙了一天,终于能坐下来歇口气,落个清静,伤残人士还得这么拼命干活,太不容易了。

她看着丁皓哲挺勤快的样子,心里有了想法。"要不,你给我兼职当客服吧,有空过来给我打打杂,当然薪水是有的,多了是给不起,不过给你赚点外快是没有问题的。"

"好啊,其实嘛,我还挺适合做这个工作的,我是电子信息专业的,虽然上的是职业中专,但是在电脑这行也是摸爬滚打了几年,这些我挺在行的,要不,咱再合作创业,注册个自己的商标,树立自己的品牌,找个好的厂家一起合作,做精品bra,业务出来了看有没有资格申请上天猫,怎么样?"

"好啊,我一直想做大啊。"

两个人突然有了共同语言,这下,他们的创业热情突然就高涨了,谈着谈着就谈到了如果他们赚了五百万怎么花了。夏栀说成立自己的公司吧,集生产加工与销售一条线,让她也过过当女老板的瘾,再买个名牌包包,然后再国外游一圈,拿着名牌包拍着旅游照在朋友圈往死里刷屏,那一定特牛。

丁皓哲说:"我如果能分到两百五十万,我一定把这钱全砸到何果果的头上。"

夏栀白了白眼。"那会出人命的，强扭的瓜不甜，你咋就这么拧不开呢，行了行了，我都口渴死了，你去帮我烧壶开水去，顺便把冰箱里的西瓜拿出来切了吃。"

丁皓哲便去烧开水，夏栀坐到了电脑前面，翻了翻旺旺上的聊天记录，怎么都没有啊，刚才旺旺不是一直在"嘟嘟嘟"地响的？都到哪里去了啊，接着她发现黑名单里倒是多了一堆人，但黑名单里又翻不出聊天内容。

她作河东狮吼状。"丁皓哲，你给我过来！"

丁皓哲甩着手上的水边说："咋啦，我刚接好水，先放上面烧啊，什么事你说吧，我听得见。"

"刚才那些客人呢？怎么都找不到了？"

丁皓哲边把电水壶放好，边过来说："我告诉你啊，那些'欧巴桑'简直是不能忍，几毛钱都跟你砍价，买个做活动的才九块九的bra还跟你磨着是不是包邮，不包邮就不买！还有个更不能忍，居然问，老公觉我太大大招摇了，有没有穿起来看着不怎么惹眼的，真矫情啊，我说那就找我啊，我会帮你揉小的，她把我给黑了；还有个客人一上来就亲呀，有没有手感特好的魔术垫啊，要跟真的一样的那种，这么作得多虚伪啊，我最痛恨女人的欺骗了，你说小就小啊，装大算什么啊，我说你找错地方了，我这里不是整容中心你应该去隆胸，然后她爆粗骂人，我就把她拖黑了……我说'猫咪轰'，你开淘宝店能活到现在，你是怎么做到的？"

夏栀差点一口鲜血喷他一脸，她拿着拐杖单脚跳起来劈头打。"老娘一天的生意全被你毁了，赚点钱你说容易吗，客人全被你赶跑了，还什么跟你一起创业，还合作开网店，还赚什么大钱开什么大公司赚它个狗屁五百万，你还是回家做你的大头梦去吧！"

丁皓哲边护着脑袋边逃出去。"有话好好讲啊大姐，我不是也为你着想

爱如夏花

嘛,怕你的小心脏承受不了这些奇葩客人的各种奇葩问题,你别打了,我走我走——"

然后便一溜烟地跑了。

夏栀真的是想死的心都有,自己怎么会遇上这么个不靠谱的小混蛋啊,每次碰到他就准没有好事!再好的事也会莫名其妙转化成闹心事,整个一二货啊。

她刚坐回电脑前继续生着闷气,门又响了,她不理,但是还继续响,这会儿她又火了,冲着外面喊:"你再回来,信不信我打断你的腿!"

这时,外面响起了一个熟悉的声音:"小栀,怎么了?出什么事了?"

那不是老爸的声音吗?她赶紧起来一拐一拐地去开门,却见一脸风尘仆仆皮肤黝黑的夏钟鸣站在外面,一手提着行李包,一手提着两个袋子。

"爸,你回来了?"

夏钟鸣点了点头:"嗯,刚才怎么了,谁惹你生气了?咦,你的腿怎么了?"

"没没,一个朋友,没什么事,开玩笑的,这个——骑车的时候摔了一跤,没什么大碍,都差不多好啦,就是皮外伤而已。"夏栀笑嘻嘻地说。

"你啊,什么事都不跟爸爸讲,以后骑电瓶车慢点,这种车最容易出事故,这么大了做事还这么毛躁,真是的。"夏钟鸣边埋怨边进去,把行李放下。

夏栀奇怪的是老爸怎么不回自己的家。

"爸,你刚出差回来吧?不会又跟小妈吵架了吧。"

夏钟鸣长长地叹了口气:"别提她了,晚上我就在你沙发上窝一晚,明天这边也有事情要办。"

他解开行李袋,把袋子里的一个包装盒拿出来,递给夏栀。"你生日爸爸也没办法赶得过来,也不知道你们女孩子喜欢什么,就随便买了这东西。"

夏栀打开来,是一条花得不能再花的丝巾。要知道,老爸,这是大夏天啊,但是女孩子的心思,这个整天在工地上忙碌着的老男人怎么会懂呢,能记得已算不错了,夏栀假装欢喜地收下。基本上老爸送的东西,她一件都用不上,过几天就送给了清洁工大妈,还真没那个妈送的东西贵重又实用。

这时,夏钟鸣像是想到了什么。"对了,你妈给你寄礼物了没有?"

"寄了。"夏栀轻描淡写地应着。

"一定挺值钱的吧。"

她不置可否地嗯了一声,讲出来,她真是怕老爸自卑,所以还是不讲了。夏钟鸣自觉形秽,也没再追问,转头发现了那把拐杖。"你这个是哪里来的?看着挺眼熟的,这东西挺不错的。"

"朋友送的。"

他若有所思地点了点头,但没有拿起来看,他现在累得只想好好洗个澡,然后好好睡一觉,他边把行李箱里的衣物整理出来边说:"对了,你还记得干爷爷吗?"

干爷爷?夏栀想了想,点了点头。父亲在比较小的时候,他的父母,也就是夏栀的爷爷奶奶便在海上遇难,是一个外乡来的手艺人,也就是干爷爷抚养着他至16岁,便让他独自去打拼了,印象中,干爷爷是位手艺特别巧的工匠,给她做过很多很多好玩的小玩意,那时候别人都没有玩具,但是她就有木头做的玩具自行车,牙膏铝皮做的小风车,还有一艘载满各种"水果"的帆船,父亲的手艺就是在他那里学的,虽然没有干爷爷的精湛,但是一般房子装修上用用基本就够了,木工活做得还不错。后来父母离婚了,干爷爷很生气,把他们都轰了出来,父亲便在城里租了很旧的小套房,很少回去,而夏栀后来独自租了出去,更是十几年没见过干爷爷了。

"最近听说他生病住院了,我们要不要——"他看了看夏栀的腿,没说话了。

夏梔想起自己正要去一趟医院的。"我反正也要去医院换药拆线的,刚好你可以载我过去,我也去看看干爷爷,这么久没见过他了,想他了。"

夏钟鸣点了点头:"那正好。"

这时候,一道闪电划过闷热的夜空,一声闷雷骤然响起,噼里啪啦的雨滴声越来越响,顷刻大雨倾盆,父女俩赶紧关上窗户,祈祷着明天可不要下大雨。

萧静从浴室里出来,用干毛巾擦拭着湿发,下身裹着浴巾,八块腹肌展露无遗,这是他在健身房与网球场上坚持多年的结果。在大学里,他是运动健将,他觉得一个男人必须得有一个好体魄,纵然不言语,在气势上就可以胜别人一筹。

这时候,搁在茶几上的手机响起,拿起来,是何亚娴打过来的。何亚娴是与他有着媒妁之约的女友,留学在外,其实他们之间的关系一直不咸不淡,甚至连感情都谈不上,因为只见过一次面。何亚娴是另一家大集团老板的千金,他们之间门当户对,父母之命,他不能违,况且原本他对婚姻就没什么想法,他觉得如果遇不上深爱的女人,那么跟一个不爱不恨的人过完一辈子也行,至少要比跟一个讨厌的人生活要好得多。他对何亚娴的第一印象还不错,何亚娴虽然出身好,有公主命却没公主病,相貌才华都相当优秀,主修音乐,大提琴专业。他也觉得,只有她这样的女人才能配得上自己吧,只是因为身处两地,还没培养好感情而已。

"萧静,是我,猜我在哪里?"

"我——猜不出来,不会回国了吧。"

"果然聪明,猜对了,你赶紧来机场接我吧,我刚到。"

"现在?"萧静看了看时间,透过窗户再看看外面的雨。

"嗯,因为我最想看到的人是你。"

"那——好吧,我换好衣服就去。"

萧静在机场的咖啡馆找到了何亚娴,只见何亚娴穿着一件淡绿的连衣长裙,披着一件白色的长开衫,微卷的长发随意地披着,旁边立着一个大提琴的箱子,还有个行李箱。她正非常专注地翻着一本杂志,前面放着一杯咖啡,神情看上去有点疲惫,但仍然优雅与美丽,令萧静都觉得心动,这么一个才貌兼修的女子,他有理由不去喜欢不去疼爱吗?

"等很久了吧?"

何亚娴看到萧静来了,非常善解人意地笑笑:"让你这么顶着雨又大半夜地来接我,真不好意思。"

他们俩虽然在彼此父母眼里已经是一对,但是却真的不是很熟,所以,客气中难免显得有点生疏,毕竟一直还没有机会作更深的了解。

萧静一边背起大提琴箱,一边拉着行李箱,半开玩笑着说:"谁叫你是我准未婚妻呢,为老婆大人做事,这是天经地义的事。"

何亚娴姣好的脸颊飞过两朵霞云,恰似桃花娇艳,萧静都有点看醉了,却莫名其妙地想起了夏栀,如果说夏栀是洁白的栀子,那么何亚娴便是四月的蔷薇,一眼便令人醉。

何亚娴此时也没什么矜持了,挽着萧静的手臂,两个人俨然一对珠联璧合的情侣。

萧静问:"这次待多久?"

何亚娴看着他:"可能——不回去了。"

她定定地看着萧静,似乎在等着萧静说什么,但是萧静笑笑:"在外国待惯了,在国内还能待得住吗?"

"国外再好,于我而言也是外乡。"

萧静不再言语了。

爱如夏花

把何亚娴接回来,并请她吃了宵夜,再把她送回家,回来已是深夜,萧静基本上是累瘫了,倒头就睡着了。

这一夜,做的梦跟电视剧似的,一集接着一集,那些遥远的人与物纷至沓来,挤在一起,出演着一场又一场的闹剧:一个大着肚子有着身孕的女子跪在父母的面前,母亲歇斯底里的哭声,父亲低着头,女子乞求着原谅,不知道怎么回事,又一阵激烈的争吵,父亲打了那个年轻的女子,那女子突然间往窗户口纵身一跳,顷刻间,尖叫声与哭声汇成了一片,父亲与母亲飞奔下楼,只留下他一个人在客厅,他惊恐又茫然地看着这一切,却不知道该怎么做,他怕一个人待着,想了一会儿,也下了楼。

只见父亲哭着在打电话好像在叫救护车,而躺在地上的女子后脑的一摊血在无限地漫延着……仿佛有一双少年的眼睛,在死死地盯着他,令他感到窒息……

要不是手机音乐一直在响着,让他从梦魇中抽离出来,他觉得自己会无限期地继续噩梦着。

电话是奶奶打过来的。"静儿,还没有过来吗?"

他猛然想起今天跟奶奶的约定,就是带奶奶去找那个木匠。"您等会儿,我马上过去接您。"

刚断了电话,手机又响起,这回是何亚娴打过来的。"起床了吗?昨天很累吧?"

"还好还好,我刚刚睡醒。"

"今天你有没有空,陪我走一圈?"

萧静迟疑了一下:"今天我要陪奶奶——"

"你奶奶?要不我也一起陪奶奶吧?我还没见过她老人家呢。"

何亚娴还真是把奶奶当自己人了,俨然像过了门的孙媳妇,好吧,既然何亚娴迟早是萧家的人,看看奶奶也是应该的,早点见面也好,至少能讨老人家的欢喜也是一件好事,而且奶奶一直念叨着孙媳妇,早点见上也算是了却了她的一大心愿了。

于是萧静便答应了,把何亚娴给接了过来,而何亚娴经过一夜的充足睡眠,精神焕发,加上精致的妆容,更是光彩照人,萧静看得有点入迷了。

她在副座坐好了系上了安全带,奇怪地看着萧静,眼睛里满满的温柔。"还不出发么?"

萧静这才回过神,好吧,又不是没看过美女,不过这般有气质的美女还真是少见,让我萧静给碰上了,如果那个冒冒失失的丫头有何亚娴一半淑女就好了,晕了,怎么拿这两个人作比较了,差距太大,没法比。

这时何亚娴突然想到了什么:"对了,我去买点东西给奶奶吧,第一次见你奶奶,不能空着手去。"萧静瞄了瞄后座:"刚才经过一家药材店,就买了这些她喜欢的东西了,等会你送给她就是了。"

何亚娴的眼波都快泛出水来,如此体贴的萧静,令她有点意外,因为在她的印象中,萧静一直对她不冷不热,他们之间仿佛永远有一道沟渠,令她难以跨越。而她这次回来,事事显主动,是为了能跟萧静多些接触,多些了解,两个人之间,总得有一个人表现出必要的热情,总得有一个人先主动,否则两个人的关系肯定无疾而终。

但是,现在,她决定一定要跨过去!

她突然在萧静的脸颊上蜻蜓点水般地一吻。"你真好……"

萧静摸了摸脸,心里突然有了一种恋爱着的甜蜜感,这种感觉好久没有过了。其实跟何亚娴见面并不多,就是几个月前,母亲说要介绍何家的千金给他认识,明摆着是相亲,何家也是个大家族,其父是一家制衣公司的老总,原本萧静是不想见的,以为不过是骄横的角色,一身的公主病,只对买什么样的包包什么样的衣服感兴趣的女人,但父亲也挺看好何家女,于是拗不过父母，便去走个过场。

　　于是两家人除了叙旧之外，便隆重把自己的儿子女儿推了出去，而且还让何亚娴当场表演了一曲大提琴，拉的是《舒曼A小调》。虽然萧静觉得真"作"，吃顿饭还带着这么大的家伙出来展示才艺，又不是卖艺的，但还是被她精湛与感人的演奏给打动了。所以印象还不错，那次见面后，何亚娴便继续出国深造，他们偶尔网上聊天，但因为时差的关系，萧静也忙于公司的事，基本上看到的都是留言，没办法聊到一块，于是也没什么机会深入地了解。

　　她这次会突然回国，并且叫自己去接她，令他有点意想不到。不过他对何亚娴真的并不反感，他想他可能有点喜欢上了何亚娴，况且都是父母挑的，他也用不着非要犯贱，找个他们都不喜欢的女人拧巴着。

　　老太太看到这么漂亮的准孙媳，那个欢喜劲，拉着何亚娴的手嘘寒问暖，高兴得不得了。

　　在老太太的心目中，孙子只要有媳妇，不管俊的还是丑的，她都是欢喜的，跟婆婆是不一样的。所以说为什么，丈夫的奶奶比婆婆要好相处，不是说敌人的敌人就是朋友嘛。

　　这时，老太太突然叹了口气："南儿不知道现在怎么样了，有没有女朋友呢？也不来看看奶奶，唉。"

　　何亚娴有点发愣，不知道她说的"南儿"或"男儿"是谁，萧静咳了一声，转移了话题："奶奶，我们早点过去吧，否则等下会更热了。"

　　老太太点了点头，拄着拐杖走，两个人轻扶着她，一起上了车。在车上，老太太一直问东问西，问准孙媳的情况，何亚娴一一作答，凭她的学历与阅历，老太太自是啧啧称赞，对这个准孙媳更是非常满意。

　　一路上说说笑笑，很快就到了落木村，萧静方向感好，去了一次基本上就能记住，而老太太却安静下来了，而且越来越紧张，不停地问萧静到了吗到了吗。萧静心里直纳闷,那老头子跟奶奶到底是什么关系,难道真是初恋,或者说是旧情人?这么大岁数了还这么激动。但是奶奶作为长辈,他也不好调侃。

到了吴爷爷的门前停下来,萧静与何亚娴扶着老太太走,萧静歉意地对何亚娴说:"今天让你专门当陪同,委屈你了。"

"哪能呀,我特别喜欢跟奶奶在一起。"都已经认了奶奶了,萧静还有什么好说的,不是说陪长辈是尽孝么?她也确实挺尽孝的。

院门是锁着的,木质的门经过常年的栉风沐雨显得斑驳不堪,暗红的漆都已经掉得差不多,只留残红。老太太抬头,就看到墙顶上红艳艳的叶子花,嘴里喃喃自语:"真的会是他吗?是阿德吗?"

萧静边敲着门边大叫:"吴大爷,吴大爷在吗?"

但是叫了好久都没人应,难道不在家?可都带着奶奶大老远地赶到这里来了,碰不到不是白来了,要不问问米娜,把老大爷的手机号码问过来,应该有手机的吧。

他正准备给米娜打去,这时两个大妈经过这里,好奇地看着他们仨。"你们是找吴大爷吗?"

"对啊,他好像不在家,你们知道他去哪里了么?"

"他去医院了,昨天突然发病晕倒,被我家老伴送进医院了,住下来了。"听到这句话,老太太差点站不稳,心里叫道,阿德,难道你就不等等我吗?

萧静看奶奶脸色不对劲,赶紧问:"大妈,你知道他在哪个医院吗?在什么病房?"

"医院我知道,病房我倒不清楚,这边走不开,我也还没有过去看,你们是?"

"我们——"萧静看着奶奶,一时不知道怎么回答,还是何亚娴聪明,接

爱如夏花

过话说:"我奶奶跟吴大爷是老朋友,本来想来探望他一下的。"

"噢,那好,我打电话帮你问问吧。"

"那太谢谢您了。"

于是热心的大妈便打了电话问到了病房号,三个人道了谢,只得重新回城里的医院了。

想不到奶奶想见老头一面的过程都这么曲折,而且还这么巧,今天过来看,昨天就送了医院。

这一路上,老太太没心情聊天了,脸色也不怎么好看,何亚娴也不敢多嘴,因为她能感觉到这个人对老太太似乎很重要,如果真是她所指望的那个人的话。

夏栀拄着拐杖出的门,反正是伤员一个,还在乎什么形象。

到外科拆线的时候,碰上的也是上次的那个医生,可能上次夏栀痛哭流涕的样子令他印象太深刻了,所以这次来的时候,他居然一眼认出了夏栀。

"今天你那帅男友没陪你来吗?"夏栀看了看夏钟鸣,夏钟鸣看了看夏栀,眼神里有了责怪的意思,仿佛是说臭丫头,交男朋友也不告诉老爸一声。他不由得想起昨天敲门的时候,女儿对着门外大发脾气,原来还真是跟男朋友吵架了啊。夏栀想解释,但是医生却没耐性听了,一脸严肃,让她把脚抬起来,检查伤势。

到嘴边的话硬生生地咽了下去,夏栀真是觉得憋得慌啊。

拆线完毕伤口换好药之后,两个人出了科室,往住院部的方向走,夏栀再也忍不住了:"爸,我真——"

而夏钟鸣却打断了女儿的话:"你也二十多岁了,是该交男朋友了,只要不是那种游手好闲坑蒙拐骗的混蛋,爸都支持你,但是女儿啊,你也要看清楚,那个男人是不是真的疼你爱你,会不会让你幸福。这才是最重要的。大道理爸爸不懂,但是你是爸的女儿,爸不希望你受任何委屈。"

夏钟鸣从没说过如此动情的话,一直以来,夏栀总觉得他对自己不够关心,以前别人家的孩子在突然降温或下雨的时候,总会有母亲父亲或爷爷奶奶送衣服送伞,但是他总是不见人影,她知道,他在工地上是走不开的。那时候,她经常一边淋着雨一边哭泣,说着妈妈你为什么不来看看我。小时候,她真的恨他们两个,一个没时间关心自己,一个抛弃了自己,所以在她的心里,从小就埋下一个念头,就是一定要独立坚强有出息地活着,这世上唯一能依靠的是自己,不是任何人。这是她毕业后,不是选择打工,而选择自己开店的原因。

夏栀不再解释,默然不语。

两个人找到了病房,夏栀看到了记忆中的干爷爷,躺在病床上,微闭着眼睛。虽然岁月在他的脸上刻下了深深的沟壑,但是眉目间还是记忆中的模样。

夏钟鸣看到吴大爷有点激动:"爸爸——"

吴大爷随即睁开了眼睛,瞬间的茫然之后认出了夏钟鸣,他哆哆嗦嗦地伸出了手:"阿鸣,是你吗?"

夏钟鸣握住他的手,哽咽了:"是我,阿鸣不孝,现在才来看您。"

爷俩深情告白,完全把伤残人士夏栀给晾在了一边,夏栀这会儿完全憋不住了:"爸,我脚好累。"

夏钟鸣这才发现还没把女儿介绍介绍,他边让女儿坐在床上边说:"这是夏栀,我女儿,小时,您最喜欢抱她了。"

夏栀也甜甜地叫了声:"干爷爷——"

老爷子细细地打量着夏栀,满心的欢喜。"小姑娘竟然长得这么大了,真想不到,以前你就喜欢坐在干爷爷的大腿上,整天缠着爷爷给你讲故事,给你做小玩具,一转眼,就这么变成大姑娘了,真好,真好。"

夏栀只是笑着,因为那些日子离得太久了,一时也不知道说什么好,她也觉得有点愧疚,这么久没去看望对自己最疼爱的干爷爷。这时吴大爷注意到她的腿还有她手上的那把拐杖。

"你的腿怎么了?"

"没事,受了点小伤,现在基本快好了。"

"你把拐杖拿来我看看。"

夏栀有点纳闷,但还是把拐杖给递了过去,老大爷一拿过来,就看明白了,乐呵呵地笑了一阵,然后把拐杖还给了夏栀,笑得夏栀与夏钟鸣都有点莫名其妙,夏栀正想问原因,这时病房里又挤进来一拨人。

"吴大爷——"

一俊朗的男子边叫着吴大爷边扶着一老太太进来,身后还跟着一个气质非常优雅的漂亮女子。老太太颤巍巍地走到吴大爷的病床前,眼睛直直地看着躺在病床上的吴大爷,突然间双手哆嗦,老泪纵横,萧静看着坐在病床边的夏栀,夏栀转过头来同时看到了萧静,两个人几乎是同时尖叫:"你怎么在这里?"

5
迟暮之见

何亚娴看着夏栀手上的那根跟老太太一模一样的拐杖,心里冒出一股难以抑制的酸味。

就在这时候,萧静感觉到一边的肩膀突然往下面坠,老太太竟然晕倒了,他大叫道:"快叫医生——"

一时间,兵荒马乱,医生跑过来检查老太太的情况,作了个简单的检查。"情绪波动大,刺激过度造成的,心律有点紊乱,没什么大碍,等患者醒来,还是作个全面的检查吧。"萧静点点头谢过医生。

众人把老太太扶起来,坐上了旁边的椅子,老太太这会儿缓缓地醒了过来,医生用听筒听了听她的心脉,吩咐了几句:"这年纪,别再刺激到她,记得作个详细检查。"说完便退了出来。

吴大爷一时间真不知道这是怎么回事,这位老太太是谁,看到他怎么会晕倒呢,他一时真的认不出来。四五十年的时光,却仿佛电光石火的瞬间,这一生就到了头,有些人跟记忆中的样子却无法叠合,虽然刻在心里那

爱如夏花

么深那么深,深得令他不想触及,但是那些美好并青春的容貌他铭记在心,从不曾想过他们也会老去,或者是从不曾想过他们有一天会相遇。

他轻轻地下了床,走近老太太,定定地看着她,老太太柔和的眉目之间,依稀能看得出她年轻时也算个美人,特别是眉心的那颗痣,令他非常熟悉,难道真的是她,他颤抖着声音问:"秀秀,你是秀秀?"

老太太还没出声,已是老泪纵横,她拼命地点着头,她没想到他会这么快认得出她,这么说来也不枉她想念一生,她哽咽着:"你为什么不来找我?你不是去台湾了吗?"

顷刻间,吴大爷也是抑制不了自己的情绪,眼泪掉了下来。"你真的是秀秀……想不到这辈子我们还能相见……唉,秀秀,不是我不去找你,这事说来话长,我台湾并没有去成,跑到半路,我又偷偷地搭上别的船,去别的地方了,沦落了很多年,回来后,我便去找你,但是听说你嫁给别人了,我就心灰了,我也不想打扰你的生活,只要你过得好,我也无所求了……"

说到这里,吴大爷也哽咽着,这一辈子所受的苦难与委屈也只有自己默默地吞,以为自己这辈子就这么在平静与孤独,还有满满的回忆中消磨殆尽,然后带着无限遗憾走下去,只是想不到此时,还能见到年少时的心上人。

而同样的,老太太也满是感慨,心酸难忍,眼泪冲去了老太太刻意画好的妆容,冲去了岁月里沉淀下来的深深悲痛与怀念,一时间,两个老人都难以抑制自己这几十年来深深压在心底的情感,相拥而泣。

或者他们想过无数次的相遇,然后经过无数次的失望、绝望,或者觉得今生已经相见无望了,却没想过今天会在这里相见。

旁人看得唏嘘,夏栀都哭了,夏钟鸣知趣地拉其他人出来,让他们俩好好待在一起,让他们享受着生命中不再漫长的时光。

夏栀低着头哽咽着出来,这时看到眼前有一张纸巾递过来,她以为是爸递的,拿过来便擦了,抬头看,却发现是萧静,便道了声谢谢。

萧静淡淡地说:"你哭起来太难看了。"

夏栀白了他一眼,这时发现他旁边的漂亮女子不知几时也挤出几滴眼泪,只有假哭的人才会鼻子不红眼睛不肿吧,确实哭得梨花带雨。

她指了指何亚娴:"那是,那位哭得是很漂亮,哭了跟没哭似的。"

何亚娴闻声挽住萧静的胳膊,一副小鸟依人状。"亲爱的,真的好感人,比看爱情电影都令人感动,想不到我有幸在现实中看到。"

萧静看了她一眼,便从衣兜里拿出一小包纸巾,抽出一张给了何亚娴。夏栀心里有点酸溜溜的,男神果真有的是女人,好吧,那自己就死心吧。

夏钟鸣看了看他们,猜不透咋回事。"你们,都认识的?"

夏栀指了指萧静:"爸,就是这个人,把我的腿撞伤的!"

萧静与何亚娴呆呆地看着夏栀,萧静也没想到夏栀会这么说。何亚娴一听,原来那拐杖是萧静作为赔礼的,看来他们之间不过如此,并不复杂啊,她倒是一阵窃喜,一个民工样的人的女儿而已,萧静怎么可能跟她有什么瓜葛呢,搞不好是"碰瓷",故意敲诈萧静的。

夏钟鸣一听就火了:"是你这小子把我女儿给撞伤了?"

萧静一时不知道怎么回答,因为确实是他撞伤的。"是——可是,我不是过错方——"

夏钟鸣本来是不打算发脾气的,但是一听这小子撞了自己的女儿居然还不认错,撞了人还有理了啊,真的是恼火了。"你把我女儿撞了,难道还是我女儿不对了?你信不信我揍你啊?"

何亚娴挡在了萧静的面前。"喂,你怎么说话的,明明是你女儿不守交通规则!你看看你们的样子,一看就不是什么好货,一定是穷疯了,搞'碰瓷'故意敲诈我们是吧,我未婚夫才不会吃这一套呢!"

爱如夏花

这话还真像是一个打火器,把夏钟鸣的怒火给点着了,他夏钟鸣是没钱,但是有力气,他一把推开何亚娴。"你是女人,我不跟你这种贱女人动手!"然后揪着萧静,狠狠给了他好几拳。

夏栀一下子给吓傻了,真不知道自己图一时的嘴快会惹上了祸,拼命地拉住夏钟鸣。"爸爸,你干什么啊,不是这样的,你误会了。"

萧静并没有还手,鼻血从他的鼻孔里流了出来,夏栀吓死了,赶紧用手上刚才擦过眼泪的纸巾给他擦鼻血。"你,你没事吧。"

夏钟鸣还要寻事。"这种小子就得教训,不教训都不知道天高地厚!"

夏栀一下子火了:"爸,你别这样蛮横好不好,不管怎么样你也不能动手啊,而且虽然是他撞了我,确实是我没遵守交通规则,是我错在先,真的怨不得他。"

夏钟鸣听女儿这么一说愣了下:"这,到底是怎么回事?"

"我为了躲一个奔跑的孩子,扭转了车头结果撞上了他的车。"

夏钟鸣心想:原来是这样,那真不是这小子的错,唉,我太冲动了还打了他,但是,如果现在就向这小子道歉,那么我的老脸往哪里搁啊?

不用他操心,夏栀已不停地向萧静道歉着,萧静冷冷地说:"你们跟那老头子什么关系?"

"他是我干爷爷,我爸是他的干儿子,我爸是他养大的。"

萧静看了夏钟鸣又看了看夏栀,夏钟鸣这会儿可不敢正眼看他,萧静再次问夏栀:"这老头子有亲儿子吗?"

夏栀看着父亲,因为关于干爷爷后来的情况她也不是很了解,夏钟鸣摇了摇头:"他没有结过婚。"

看来这老头还真是一痴情种啊,心爱的人结婚了,便远走他乡,一生不再娶媳妇,搁到现在,这样的男人还能找得到吗?萧静不禁对老头子产生了敬意。

他沉默了一会儿:"那老头的病情怎么样?"

夏钟鸣叹了一口气,他只知道吴大爷的病比较重,却不知道具体情况,也没来得及打听清楚,这时一个中年男子过来,他认出了他是住在吴大爷隔壁的阿福,是他送吴大爷来医院并通知给自己的。

"阿福!"

阿福很快认出了夏钟鸣。"你来了太好了,吴大爷没一个亲戚,就你一个干儿子,我都不知道找谁了。诊断结果出来了,医生说晚期了,没多久活了。"

一时间,众人都沉默了,夏钟鸣眼睛都红了,想不到干爹辛苦并孤独了一辈子,却逃不出病魔的诅咒。而他生病的时候,自己却不在他的身边,枉他养自己一场。

夏钟鸣抹了下眼泪,吸了一口气努力调整好自己的情绪,缓缓地说:"阿福,你回去吧,这几天你也累坏了,以后,干爸爸的事,由我来负责,这些年,我欠他的,太多太多了,还有你垫了多少医药费,你留下账号,我有空去银行转给你。"

"目前的费用,倒是他自己垫的,他有一些积蓄,没花我的钱,不过这病真的花钱,一旦生上这种病,真的是烧钱,也差不多用完了。"

他们两人聊了几句,夏钟鸣给他塞了些辛苦费,阿福便进房把自己行李收拾一下,看到老头老太十指相扣,笑了一下,便出去了,跟夏钟鸣道了别。

夏钟鸣他们便进了房,夏钟鸣一想到自己从没去关心养育了自己的干爸爸,而现在却连尽孝的机会都没有了,他心里除了愧疚,还有后悔,如果当初没搬出来,跟他生活在一起,或者也能早点发现病情。

"爸,现在起,我来照顾你吧。"

老太太有点疑惑地看着夏钟鸣,吴大爷给她介绍:"这是我干儿子,还有那个是干孙女,阿鸣,这是干爹年轻时的恋人。"

老太太终于明白了,原来他一生未娶。吴大爷继续说:"儿子,我已经决定了,趁我还有一口气,我要跟秀秀在一起。"

夏钟鸣转头看了看萧静,萧静小心翼翼地问老太太:"奶奶,你真的要跟吴大爷在一起?"

老太太点了点头:"我们能在未作古之前遇上,也是天意,可能是上天大发慈悲才令我们这辈子还有机会见着,而且他的日子不多了,陪他几天是几天,我们就这么点要求,你们还有什么意见?"

一时间,大家都不语了,两个年轻时相爱,却被周遭与世事冲散的恋人,经过半个世纪的光阴之后,在弥留之际才有机会相遇,你们能残忍地将他们拆散吗?

夏栀是第一个表示赞成意见的:"我支持干爷爷与干奶奶在一起!"

萧静冷冷地说:"那是我的奶奶!"

夏栀给了他一个白眼:"结婚了也就是我的奶奶了!"

"结婚?"大家几乎异口同声地惊叫,连老大爷与老太太都没想过这件事。

"对,我提议干奶奶与干爷爷拍婚纱照,领结婚证,然后一家人简单地吃个酒。大家觉得我的这个提议怎么样?"夏栀得意扬扬地说,她简直是被自己这么浪漫的想法给折服了,这是件多美的事情啊,一对被拆散的老恋人,在生命中的最后一站,还能相遇,相爱,相守,并能结婚,拍婚纱照,相守到最后。那么,他们就算有一个人先走了,也不会有什么遗憾了。

何亚娴心想着:你恨不得跟萧静成为亲戚吧,这样就可以名正言顺地去跟他套近乎,我还不知道你肚子里装的那点小心机。

她冷嘲热讽道:"想象是美好的,但是你就不嫌折腾?吴大爷都是病重的人,结个婚得多累。"

吴大爷却说:"不,只要秀秀同意,我就同意。"

自己的亲奶奶要跟初恋情人结婚!

这是萧静所始料未及的,听起来真的是石破天惊太令人意外了,这都什么事啊,就因为一个破拐杖,居然令奶奶找到初恋情人,找到初恋情人也罢了,两个人就要在一起,在一起也罢了,还闹着要结婚,什么样的狗血剧剧情也没发展得这么快啊?真心没有任何心理准备啊。

但是,这也算是一件善事、好事,毕竟他们能再遇见真的太不容易了,而吴大爷也没多少天好活了,可是结婚这事终究是一件大事,他也愿意完成奶奶这辈子最大的,并且是她最后的一个愿望,帮奶奶完成心愿有何不可,但是爸爸妈妈那边怎么交代?

"这个,我跟爸爸妈妈商量一下吧——"

而这会儿吴大爷坚持要出院,夏钟鸣便去跟主治医生商量了下,觉得在医院治疗确实没多大的意义,还不如出院好好享受最后的时光,于是医生也答应了。而关于他的去向问题,老太太要求吴爷爷搬到她家去住,两个人有个照顾,最重要的是他们可以在一起,虽然这样的日子可能是几天,也可能是几个月。照医生的说法,可能不会超过两个月。如果两个相爱的人,一起度过生命中最后的两个月,那么他们这一生也无憾了。

萧静这么想着,便默认了,老爸那里好话讲几句吧,他也不是不近人情的人,反正就这么几天,难道还活活把他们俩给拆散?

这么一想,夏钟鸣便去办理出院手续,而萧静便默默地帮吴大爷收拾着东西,把阿福之前带过来的东西都放在自己车子的后备箱里。手续办完之后,夏钟鸣扶着干爹,萧静搀着奶奶,帮他们在车里坐好了。萧静抱歉地对何亚娴说:"你还是先打车回去吧,车子坐不下,下次我再约你。"

何亚娴气极了。什么意思啊,我是你未婚妻,现在反倒成了外人,你们倒好,根本就是不相干的一伙人,就莫名其妙要结婚了?还你爷爷我奶奶,

爱如夏花

你奶奶我爷爷的,压根连一丁点的血缘关系都没有,难不成接下来还要哥哥啊妹妹的叫得火热火热的?

她指了指夏栀:"要打车她打车,我是你的未婚妻,你奶奶就是我奶奶,凭什么让我去打车,她坐你的车?"

夏栀指了指自己的腿:"换平时,我会主动退出来,但我现在是伤残人士大姐,有点人道主义关怀精神好不好?"

"别在萧静面前装'绿茶',我还不知道你是个什么货色么?"何亚娴忍不住开骂了。

夏栀火了:"谁是'绿茶'啊,我看你就是!就知道装'玛丽苏''傻白甜',其实就一贱货!"

眼看着两人又要吵上了,萧静一脸的无奈,老太太老大爷只顾卿卿我我,哪管这些小辈吵吵闹闹,夏钟鸣下了车:"小栀,我们打车吧,这破车谁稀罕。"

于是两个人便看着萧静的车子扬尘而去,站在那里等出租车,夏栀朝车子呸了一声:"哼,有什么了不起,未婚妻未婚妻,又不是真的妻!"

夏钟鸣看了一眼女儿:"你是不是喜欢那小子?"

"我——"夏栀一时说不出话,"我才不喜欢呢,装酷,耍帅,还真以为自己是冷酷总裁,我呸!"

夏钟鸣看着女儿笑笑,不再说话。

6
殇之憾

"什么？这简直是胡闹！"

萧明清听到母亲跟别人同居的消息，气得吹胡子瞪眼，来回不停地转着圈，要知道堂堂萧氏集团的董事长，其母亲在耄耋之年，居然还搞出这样的艳闻，他这张老脸往哪里搁啊！说同居就同居，还搞什么结婚？跟一个不知道从哪里冒出来的糟老头！最重要的是，他们一结婚，老头一挂，母亲这么大把年纪，也没多长时间活了，那么母亲名下的房产，虽然那房子挺旧的，但毕竟在中心城区，价格也不菲，而且她手头贵重的东西并不少，他跟妻子经常会送她这些东西，那不是要被一个莫名其妙的没任何血缘关系，而且还是干儿子的家伙分走一部分？

所以说，母亲之所以要跟那老头结婚，肯定是被心怀不轨的那一家人给利用了！她一大把年纪，平时足不出户，哪会知道这些。这么阴险的计谋，那老头要死了还要干坏事！萧明清越想越气，他在乎的并不是那些钱，在乎的是被人拿捏，而且主意打到自己的老母亲身上！这点最令他愤怒。

萧静没想到父亲对这件事的反应会如此过激,他忐忑不安地解释:"爸,那老头有病,晚期了,没多久好活了。"

"不行,这绝对不行!"

萧太太一直在旁边静静地听着,这会儿看着儿子,也有点担忧说:"阿静,那老头,不会是骗子吧?"

萧静想起了夏栀,他是夏栀的干爷爷,就算他不了解那老头,夏栀也不至于会骗人吧,虽然事情巧得有点突破他的理解能力,夏栀刚好是那个老头的干孙女,这其中不会有什么骗局吧。没办法,现在骗子太多了不能不多一个心眼,但是奶奶也不至于认错人啊,虽说她年纪大了老眼昏花了,况且这拐杖是自己想要买的,不是任何人的主意,那老头是奶奶要找的,并不是来找上奶奶认旧相识。细想一下,这不应该是一场骗局。

可能这就是所谓的无巧不成书吧,但是奶奶如果真的跟那个老头结婚了,那么自己跟那臭丫头不就成了兄妹了?那自己还有安宁日子可过吗?

"儿子,我在问你呢。"萧太太再一次问,萧静从胡思乱想中被喊醒。

"不会,这事是真的,我以前听二姑说过这事情,而且奶奶虽然一把年纪了,但是脑子并不傻,虽然隔了几十年,她还是能认得出来的,况且是她找到吴大爷的,而不是吴大爷来找她的,妈,如果你跟爸几十年没见了,你也会认得出他吧?"

萧太太一阵默然,然后对萧明清说:"老萧,那老头的日子不多了,要不,就让他们任性一回吧。"

"那老头关我屁事,我可不想让我们萧家的一世英名被这老头给毁了!"

看样子,父亲这关是过不了啊,萧静知道父亲的脾气,只要是他认定不可行的,没有一点通融的余地,但是父亲真的会强行把他们分开吗?这也太残酷了,萧静脑子里浮现出凶狠的父亲,一把拉着奶奶,一把猛地推开吴大爷,奶奶痛哭流涕,吴大爷当场晕厥的情景,这种情景真是人间惨剧啊,不行,必须得说服父亲,至少别让他干预这件事情。

"我觉得爸说的也有道理,毕竟爸见多识广,能想到大局,这一点上,我这个后辈哪里比得上您呢。"萧静迎合了父亲的想法,既然明着不同意,只能另想办法了。

萧静转头看向母亲,并朝着她使劲眨眼睛,示意她别在这个问题上跟爸纠缠了,赶紧转移话题:"妈,过几天好像是个大日子吧?"

毕竟是亲妈,她心领意会转移话题:"什么大日子,你想跟何亚娴挑日子订婚吗?"

"唉,怎么扯我身上了,你仔细想想,可是你跟爸的大日子啊!"

"这个我得好好想想,这个月没人生日呀,结婚纪念日?还真的快到了,老公,我们结婚多少年了?"

萧明清想了想:"好像三十年了吧?"

"对,就三十年,你打算怎么庆祝?"

萧静赶紧拿手机搜了下这是什么婚。"哇,这可是珍珠婚啊,三十年,不容易,一起白头了,一定要好好庆祝一下,爸妈,我倒是有一个好主意,你们可以作个参考。"

萧太太怜爱地看着儿子:"宝贝儿子,你有什么好主意?"

萧静的脑子飞快地转着。"这事就交给我了吧,爸,你辛苦这么多年,一直都没多少时间陪妈妈好好玩玩,我给你们报个豪华游轮地中海之旅怎么样?行的话,你们先去办签证,护照反正有了,其他一切手续都包在我身上,办理好了,通知你们日子与行程就好了。"

萧明清看着儿子又看了看共枕了三十年的爱人,有点心动,但是又有点顾忌:"那需要多长时间?"

"十来天左右吧,最长不会超过半个月。爸,你放心好了,公司有我呢,现在我哪个事情不能处理好,这点你应该比我清楚,如果真有无法解决的,我会打电话给你的,就这么几天,你们就好好地玩吧,奶奶那边你也不用担心,我会劝走那老头的。"

萧太太点了点头:"阿静做事沉稳,他会处理好的,这么大了,还是给他独立处事的机会比较好,等我们回来,把你跟何亚娴的亲事也定下来吧。"

"好的爸,等你们回来再说吧,那我先去休息了,明天把你们豪华游的情况都去问清楚。"

"去吧。"

萧太太看着儿子上了楼,然后一边给丈夫按摩着肩膀,一边轻声地说:"明清,我们很久没有两个人一起出去旅游了。"

他们之间的分分合合,经历的事也不算少,特别是萧明清作为富商,他纵然不招惹,却总是有女人投怀送抱。萧太太赶走了一群,又出一茬,她曾经感到筋疲力尽,不想继续,但是看着年少的两个儿子,狠不下心,也曾甩手离家出走,但是因为两个孩子巴巴地等着她,她最后还是回来了,虽然现在的萧明清不再是当初的那个浪子了,但是她心里总有些疙瘩,不是说忘就能忘的,似乎也找不回原来的感觉了。

而现在,两个儿子,只有一个在身边,还有一个,不知道身在何处,离家出走十余年不见踪影,都不知道他现在怎么样,甚至不知他是死还是活,萧太太时时挂念,曾经神伤落泪,却又不敢在萧明清面前提及,因为大儿子是记恨着他们才离家出走的。

萧明清拍了拍她的手,不再言语,心里有个影子,一个美丽却悲伤的影子,是他心里永远抹不去的痛。

或许,这么多年过去了,是该放下了。

夏栀还是决定跟丁皓哲合作,并申请了注册商标,作为自己的网店品牌,她还咨询了入驻天猫的资格条件,起点太高,费用太大,目前他们也不具备这个资质,决定放弃这条路线,不如跟各种活动网站还有返利网合作,还可以跟美团百度之类的团购中心进行合作,可选择性也非常高,东边不亮西边亮。

他们这次决定做大动作,一定好好认真地干一场,不管怎么样,凭夏栀多年的网售经验与丁皓哲的网页设计能力,一定能把手头的产品做好,夏栀知道,想做好网店单凭自己一个人的能力远远不够,之前只能小打小闹,现在已成立自己的品牌,如果做不好,只能被淘汰。

他们目前进入尝试阶段,试一下哪个渠道效果最好,决定长期跟三四个渠道合作,只要能带动网店人气,前期保本或微亏销售也无所谓。

夏栀忙得天昏地暗,而且还要操心干爷爷与现任干奶奶的事,丁皓哲因为自己也有工作,所以目前只有中午与下午下班后加上双休日,才能过来帮忙。网店首页经丁皓哲设计与整理后真的变得漂亮与高端多了,无用的音乐与花哨多余的图片也去掉,浏览速度提高不少,看来,有个人帮忙真的是省力不少,也能改善很多。

而最近,丁皓哲也貌似从失恋的悲痛中走了出来,不再果果长果果短的,并且他还发誓一定要活出个人样来,让何果果看看,他丁皓哲其实是只潜力股!而不是ST!

这时,夏钟鸣打电话来了。"怎么还没来,不是说陪干爷爷干奶奶拍婚纱照的吗?"

夏钟鸣怕吴老头重病在身有个闪失,而最近手头的活都基本干完,暂时还没接到新的活,干脆给自己放了假,而且老爷子的时间也不多了,是该好好陪着他了,于是便暂时搬到老太太的家里,跟萧静请的保姆一起照顾着这两个老人。夏栀作为第一个支持他们在一起的小辈,自然要操心帮他们办一个并不热闹,但一定要有意义的婚礼。拍婚纱照的事,也是她想出来的，两个老人拍手赞成，婚纱店也是夏栀找的，是她一个网友办的，拍的都比较有特色，并许诺给夏栀优惠，夏栀自然屁颠地答应了。

经夏钟鸣的提醒，夏栀这才想起今天是预约拍照的日子，于是一把抓起包，冲丁皓哲大喊一声："今天网店就交给你了。"然后便跑了出去。

丁皓哲摇了摇头，便继续着自己的工作。

夏栀到了老太太的家，看到吴爷爷穿着崭新的深灰色中山装，做工精良，精神看上去比前几天好多了。他不停地对夏栀说，这样穿着合适吗，好看吗？夏栀应道，好看好看，干奶奶选的哪能差呀。

而老太太穿着一件中国红的旗袍，新烫了头发，两个人看上去非常喜庆又般配，看得夏栀眼前一亮。

"哇，干爷爷干奶奶，你们今天可真是超级无敌漂亮啊。"

老太太非常喜欢夏栀，她拉拉自己的领子与袖子，然后转了个身，显得有点局促不安。"小栀，奶奶这样穿着不会太土吧，会不会太显眼了。"

"怎么会呢，干奶奶气质这么好，身材也不错，这一身合适极了，咱赶紧出门吧，否则摄影师要等急了。"

于是，她跟夏钟鸣一人牵着一个出了门，夏栀点开打车软件，准备叫个网约车，这时一辆熟悉的豪车停在了他们的面前，只见萧静从车上下来，并打开了车门。"上来吧。"

夏栀愣了下，一下没反应过来："你来干什么？"

"我来接我奶奶，我还想问你来干什么呢。"

"我——"好吧，一个是干爷爷，一个是亲奶奶，明显，人家比你亲多了，夏栀一时无话了。

"你爸妈不是不同意奶奶与我干爷爷的事么？"

"嘿嘿，让我打发去国外旅游了，现在可没人阻止这桩喜事了。"好吧，还算你小子有良心。

这时老太太笑着说:"不要对小栀无礼,小栀快上来吧,是我叫他接我们的,我坐不惯出租车。"

好吧,毕竟是富家老太太,有个孝顺又能随叫随到的孙子,又有随叫随到的专职司机,怎么可能坐脏兮兮的出租车呢。

他们仨都坐到了后座,夏栀只能坐副座了,她白了一眼萧静,萧静却瞄了一眼她的腿,腿伤被裙子遮得严严实实。

"你腿好了?"

一想到可能会永远留下疤痕,夏栀就觉得心口痛。"不用你瞎操心。"

看到两个家伙明显在生闷气,老太太笑着说:"想不到你们之前就认识,如果你们比何亚娴早一步认识就好了。"

这话的话外音大家都听得出来,她真希望夏栀能当她的孙媳妇,但是她对何亚娴也挺喜欢的。

夏栀噘着嘴说:"这都哪跟哪,我跟他啊,不是一路人。"看了一眼萧静:"况且,我也高攀不起,人家是公子哥儿一个,我呢,草根毛丫头一枚。"

"这话,明显是仇富心理,倒也是,你呀,怎么能跟我的大家闺秀何亚娴比呢,那简直是——"萧静脑子终于浮出一个恶毒的对比词,"茅坑跟全自动喷水烘干功能的进口马桶比嘛。"讲完,他就乐不可支地笑了。

这话听得夏栀当然火了,大叫停车,夏钟鸣也生气了,这小子敢当着自己的面对女儿这么说话。"信不信我揍你?"

萧静感觉自己真是玩笑开过头了,于是便忙不迭地道歉:"对不起,对不起,我只是随便开开玩笑——"

夏栀不肯,还是叫着要下车,萧静这回真没有脾气了。"我说姑奶奶,今天是奶奶的大好日子,你到底想咋地?"

吴大爷也说好话,老太太也埋怨孙子口不择言,说了他一顿。

爱如夏花

夏栀想了一下,从大包里掏出一支记号笔、一个白胶带还有一张纸,刷刷写了几笔。"你把这个贴脸上,我就原谅你。"

萧静一看,天哪,上面写着:我是茅坑,请随便上我。"不行啊,姑奶奶,这个贴脸上挡着视线,我开车怎么开?"

"你靠边,几秒钟就行。"

萧静看看后面的几个人,特别是夏钟鸣一脸的杀气腾腾,奶奶也朝他点了点头,只能照做。他找个好停车的地方停了下来,然后任夏栀把自己的半边脸给贴上,夏栀用自己的手机给他拍了一张照片,然后又拿起他的手机拍了一张照片,并命令他:"把这张照片发你朋友圈,这事算完了,而且一天之内不能删除。"

萧静瞪大眼睛,心想:要知道,我萧静以稳重帅气儒雅多才著称,把这个发朋友圈,我以后还有脸混吗?

夏栀冷冷地看着他:"我数一、二、三——"

萧静投降了,只得把这个照片发了朋友圈,夏栀才同意让他拿掉纸,然后他开车直奔摄影店。夏栀乐不可支地把这个照片也发到了自己的朋友圈,这一路上,萧静的手机简直是响得快爆炸了,萧静根本就不敢接,夏栀乐死了,嘴贱的报应!

到了婚纱店,一个笑容可掬的漂亮女店员迎上来。"有什么需要帮忙的吗?"

夏栀说:"今天是我们预约拍照的日子。"

"那小姐您先去化妆室吧,有专人会为您服务的,先生这边来。"她对着萧静说。

夏栀张张嘴巴一时没反应过来,敢情她是把自己跟萧静当作一对来拍婚纱照的啊。"不不不,你搞错了,是我的爷爷奶奶来拍婚纱照的。"

漂亮店员不好意思地笑笑:"这样呀。"这时,里面出来一个经理模样的职业装女子。"老太太与老爷爷,你们来了呀,请进请进。"

于是便搀着老太太,夏钟鸣也扶着吴大爷跟随在后去了里面,萧静与夏栀两个落在后头,萧静看了看夏栀:"我们像一对吗?"

"不可能!"夏栀叫了一声,狠狠地白了他一眼,然后进去了。

萧静跟在后面,这会儿手机还是不停地响起,他看了看,这会儿是何亚娴打过来的,便接了。那边何亚娴的声音有点焦虑不安:"萧静,你出什么事了,不会被绑架了吧?"

萧静愣了一下:"绑架?"

这时何亚娴非常老练地说:"你不要出声,只管听我说就行,你在哪里,有什么特色的建筑物,他们需要多少钱?我去救你。"

萧静有点哑然失笑了,心里也有点感动,她居然会冒着生命危险来救自己,真的很难能可贵。

"亚娴,你误会了,没有的事,我在婚纱店呢。"

"婚纱店?"何亚娴又愣了一下。

"是啊,陪我奶奶跟吴爷爷来拍照。"

"他们这是要拍婚纱照准备结婚吗?这等事哪能少了我呀,你们在哪个店,我也过去,顺便挑选一下我们结婚时穿的婚纱,老妈说了,日子可能定在下个月的月底,现在不准备,哪还有时间呀。"

"好吧。"跟何亚娴在一起至少比跟夏栀在一起好,省得老是让人误会,虽然萧静在心里对夏栀总有一种奇怪的感觉,但是一想到她是有男友的人,而自己也有未婚妻了,这种感觉就压死在心里吧,就当不曾发生过。

夏栀听得出来是何亚娴,心里有点酸,但是她是不会表露出来的,只管进更衣室伺候老太太换上非常复杂的礼服。

萧静看着这些漂亮的婚纱,脑子里却浮现出夏栀穿着眼前这些婚纱时的情景,直至何亚娴突然出现在他的面前,他被自己刚才的想法吓了一跳,

爱如夏花

为什么想的不是何亚娴,而是夏栀,自己是不是哪根筋不对了?

"怎么了,想什么呢,一定是想着我们穿着婚纱走红地毯时的情景吧?"

何亚娴拉着萧静俏皮地笑,这时刚才那位年轻的店员才意识到这才是一对,那么自己的生意不是又来了,这回一定要好好把握了。于是店员夸了一阵何亚娴漂亮又有气质后,便建议她试下婚纱,何亚娴欣然答应了。

正当她们提着婚纱准备试穿时,却见萧明清气呼呼地跑过来。"你奶奶呢?"

萧静大吃一惊,怎么可能啊,他怎么会在这里出现啊,"爸,你不是跟妈旅游去了吗?"

"小子,想跟我玩计谋,你还嫩了点,把我们支开,你们就以为可以大闹特闹了,不把我这个当爹的放眼里了?"

萧明清阴着脸,看看萧静又看看何亚娴,然后对店员说:"刚才那老太太老爷爷在哪里,你带我过去。"

女店员哪里知道是怎么回事,应了一声,便兴高采烈地带他过去,萧静那个急。"这都怎么回事,他是怎么知道我们在这里的?"

想想奶奶是不会告诉他的,而夏钟鸣跟夏栀,还有吴大爷跟父亲更无任何瓜葛。他看着何亚娴,何亚娴像一个做错了事的孩子,弱弱地说:"刚才来之前你爸给我打电话了,说给你打电话你没接,问我是不是跟你在一起,我说准备陪奶奶一起去看婚纱,她要拍婚纱照,哪里会想到他就往这里来了。"

看来老爸是压根就没去旅游,不是早上十点的飞机吗? 难道延误了? 还是干脆把机票旅游费也浪费了,来这么个反间计? 那也太可怕了啊,不惜一切代价都要阻止奶奶的婚事。唉,自己也不该多嘴,太松懈了,让何亚娴来干什么啊,多一个人就多出一桩事,这回看来拍照要搞砸了。

萧静跺了跺脚,跟了过去,里面已经闹成一片,只见萧明清拉着老太太要扯她出来,夏钟鸣阻止着,让萧明清滚别闹事,两个人还动手打了起来。夏栀在旁边拉都拉不住,都快哭了。萧静慌了,赶紧伙同摄影师一起把他们硬拉开。

"爸,你能不这么闹吗,就拍个照而已啊。"萧静吼道,这是他成年以来第一次朝自己的亲爸红脸。

这时"啪"的一声,萧静顿时觉得脸上一片火辣辣,萧明清甩了儿子一个耳光。"萧家的脸都被你们给丢尽了!背着我,干出这么败家风的事!"

萧静一下子被打蒙了,之后倔劲也上来了。"什么叫脸!你就是为了自己那点破面子也不顾奶奶的幸福!你是全天下最自私最不孝的儿子!"

"你——"萧明清气得再次扬起了手,萧静并不躲避,何亚娴真没想到事情会闹到这个地步,她挡在了萧静的面前:"爸,萧静他有些不懂事,但是他的心是好的,您就原谅他这一次吧。"

萧明清看了看萧静又看了看何亚娴,再看了看老太太与吴大爷,"哼"了一声便甩手而去。

一切安静下来后,老太太的哽咽声就刺耳了,夏栀刚想安慰老太太,却发现干爷爷气得浑身哆嗦,脸色非常难看,然后一下子瘫了下来,夏栀吓着了。"干爷爷干爷爷,您这是怎么了?"

这时大家都慌了,七手八脚地抬起吴大爷,并扶着老太太,直往医院赶。

进了急救室,其他的人都候在外面,夏钟鸣越想越恼火,本来两个老人今天是多么开心啊,期盼了这么多天,终于轮到拍照了,结果萧家的人一掺和,干爹抢救,老太太又伤心欲绝不停地哭,都什么事啊。

他朝萧静吼道:"我爸有什么事,我跟你们没完!"

"我——这跟我没关系啊,唉,我也没想到会这样。"萧静真的很无辜,他真不知道他特意安排好的事情,竟然变成现在这个样子。萧静叹了口气,说道:"唉,为了奶奶的事,我苦口婆心地劝他们出国旅游,自己还掏了一大笔钱,以为这样他们就干扰不到奶奶的事了,哪想到他会出现,事情会变成这样。"

夏栀想了想:"既然这事是瞒着你爸你妈的,你爸怎么会追到这里来。"

萧静看了看何亚娴,何亚娴不服气地噘着嘴:"我又不是故意的,我也不知道你爸对这事这么强烈反对,以为你爸同意的,你又没跟我讲过,否则打死我也不会说的。"

看来何亚娴也是无心的,大家一时间无语了,可怜的两个老人,都要到生命的终点站了,难道还这样被棒打鸳鸯散吗?难道就真的没法在一起了吗?活着如此多坎坷,到了尽头,还是不能圆满而终,这是多么大的一个悲剧啊。

夏栀想到这里,不禁落泪。

如果相爱,却不能在一起,那活着还有什么意思。

她看看萧静,又看了看何亚娴,他们是多么般配的一对啊,他们在一起,结了婚生了孩子一定会很幸福很相爱的吧,可是心里为什么会那么难过。

而老太太此时默然地坐在那里,神情有点木木的,夏栀想安慰,也不知道该怎么安慰,吴大爷的病大家都知道。

这时候医生出来了,叫道:"谁是家属?"

夏钟鸣迎了上去:"医生,我爸他——"

"可能不行了,他叫着秀秀,你还有那个秀秀,进去最后说几句话吧。"

老太太差点晕了过去,但是她知道,此时她要坚强,一定要坚强,否则生前最后一面都不能见上了。

夏钟鸣扶着老太太进去,只见吴大爷脸上戴着氧气罩,人很虚弱,虚弱得仿佛魂魄马上就会脱离躯体,但是此时,他的脸上有一种神气,一种光,似乎是凝聚着生命中最后的一点光与力,来换取最后的相见。

或者,这便是所谓的回光返照吧。

吴大爷弱弱地摸索着老太太的手,老太太紧紧地握住了他的手,老泪纵横。"老吴,我对不起你……"

吴爷爷微笑地看着她:"你——要好好活下去,我可能不能陪你走到最后了,对不起,来生如果我们能够再遇到,我一定——一定不会再放开你的手——"

他似乎是攒足最后的力气说出了这么一句完整的话,这会儿,他的脸僵了一下,一切似乎在那个瞬间凝固了,心电仪"嘟嘟嘟"地响着,上面的曲线终究变成了一条直线,一切,都静止了。

夏钟鸣叫着:"爸——爸——"

医生过来翻他的眼皮,然后摇了摇头:"他的癌细胞扩散到全身了,情绪好还能暂时多活几天……"

这时,老太太似乎已经失去了支撑她的力气,瘫了下来。夏钟鸣大叫:"干妈您怎么了,医生,快来看看——"

一切又乱了……

7
旧爱之辱

老太太只是因情绪不好而晕倒,醒来后,便回去休养了。

只是回去后,像换了一个人,不言不语不吃不喝,神情木讷,手里不停地抚摸着那件叠好的红色嫁衣,仿佛七魂六魄皆已随着吴大爷而走,偶尔会喃喃自语,叫着南儿南儿,又叫着阿德阿德,经常管萧静叫南儿,然后一脸的茫然,也不知道她想说什么。萧静根本就拿她没有办法,而他对父亲的作为真的是到了忍耐的极限,若不是他的恶意拆散,吴大爷也不会这么快就走了,奶奶也不会变成这样。

这几天倒是忙坏了米娜,一些需要萧静处理的资料,她都一趟一趟地送过来,但是又不敢劝说萧静去上班,也不敢劝说老太太,因为老太太根本已处于一种神游于体外的模式,谁说什么都听不进去。

夏栀与父亲这几天也忙着吴大爷的丧事,想不到才见到干爷爷,他就这么匆匆走了,永远不会再回来了。夏栀感叹生命有时候真的太仓促了,原本他是想在他生命中的最后一段时间跟老太太相守至终,跟她在一起,能多活几天都是命运的馈赠,他都很知足。但是有时候,天意就是弄人,聚少离多,这世上,不如意的人又何其多。

而没几天,老太太就抱着那件嫁衣,还有拐杖,永远地睡过去了,或者她是铁了心地想跟随着吴大爷去了。萧静突然感觉到内心巨大的荒芜,一下子空了,像地陷一样。

而萧明清的号啕大哭与忏悔,在他的耳里听起来都显得那么刺耳,他觉得,父亲不再是自己心目中的伟大父亲,虽然他表面上很风光,实际上却连夏栀的父亲都不如。他只是爱自己,爱自己的面子而不顾亲情,对奶奶尚且如此,对自己呢,萧静不敢想象,如果自己拒绝了父亲对自己命运的安排,会是怎么样的一种结局,会不会跟哥哥一样的下场。原本他不想反抗,也无意于反抗,但奶奶的凄凉去世,却令他感觉到从未有过的悲愤。

一直以来,他都遵从父亲的安排,哪个学校,报考什么专业,出国留学,继承父业,甚至到现在的婚事,他都没打算去反抗,去拒绝。他现在怀疑,对父亲的唯命是从是不是个错误?

因为奶奶的突然去世,所以原本要定的婚期就被耽搁了,因为短期内谁都没有心情去张罗这桩喜事,而萧明清旅游也没去成,突然间就老了许多,公司也不大去了,暂时由萧静全权代理。

萧静干脆留在公司,甚至晚上也睡在办公室,因为现在的家令他感觉到窒息,他不能原谅父亲逼死奶奶的事实,但是他能怎么样?除了暂时逃避这个家,他还能有什么选择,父亲不来公司了,自己难道也扔下公司不管?

米娜看他这样,疼在心里,这天早上来上班她从自己的包里拿出一个保温杯,里面装着熬了一个晚上的桂圆参汤,她自己都没舍得喝。

"萧总,您都两天没有回家了,喝点甜汤吧。"

"不用了,我不喝甜的。"

爱如夏花

米娜急了:"这是我炖了一个晚上的,虽然不是特别值钱的东西,但也是我的一番心意,如果你不喝,我只能倒了。"

她委屈得要掉泪,萧静看到她这样子,也有点过意不去,最近自己情绪不好,她也跟着受连累,想想感觉挺抱歉的。

"好吧,那我喝,不过下次别把这些东西带到办公室了。"

"嗯嗯。"米娜一下子阴转晴了,把杯子给了他。

萧静一口气喝完,然后把杯子递给她。"谢谢了。"

米娜看到他嘴角有汤水,便条件反射地拿起纸巾给他擦,有时候,关爱一个人的感觉会自然流露,想藏都藏不住。

这时候,何亚娴刚好进来看到这一幕,怒火上冲,给了米娜一巴掌,米娜手上的保温杯也"咣当"一声掉在了地上。

"你还要不要脸了?大白天的在办公室勾引我未婚夫!"

米娜被这一耳光给打蒙了,她捂着火辣辣的脸颊,看着眼前愤怒但又漂亮的女子,心想着,这难道就是萧静的女朋友?

"对,对不起。"米娜低下头,捡起杯子,但是眼泪却忍不住掉了下来,她拿着杯子冲出了办公室。

萧静有点不可思议地看着何亚娴,在他的印象中,何亚娴一直是个淑女,没有那种小姐脾气,敢情这一切都是装的?而且他越是接触,越觉得何亚娴不如夏栀生性率直,总是觉得捉摸她不透。

萧静不说话,却直直地看着何亚娴,目光寒如冰。

何亚娴这才意识到自己刚才的行为有点撒泼,有失自己的形象,讪讪地说:"刚才我一进来就看到她对你这样了,所以根本没多想就火了,我可能是误会了,萧静,以后这种女人你还是离她远一点,有的女人,就是想靠勾引男人来上位。"

萧静冷冷地看着她:"你倒是真能自圆其说,万一你没有误会我们呢?"

"这——"何亚娴的脸上有点挂不住了,"不会的,你怎么会看得上她呢,对吧,一个小员工而已,长得又不怎么样。"

"如果说,我就是喜欢这种长得不怎么样,又一心想着靠男人上位的女人呢?"

"你——"何亚娴原本是想大发脾气一走了之,但是她何亚娴如果输于那个小助理的手上,那岂不是天大的笑话吗,好吧,小不忍则乱大谋。

"萧静——对不起,刚才是我的态度不对,我不应该那么冲动,等下她回来了,替我向她道歉一下,可以吗?"

本来萧静想说你想道歉就亲自向她道歉吧,凭什么让我替你道歉,但是看看何亚娴噘着小嘴,一脸委屈的样子,而且她毕竟也是自己的未婚妻,让她亲自向一个小员工道歉,确实对她来说太苛刻了一点,既然她知道错了,也罢了。

他神情缓了下来。"以后别动不动就对人动手,我讨厌爱打人的女人。"

何亚娴嗯嗯地应着:"我不是好几天没见着你了嘛,手机也没接,你妈说你心情不好,我就跑过来看你了,别怪我多嘴,我知道你这段时间情绪不好,但是过去的已经过去了,你就别怪你爸了。"

萧静又冷了下来:"你跑过来就是为了跟我说这些话的?"

想起要不是她多嘴,后来至于发生这么糟糕的事情吗?她无心的一句话,不但毁掉了两个老人的幸福,还致使他们都遗憾地离去。

"才不是呢,我就是想你了嘛,这几天发生这么多的事,我心里也不好受,我知道,我也有错,可是,我真的是无心的……"

说着何亚娴双眼朦胧起来了,萧静叹了一口气:"这事,我老爸也迟早会知道的。"

何亚娴看他不再怪自己了,便嘟着嘴撒起娇:"我是空着肚子过来的,好饿噢,你陪我一起吃饭吧。"

爱如夏花

这会儿,萧静也不忍心拒绝了,虽然刚才喝了米娜的甜汤,但是并不解饿,而且这几天他一直叫的是快餐,有时是吃食堂,也没怎么走出公司,确实觉得该出去散散心换换口味了,陪何亚娴一起吃吃饭也好,跟她相处的时间多一点,可能也会了解得多一点。现在,何亚娴于他来讲,真的令他捉摸不透,这到底是个怎么样的女子?他感觉自己能一眼看穿米娜,也能一眼看穿夏栀,但是,对何亚娴,他真的有点看不透。

她似乎很识大体,但是脾气却很冲动,似乎很善解人意,但是却又有着自私狭隘的一面,令他难以理解。

虽然跟夏栀相识的时间与跟何亚娴相处的时间一样短,但是夏栀却是简简单单很纯净的人,他倒是喜欢那样的简单。而命运,却把他跟何亚娴排在一起,而不是夏栀。好吧,接受命运的安排,或者也是一种选择。

两个人便去了一家意大利餐厅,老板是意大利人,这里的装修非常雅致,又有异域风情,十分适合情侣约会。其实萧静留学的时候吃腻了西餐,回国后,基本就不碰了,太久没有吃西餐了,这会儿重温一下也好。

他点了份牛排与海鲜芝士焗意面,何亚娴要了份牛肉披萨与培根奶酱通心粉,还有一些小糕点。看着菜谱上那些红的绿的黄的咖啡色的散在一起,做成了面或披萨,看起来是好看,但是却激不起他的胃口。他觉得,只有中国菜最适合中国人的胃。三年前,他一毕业就马上回国,一刻都待不了,回来后海吃特吃,心里想寻回一些东西,但是最终还是选择让它去吧,况且那些东西已经在心里慢慢消散。或者说,他之所以带何亚娴来这里,只为重温一下某些回忆。

"萧静——"何亚娴欲言又止,"我们的婚事——本来是下个月的,是不是如期举办,是——你妈让我问一下你的意见。"

奶奶才刚刚下葬,尸骨未寒,他怎么能弄大喜事,而且现在的他不想把自己后半辈子的幸福系在一个令他捉摸不透的女人身上,这是拿自己的幸福开玩笑。

萧静低下头,夹起盘子里的东西往自己的嘴巴里塞,声音低哑得仿佛只有自己听得见。"过几个月再说,我现在没有心情搞这些。"

"萧静,你的心情我理解,但是这是我们的大事呀,总不能因为这样而被耽搁了,不是我急着嫁你,是我觉得,既然命运安排我们在一起,你我既然接受了,那么我觉得我们就应该好好地享受这样的安排,这样,我也好有个准备,把该买的该准备的东西都弄好,我也不想再去国外了,反正今年正好毕业了,也不想继续读研了。"

这时,她又嘟起了她那并不算小的粉色嘴唇。"如果不结婚,我爸妈又要逼我去读研,我不想去外国了,都没几个认识的人,人生地不熟的,哪有在这里自由自在。"

而此时,萧静似乎对她的话置若罔闻,他直直地看着一个刚进餐厅,身材柔弱,但是眉目却十分清秀的女子。只见她身穿一件墨绿色的束腰水袖连衣长裙,长发编成细细的小辫子优雅地盘在脑后,曼妙的身材一目了然,有一种惊若天仙之美。

她的出现引来很多注目的眼光,虽然这个时间就餐的人并不多,这其中包括萧静,但是她淡然无视,似乎早已习惯被人所仰视,而何亚娴在不停的讲话中,也扫了她一眼,当时并没有注意,当她意识到萧静直直地盯着那个女子看而对自己的话却置若罔闻时,不由得酷意大发,呸,不过是个长得好看点的小妞而已,要这么盯着看么?真想不到萧静也是这种视觉动物的男人。

她并不知道,萧静手中的杯子快要被他捏碎了,只见一个长相同样俊美的男子,轻轻地搂着女子那不盈一握的腰,然后拉开凳子,让她坐下。女子轻轻坐下来,理了一下裙摆,对着对面的男子甜甜地笑着,眼睛里全是爱意,而这男子,却正是败于他手下的丁莫伟。

爱如夏花

好吧，怪不得两年前就跟我分手，既然你另有所爱，我还有什么不能死心的。

丁莫伟看到了萧静，微微一笑，没来打招呼，本来也不是什么朋友，也用不着打招呼，而他挡着那女子这边的视线，她并没有发现萧静。

"萧静，你到底有没有听我讲话呀？"何亚娴看着萧静一直盯着美妞看，魂都掉了的样子，心里有气，用手在他的面前挥了挥，萧静这才回过神来。

"什么？你说好就好吧。"

"你答应了呀？"何亚娴表面淡然，但内心却是欣喜若狂，萧静却不知道，此时，他以为眼前这简单爱着自己的姑娘，只是想跟他在一起生活的能白头偕老的姑娘，心里却有着自己的如意算盘。

而随着萧静的应承，她的一颗忐忑不安的心也应声放下，尘埃落定也便是这样的一种舒坦感吧。

这时，一阵悠扬的萨克斯声骤然响起，两个白人乐手去了丁莫伟那一桌专门为他们演奏，一个红衣白人女子还在一旁载歌载舞，而丁莫伟这时候单膝跪下，手里拿着一个首饰盒，对着女子说着什么。那架势，傻子都猜得出来，是在求婚。而那女子用手捧着脸，一副幸福来得太突然的模样，如此惊喜的表情，却从未令萧静得到过，他心里泛起无尽的寒意，他闭上了眼睛，在心里说道：柔柔，或者，你从未爱过我，也好，终于能给那段久远的爱情画上永远的休止号了，可是，为什么，你移情别恋的人，是丁莫伟？

这场求婚谁都看得出来，一定是成功的。

萧静原本沉寂的情感碎片又浮出水面，然后被某些浮游生物肆无忌惮地撕扯着，疼。过去了这么久，为什么还有疼痛的感觉？不过是旧爱，难道他还不甘心？

萧静拉着何亚娴冲出餐厅，全然不顾她的莫名其妙还有那一桌没动过的食物。

萧静独自走进了一家公司的大门,他走向了服务台,服务台里一个声音甜美的姑娘对着他说:"先生,请问您找谁?"

"找你们丁总,我是萧氏集团的萧静,麻烦你通报一下。"

姑娘便打了个电话,然后放了下来:"您上去吧,丁总在办公室,请您上去。"萧静点了点头便上去了。

而此时的丁莫伟心里充满快意。萧静啊萧静,虽然在项目竞争上,我总是败于你,但是你的女人被我搞定了,便是你最大的败笔,你再成功,又有什么用呢,现在,你的女人是我的,哈哈哈。

他看到萧静进来,并没有起身,倒是非常热情地招呼着:"哇,稀客啊稀客,萧总萧大公子,不对,应该是萧二公子,大公子估计至今还去向不明吧,萧家的二少爷今天光临,真是令寒舍蓬荜生辉呀,请坐请坐,小美,去给萧二公子沏杯茶。"

萧静罢了罢手,直奔主题,他跟丁莫伟没什么可寒暄的。"你对柔柔是不是真心的?"

丁莫伟哈哈大笑:"什么叫真心,是不是把心掏出来才能看得出真不真心,哈哈,萧总,你可真逗呀。"

萧静真是后悔自己不该冲动,来找这个混蛋,明摆着是送上门来给他羞辱的。"你好好待她便好,我不管你们的事。"

"萧少爷还是挺识趣的呀,这是当然,她现在是我的女人,是我丁莫伟将明媒正娶的女人,我怎么会亏待她呢,这个你就放心吧,亏谁都不能亏你的前女友是吧。对了,昨天我向她求婚的场面你也看到了吧,不对,你没有看完就走了,真可惜,不过嘛,看不看完没什么区别,反正嘛结局一样。不过男人嘛,最心爱的东西被别人抢走,事业再成功又有什么用,因为钱呢是可以再赚的,但是心爱的东西只有一样……"

爱如夏花

萧静不想再听他废话,冷冷地说:"够了,祝你们幸福!"说完便往外走。

"喂,萧静,别急啊,我正在整结婚请柬呢,顺便给你写一份啊,份子钱送不送都没关系啊,我不差那点钱。"

丁莫伟冲着萧静无比快意地叫着,他觉得自己这辈子对萧静的嫉恨在这一瞬间全发泄光了。萧静啊萧静,你知不知道,我娶了你的女人,你就注定被我羞辱一辈子!

萧静不知道是怎么走出来的,他来到了以前跟柔柔经常来的公园山顶,坐了很久很久,直至天色完全黑了。

他想起那时候,他们经常一起爬上来看落霞,柔柔经常偎依在他的肩膀,轻轻地说,真希望时间就停住了,地球也不再转了,我们就这样永远在一起。但是,现在呢? 他感到一阵酸楚。

柔柔是他的大学同学,而丁莫伟那时还是他的校友,柔柔是校花,虽然长得漂亮成绩也好,但是平时学习非常用功,性情温柔,追她的男生很多,也包括丁莫伟。但是,她独独喜欢萧静,桀骜不驯成绩永远名列前茅的萧静。喜欢萧静的女生也很多,几次偶遇之后,他们终于抛下了所有的追求者,走在了一起,而所有的人都输得很服气,因为,他们确实很般配。

毕业前,萧静选择了出国留学,约她到一家意大利餐厅见面,他想说服柔柔,让她跟自己一起去,但是柔柔无法脱身,因为家里还有个生病的母亲,还有个上小学的弟弟需要照顾,他只得独自出国。有时候,距离就是感情最大的天敌,他每隔两天就给她打电话,她总是抱怨着越洋电话太贵了让他省点钱,给她发微信就行,但是因为时差的关系,看到的总是互相的留言,慢慢就互相也有点索然了,然后他发现她接自己的电话时,也不那么热情了,有时候,在QQ微信上留言,也是很久才回一句,有时候干脆不回。他把这一切归于时差,归于距离,归于她太忙的原因,她一边要工作,一边还要照顾家人。就这样一年后,他觉得他快要失去柔柔了,决定放弃出国,陪在她的身边,但是柔柔却告诉了他,萧静,我们不是一个世界的人,放弃我吧,我有另外喜欢的男生了。

他们就这样分手了,他伤心地继续留学,他也没想到那个男人会是丁莫伟,如果他跟她是两个世界的人,难道,她跟丁莫伟又是同个世界的人?丁莫伟也是个公子哥,只是他没有选择出国。或者是,她最需要自己的时候,自己却不在她的身边,也没能帮上她的忙,而丁莫伟却做到了。或者,这就是他败给丁莫伟最主要的原因吧。

他下了山,回到车里,开着车,觉得心里很闷,不知道该往哪里去,不想回家里,也不想找何亚娴,这些心事,怎么适合透露给何亚娴呢,他也不想,他是打算埋了的。开着开着,他鬼使神差地开到夏栀的楼下。

看着楼上的灯亮着,不知道那丫头现在在干什么,初见夏栀的一瞬间,他以为看到了柔柔,虽然她们长得并不十分像,但很神似,而现在发现她们是完全不同的两个人,夏栀的性情率真、泼辣、坚强,柔柔虽然坚韧,但是,经常是优柔寡断,依附性强。以前,他们在一起,他听得最多的是她的诉苦,那时候,因为爱,令他心疼,而现在,既然丁莫伟是真的爱她,那么他应该也会给她幸福的,一想到那天她看着丁莫伟的眼神,他觉得心里有点疼,这种眼神他曾经拥有过,而现在,却属于另一个男人。

也好,她幸福就好,我是不是该好好地跟往事告别了?

萧静说不清心里到底是难过还是得到了解脱——那种五味杂陈的感觉,但是至少这疙瘩在心里已作了个了结。好吧,这未尝不是一件好事,至少,可以跟何亚娴重新开始。

但是,他为什么总是放不下这小鬼头,非常想跟她说大堆的话呢。

8
温暖的海

他停下车，然后打电话给夏栀。"出来吧，我在楼下等你。"语气里不容置疑，讲完就挂掉。

夏栀完全没回过神来，她还拿着手机发呆。什么情况，什么事情，他有什么东西带给我，还是跟我讲一两句话就走？

她从窗户里探下去，只见萧静的车真的停在那里。

她今天一天没有出门，穿着件宽大的睡衣，连头发都没有梳，嘴角还有饼干屑，像只乱糟糟的流浪狗似的，这样的形象见着丁皓哲那傻缺她是完全不在乎，但是萧静却不行，不能让他看到自己最邋遢的一面。

于是夏栀跑进卫生间，胡乱擦了把脸，抹了点BB霜，理了理头发，再换上一件素色连衣裙，这一切都在十分钟里完成，但却立即让她从一只邋遢的流浪狗恢复了人形，知道电视里妖精变成女人是怎么变的吗？嗯，就是如此这般。所以说，没有丑女人，只有懒女人，这句话一点都不忽悠人。

而此时的萧静正开着音乐听着《Raining》，里面沙沙的雨声仿佛他此时的心境。夏栀把脑袋往车窗里探:"什么事情啊?"

"你上来吧。"

好吧,幸好姐有准备,把门锁了带了钥匙出来,虽然没带钱包,但是有这么一个"高富帅"在,不至于需要我来买单吧。

于是夏栀便往副座坐了上去。"你准备带我去哪里?我告诉你,我很忙的,聊天要计时收费的!"

"行,随便你算,你算好了报我就好,不还价。"

这会儿,夏栀倒是无语了。

"小妞,你陪我喝酒吧?我带你去一个地方吃烤串,然后喝啤酒怎么样?"

夏栀看了看他,谅他也不敢把自己怎么样,思索了下便答应了。"可是,你喝了酒怎么开车?"

"没关系,我可以叫代驾。"

只见萧静在一家便利店停了下来,买了一箱啤酒与几罐饮料,然后在一家烧烤店里买了一堆烤串与熟食。夏栀疑惑地看着他,还准备带上这些东西,去哪里?闻着这些味,她真的感觉到饿了,心想,就不能在车里解决,非要那么麻烦么,又怕萧静说自己low,忍了忍,终究没有说出口,任由着他开车,驶出城区的万家灯火。

"喂,这到底是去哪里,你可不要打我的主意,我家可没钱赎人。"

"绑架才不会找你呢,顶多把你非礼了。"

夏栀瞪大了眼睛,萧静不禁笑了。"行了别这么看着我,我从不会强迫女人,除非女人投怀送抱想非礼我,我反抗不了只能接受非礼了。"

"你——"夏栀一时说不出话来。

萧静不禁哈哈大笑。"别想多了小妞,真想干坏事,我还这么麻烦买这么多吃的又跑那么大老远干吗,我带你去一个地方,一个安静的地方,能听

爱如夏花

到海浪的地方。"

"海边？"

萧静嗯了一声，这会儿夏栀安静了，她想的是，如果干爷爷与干奶奶都在的话，那多好，她跟萧静可能会走得更近了，而她也有理由去经常看看他了。萧静难得主动找她，并带她出去，看他心事重重的样子，一定跟自己一样，很不开心吧，也是，两个老人就那么遗憾地走了，想起来，心里真不好受。

到了海边，车子停了下来，两人下了车，夏栀凝望着深沉的、在夜幕笼罩下散发着幽暗色亮光的大海，心情瞬间平静，只见海潮在沉稳而有力度地涌动着，此起彼伏，不知疲倦。此时，风吹起她的长发，瞬间凌乱。

萧静从车里拿下吃喝的东西，并从后备箱里拿出一张垫子，带着夏栀一起走下沙滩，然后把垫子摊在沙滩上，把吃的给拿出来，而夏栀脱掉鞋子，欢快地在沙滩上奔跑着。这时的沙滩是安静的，除了他们，不再有人，这片海似乎被他们所承包了。

"别跑来跑去的，咱吃起来吧。"萧静打开易拉罐装的啤酒给夏栀，给自己开了瓶饮料，夏栀奇怪地看着他。"你不是说喝酒的吗？大不了找代驾？难道就让我一个人喝？"

萧静哈哈大笑："你看这个鬼地方，谁会跑这里来代驾，行了，你只管醉，我负责送你回去，保证完璧归赵。"

夏栀睨视着他，心想着，谅他不会占自己便宜，不过自己也得留一个心眼，这世道变态的人这么多，不能掉以轻心。

两个人坐在防潮垫上大吃大喝起来，夏栀那压抑了很多年的牢骚与苦楚像倒豆子一样地倒了出来，父母从小就离开，母亲带走了弟弟，自己跟了父亲，父亲又娶了继母。自己有时候宁可待在寄宿学校也不想回家，好不容易混到高中毕业，父亲在继母的怂恿之下，不再支持学费，只能不再继续念大学。打了几个月的工,攒了点钱便另租了房子,打算自己创业,但是白手起家的创业,那种压力与辛酸真的没人能理解。那时候,为了省钱,她买最便宜的白馒头就着白开水,一天就吃这个,没有人关心她的处境,还有房租水电各种压力,令她觉得每天的生活都像是一场挣扎,必须战胜自我才会有活下去的信心。好不容易网店有点起色,请了女客服,并有个还算不错的男孩子追,结果那男孩子跟女客服聊出感情,直接把她给隐形了,她便让他们滚出自己的世界了。

听得萧静哈哈大笑:"看来你简直就是一部苦难史啊,比我不幸多了,而且还名正言顺地被劈了腿。"

夏桅苦笑道:"你估计都没吃过我这苦,怎么比,不过那个是追我的男孩而已,又不是男友,没什么幸不幸。"

"嗯,看来家庭带给你的伤害远比感情来得大,其实,我也没觉得我有多幸福,这辈子都没做过一点自己喜欢的事。"

这时萧静喝着喝着,顺手把夏桅的酒给拿起来喝,夏桅发现已太晚。"这是我的啊,你喝了酒,晚上我们怎么回去啊。"

"都已经喝了还能咋地,晚上就不醉不休吧,大不了不回去了,难得安静地待上一晚上,难得毫无防备地聊着天,你的说完了?那就聊聊我的吧,光听你吐苦水,我也得把自己的苦水也倒出来,人生才能轻松一点。"

"嗯,说吧,我听着呢。"海边的风有点大,而且随着夜深,也透着些凉意,夏桅把头发拢在颈后,抱紧了自己,忍不住说:"我们就在这里过夜吗?人会冻死的啊!"

萧静想了想:"你等着,我给你拿毯子,我后备箱的行李包里应该有一条。"

于是萧静便去车里拿了一条毛毯过来,夏桅瞠目结舌地看着他把毯子扔在她身上。"你还真打算就在这里吹一晚的海风?"

爱如夏花

"要不然呢？这不，我不小心喝了酒嘛，又回不了，我也不想回那个家了，让我觉得压抑……唉，人生难得几回醉，难得醉一回，我这辈子啊，你不知道，你的世界我不能身临其境，但是我的世界也一样，你也体会不了，虽然我从不用为吃什么穿什么用什么而操心，但是我不能有自己的主意，我无论做什么都得听父母的，他们让我学钢琴，我只能学，不管我怎么讨厌，他们让我学画画，我也只能学，虽然后来我真是比较喜欢画画，跟我哥一样，但我哥却坚持他自己的，这点令我羡慕。他们让我上贵族寄宿学校，我不想去，因为我不想离开他们，但是我没得选择，到后来，我都不能选喜欢的美术专业，只能选择MBA，你说，那当初让我学画画干什么啊？我能反抗吗？反抗了也没用，只能接受，我知道自己翅膀没长硬的时候，一切的挣扎都是徒劳，于是不再挣扎，而到现在，竟然习惯了他们对我的安排了，就好像一个被囚禁的少女，爱上了罪犯，你说我可不可悲。夏栀，跟我比起来，你至少还有自由。"

"切，我每天都在为生活打拼，不拼只能等死，我高中毕业就出来做事，一切靠自己独立，你觉得我还有自由？"

"好吧，我们是两个世界里同样不幸的人。"

喝着喝着萧静有点喝多了，靠在了夏栀的肩膀上。"你有不幸的身世，我也有，我小的时候，我爸经常拈花惹草，跟我妈吵架，我哭他们吵，然后我爸就摔门而去，几天不见踪影，我妈不睡觉，坐在沙发上等啊等哭啊哭，这样的事情几乎每个星期都会发生一次。有一天我爸带着一个女人回家，那女的还大着肚子，怀了我爸的孩子，我妈当时就歇斯底里了，但是他们没离成婚，我妈坚决不同意，后来也不知道怎么回事，还打了起来，我爸也打了那女的，那女的竟然就从我家客厅的窗户口跳了下来……没活下来……肚子里的孩子也跟着去了。这事情后来一直成了我爸妈抹不去的阴影，我爸后来也没敢再找别的女人了，不过他在我心里的形象也都没有了。但是,他依旧不改自己的臭脾气,对自己不作要求,对家人却非常苛刻,怪不得我奶奶没跟他住一起,我哥也离家出走至今没有回来,他那么死要面子,眼里只有他自己,奶奶最后的请求他都反对,最终奶奶抱憾而去……可怜的奶奶,还有哥哥,就我最没用,屈于他的淫威之下,没有反抗。我真不喜欢那个家,母亲软弱,父亲刚愎自用……呵呵,还有更狗血的是,我大学相恋了两年的女友,竟然被我的商业竞争对手给抢走了,而且,他们就要结婚了……"

"不是吧,你的商业对手是不是个情感骗子啊?这要让你前女友知道啊!"

"我不知道商业对手对她的感情是真是假,但是她对他的感情却是真的,就凭这一点,我没任何资格去掺和这件事,既然他们是要结婚的,互相应该也是有真感情的。况且,我们也分手好几年了。"

这回夏栀无语了,萧静继续说:"自己谈的不会有结果的,我不再跟命运作无谓的挣扎,我想早点成家也好,至少可以搬出去,我妈一年前就给我准备了婚房,但一直没住,他们给我准备的结婚对象,我也没想去拒绝,因为那得费很大的力气去说服他们,我累了,或者说我已习惯了他们对我的操纵,没力气去挣扎,你说我是不是挺没用的……"

"你确实没用啊——很孬种,男人活成你那样确实够孬种,难道你是行尸走肉吗?没有一点自己的想法吗?"

"你——说对了,我觉得——我就是行尸走肉。"

萧静做着僵尸的鬼脸,僵直着身子光脚在沙滩上蹦跶着,夏栀吓得尖叫。"行了,这大半夜在这荒无人烟的地方,万一真把什么破东西招过来怎么办,萧静,你再这样我就走了!"

萧静哈哈大笑,要把余下的几罐酒喝完,夏栀酒量并不好,两罐下去已晕头转向了,到最后,两个人抱着毯子有一句没一句地聊着。夏栀借着酒

爱如夏花

劲说:"萧静,如果我喜欢你,你会不会放弃父母的安排?"

萧静说:"我也挺喜欢你的,要不,我们私奔吧?你说,咱私奔到哪里比较好?"

一时间,两人沉寂无声,只有浪涛与风的声音。几秒过后,两个人突然同时爆发出一阵笑声,笑着笑着都笑出了眼泪,或者两个人都把彼此的话当作了酒后疯语而已,萧静笑着说:"来来来,我们继续喝酒,喝完为止,咱别浪费粮食。"

"我——我快不行了——最后一口,最后一口啊!"

最终,萧静与夏栀因为醉意与困倦都瘫软了下来,因为风大,有点冷,两个人互相靠近无意识地抱在一起取暖,就这样睡着了。

夏栀感觉到眼皮上的光线有点亮,她一向用全遮光的窗帘拉上才能睡得着。她努力地睁开眼睛,却看到眼前是一张满是皱褶的脸,她"哇"的一声尖叫跳起来,却发现自己的肩膀上还挂着一条男人的胳膊,天啊,都什么情况啊,她再一次狂乱尖叫,这会儿把萧静活生生地给叫醒了。

他揉了揉眼皮,努力地睁开困乏的眼睛,一时间迷茫了:"这是在哪里,这都什么情况?"

夏栀这会儿也刚刚清醒过来,原来自己昨晚竟然跟萧静在这里睡着了,还抱在一起!而后背挂着鱼篓的老渔夫发现了他们,便好奇地过来看热闹,却差点把夏栀给吓死了。

老渔夫也被夏栀的尖叫声给吓着了,边走边摇着头叹息:"现在的年轻人啊,竟然就在沙滩上过夜……也太不检点了……"

这话,夏栀与萧静都听在了耳里,夏栀使劲地推开萧静,恼火地说:"你为什么占我便宜啊,是不是吃我豆腐干坏事了?"

萧静愣了一下,原来自己一直抱着夏栀睡觉,但是他看了看自己,又看了看夏栀,哑然失笑。"我都醉成一团烂泥了,你说我怎么有力气欺负你?你看看我身上,衣服完好,再看看你身上,衣服也一件没有少,两个人都穿着衣服,这坏事怎么干啊。行了,咱谁都没占谁便宜,互相取暖而已,嘿嘿。"

夏栀下意识地摸了摸自己的衣服,是啊,一切都正常,再看着萧静,视线从上挪到下,人家可真是穿得好好的,而且刚才也是自己先于他醒来的,他也没机会干掩耳盗铃的事,想到这里,她就莫名其妙红了脸。

萧静笑着说:"真不觉得挺遗憾的? 泡帅哥这么好的机会竟然错过了?"

"切!"夏栀拿起几个空了的易拉罐追着萧静打,一个跑一个追,欢笑声洒满了初绽亮光的海边……

这时候,萧静突然停了下来,指着灰蒙蒙的天空泛起的一点光亮。"你看——日出!"

夏栀顺着他所指的方向望去,只见天空中有一片淡黄色,这种淡黄逐渐变得浓烈,成了橙红色,海平线也染得一片橙。他们不再说话,一切显得那么安静,空气中有潮润的咸腥味,凉凉的,弥漫着丝丝的雾气,夏栀感觉如在梦中。

有多少年没欣赏大自然的美景了,她痴痴地看着,期待着破茧的时刻,仿佛等待着自己的新生,但是此生,她还有新生的机会么? 这会儿,太阳终于喷薄而出,红红的脸,像含羞的姑娘。

夏栀大叫着,朝萧静扑过去:"出来了! 出来了出来了!"

萧静没有拒绝,静静地搂着她。"姑娘,安静,太阳会被你吓跑的。"

只见太阳像被一双无形的手轻轻地托出海平线,最后如释重负般地露出整张红彤彤的脸,一瞬间,光芒万丈,遍地金黄。

夏栀依偎在萧静的怀里,痴痴地看着,其实她并不是被这日出打动,而

爱如夏花

是萧静的怀抱令她感觉到安稳、踏实,如果时光就停留在这一刻,不再转动,太阳也停留在初绽时的模样,温柔美好,而不是灼热地烧着,那该有多好。

此时,她突然想,萧静能在这么美好的时刻给她一个吻该多完美,那么,她的青春会画上最美的一笔,不再有遗憾,一直很灰姑娘的她,原来也可以跟韩剧里的女子一样幸福,她将永远铭记这一刻。

她缓缓闭上了眼睛,期待着那一刻,而萧静却拍了拍她的肩膀。"小妞,你不会又睡着了吧,早上还挺冷的,咱赶紧把东西收拾一下回去吧,身上黏糊糊的,回家洗个澡换套衣服再睡个觉。"

这回,彻底把夏栀从幻想中拉回到现实中。好吧,不解风情的家伙,你还能指望他什么,况且还是别人的未婚夫,面对现实吧夏栀,这个男人不是属于你的,你就死了这条心吧,有的男人碰都不能碰,一沾上就能焚身蚀骨,未沾之前趁早抽身,只是又为自己刚才的花痴样而感到害臊。

夏栀一边跟萧静一起收拾着空啤酒罐子与烤串棒等各种垃圾,一边轻轻地自言自语般地说了声:"谢谢你,陪我度过一个美好的夜晚。"

萧静一时没听清楚她的话:"什么?"

夏栀笑笑,笑容中带着点凄楚。"没什么,我是说给大海听的。"

也是,关于这一晚的记忆就留给这片海吧。

9
狼狈的身份

丁皓哲在父亲的面馆里忙活着。

一般情况下,他是很少来这里的,只有肚子饿了并且纠结着要吃什么的时候才会来这里,因为在这里吃面占不了多少便宜,吃完之后,还得顺手收拾碗筷擦个桌子招呼客人之类的。老丁最头疼的就是自己的面馆没人继承,丁皓哲是他的独生儿子,但是丁皓哲压根对煮面这事没一点兴趣,更别说打理面馆。以前只打他的游戏,现在是改善不少,仿佛一下子懂事了,但是老丁还是觉得儿子没干点正经的事,老是神龙见首不见尾,他实在搞不清楚儿子到底在忙些啥。

他最担忧的是,这面馆自己都开了二十几年了,从父亲手里接过来一直到今天,他真怕最后断在自己的手里,后继无人。

丁皓哲刚过来吃完了一碗面,老丁就遣他去超市买把葱,好吧,他也习惯了,这是吃碗面的代价,不花钱的面条总得付出代价的,况且老爸煮的面真心是不错的。有时候,他也想要不好好跟老爸学一招,把煮面炒面的手艺学精了,至少以后养家糊口不会成问题,但是他始终无法终日在油烟味里生活,一天烧几次还行,一直不停地重复着这个活,拿这个当工作,他真会疯掉,他觉得自己真心做不了这一行。

他刚买了葱回来,把自行车停好下来,把葱还有几瓶料酒拿下来,却见老爸非常热情地招待着一个大胸女子,而且还坐在她的面前。丁皓哲在心里骂了一句"老色鬼",叫道:"爸,东西买好了,你还不去干活吗?"

老丁乐呵呵地招呼他进来:"阿皓,你看谁来了?"

这时,那女子转过了头,这不是何果果吗?怪不得背影看上去有点眼熟。

老丁是认识何果果的,因为之前丁皓哲有带她过来蹭面,何果果也喜欢吃这里的面条,特别是猪肠面,很清爽不油腻,肠子不肥且好嚼不韧,是这面馆的招牌,有的客人大老远的过来吃。

在老丁的心目中,何果果成了他的准儿媳,而老丁对自己儿子最低的要求就是生个娃,叫他爷爷,其他的,他已经死心了,反正面馆的事也不指望着他了。

而他们之间已分手的事,丁皓哲却不敢告诉老爸,怕他又把自己数落个没完。

丁皓哲冷冷地看着何果果把一块猪肠放进嘴巴。"你来干什么?"

何果果有点讪讪地笑:"我——就是想念大伯的猪肠面了呗,过来吃一碗。"

老丁看着这两个人神色有点不对劲,笑道:"小两口,吵架了是吧,阿皓,这就是你的不对了,大男人,要拿得起放得下,别老是鸡肠子小心眼,有点小吵小闹太正常了,想当初,我跟你妈那个闹得,楼顶都快被我们掀翻了。"

这事当着何果果的面,他真的无法跟老爸解释。"你知道个屁!"

老丁面子有点挂不住了,儿子竟然在准儿媳面前对他爆粗口,老丁随手抄起身边的一个扫把朝丁皓哲走过来。"臭小子,竟然这么跟老爸说话,眼里还有没有我这个老爸?今天,非要教训教训你,否则都不知道孝道了!"

何果果看这情形赶紧扒口面起身:"丁伯伯,我还有点事,先走了。"

说着便疾步走了,老丁向儿子使眼色:"臭小子赶紧追上去道歉啊,耍脾气归耍脾气,日子还是要照样过,女人很好哄的。"

丁皓哲一屁股坐在凳子上,没好气地说:"刚才她就是过来吃面吗?"

"借了点钱。"

丁皓哲瞪大了眼睛:"借钱,向你借钱?一点是多少?"

老丁伸出一个手指手:"就一万而已。"

丁皓哲张大嘴巴,久久说不出话来。"我平时向你借个一两百你都能磨叽上个把小时,你借了她一万?"

"是啊,怎么了?这段时间的营业款还没来得及存银行,本米留着交房租的,看她急用,就先给她了,怎么了儿子,帮助一下儿媳有什么不对吗?她说她妈生病了,你难道都不知道吗?"

丁皓哲的脸皱成了一团,那痛苦的表情像一张被搓揉了好几次起了毛屑的纸巾,然后冲出面馆,左右张望,只见车来车往,但哪里还有何果果的身影啊。他拿起手机拨打她的号,但里面传来的却是非常温柔的女声:"您好,您拨打的号码是空号……"

他大吼一声:"何果果——"

萧静回家洗好澡换好衣服,准备吃保姆做的早点,萧太太与萧明清也陆续起床,萧明清看着一身清爽、头发湿着并带着淡淡清香的儿子,甚为不高兴。"你昨晚去哪里了,不是说要回家的?"

萧太太也说:"是啊,儿子,昨晚你的电话一直打不通,急得我一夜没睡好,何亚娴也打过来好几个电话,说找你也找不到,你到底去哪里了呀,这么大了,还让人操心。"

萧静没说话,他对父母的怨气未消,不想言语什么。

"你跟何亚娴的婚事,这个周末我约她父母一起吃个饭,把这事给定下来。"萧明清的语气里带着不可抗拒的威严。

"可是奶奶——"萧静又有点后悔之前草率答应何亚娴的婚事。

"奶奶的事已经过去了,头七过后,一切按正常运行,下个月,你们必须得结婚!"说着,萧明清拿了包便要出门。

萧太太叫道:"你还没吃早餐啊!"听到萧明清"砰"的一声关上了门,摇了摇头,便坐了下来,边喝着一杯柠檬蜂蜜水边对萧静说:"儿子,何亚娴确实是个不错的姑娘,跟你真的是郎才女貌,非常相配,又门当户对。老萧跟她爸是世交,她家的果莱公司和我们公司也算是兄弟企业,这门亲事真的对我们两家人来说,都特别满意,要不,就听爸爸的,把这事定下来,我们也不用操心了,有亚娴管着你,我们也放心。"

萧静放下手里剥下来的蛋壳。"我吃饱了。"说完便拿了自己的包出门,萧太太追问道:"儿子到底好不好啊?"

萧静却把门给带上了,萧太太无奈地摇了摇头:"这父子俩,唉……"

萧静站在办公室的窗口,凝视着窗外,脑子浮现着昨晚跟夏栀一起醉酒,说疯话,并相拥着看日出时的情景,又想起夏栀所说的话:"你确实没用啊——很孬种,男人活成你那样确实够孬种,难道你是行尸走肉吗?没有一点自己的想法吗?"

确实,她骂得对,骂得好,他已在心里承认他也是喜欢夏栀的,喜欢这个率真又命运坎坷的姑娘,但是他能改变一切吗?他能不顾一切去力争自己的幸福吗？昨晚的睡眠不足与这个问题令他头痛欲裂,而听从父母,特别是宽己严人的父亲安排,他又很不甘心。

这时,米娜端着一个杯子过来,空气中飘着一股浓浓的苦香,亦如他此时的心境。

"萧总,看您脸色不怎么好,我给您泡了咖啡。"

米娜放下杯子,正欲退下,萧静突然说:"米娜,你觉得何亚娴——就是我的未婚妻,你对她的印象是不是现在都不大好?"

米娜当然还记得上次被何亚娴扇耳光的事,讪讪地笑:"我觉得,她可能太爱你了,才这么冲动吧,而且她觉得,像你这样的男人,应该会有很多女人喜欢,她更多的,是怕失去你吧,就是,脾气有点不大好,有点冲动……"

有时候,女人应该会更了解女人,萧静觉得她的话很有道理,或者自己真不能让夏栀陷入,把她给牵扯进去,因为这只会带给她更大的伤害,他不想在她如履薄冰的生活中,再给她一个冰窟让她跳。也许让她知道自己跟何亚娴的婚事是板上钉钉的事,这样她便会少点念想,以免给她造成伤害。

于是,他给夏栀打了一个电话:"小妞,晚上九点见,有空吗?"

此时的夏栀还在睡觉,连做梦都沉溺在昨晚的甜蜜中,一醒来看到是萧静的电话,还以为是在梦境,接起来,还真的是他的声音,便愉快地答应了,心想,自己这是在恋爱吗？爱情的甜蜜令她这一整天心情都很好,洗了个澡补了个觉后,感觉自己突然容光焕发,美得快不认识自己了。

她对镜子里的自己说,加油,夏栀,美好的一切别人有,你也会有！

看看时间不早了,于是便起了床,起床的第一件事,不像往常一样先开旺旺,而是把自己美美地打扮一番,换上自己最喜欢的裙子,并化了个淡妆。化了淡妆的夏栀就人如其名般,纯白美好的样子,看得她自己都有点醉了。

爱如夏花

然后出去吃自己喜欢的早点，一碗糯米饭加一碗豆腐脑，吃完后再打包一份炒粉干回家，嗯，留着当午餐，到时饿了微波炉里一热就能开吃，简便又快捷地享受美食。然后开电脑，开始一天的工作，一边工作着，其实一边都在等，等晚上九点的约会，这得有多难熬，真想把时钟直接拨到那个时间，这其中的时间直接跳过去，但是现实不是童话故事，只能等。在等的间隙，她心里一遍一遍地想，该怎么压抑着自己对他的感情，装作若无其事的样子，甚至于把他当哥们大大咧咧地打打闹闹？

好吧，夏栀，一定要冷静冷静再冷静，在对方还没对你表白之前，一定要保持冷静保持矜持，装作什么都没有发生，昨晚确实也就醉酒后无意识抱在一起取暖罢了，仅此而已，确实应该也不算发生。但是那种感觉很奇妙，就那么变得亲近了。好吧，就当作昨晚与今早的看日出都没有发生一样，平静地应他的约，那么他是不是觉得我也挺酷的呢？

这一天，夏栀都在胡思乱想，盯着电脑上的时间数着过，终于等到吃过炒粉干，吃过自己煮的面条，等到暮色苍茫，然后等到了九点，不见萧静来电话。她努力压抑着冲动，不打过去问原因，一直等到九点多了，萧静才打电话过来，说已到楼下。

于是她又对着镜子审视了自己一番，还好，还算是一副青春可人的样子。"胶原蛋白还没有被狗给叼走，好吧，现在不恋爱更待何时。"出门的时候，夏栀对自己说了这么一句话。

夏栀完全是被遐想中的爱情冲昏了头脑，以至于把萧静那充满着倦意与无助的表情都忽略掉了，好吧，恋爱中的女人，基本上智商为零，这话确实没错。

一路上，夏栀不停地说着话，说自己那些奇葩的客人，还有那些奇葩的买家秀，老婆买bra非要逼着老公穿上晒评论，还有喜欢穿在内衫外面的老太太，还嫌弃着我家的bra不够服贴，更奇葩的是，自己明明卖的是内衣，却有人投诉并写差评说我的电饭锅质量太差烧了两次电线！

夏栀边说边咯咯咯地笑，萧静只是微笑着，却一直没讲话。夏栀说够了，终于意识到气氛有点不对劲了，再看看萧静，冷静如初，表情淡然，早上的那种亲密感消失殆尽，他变回了原来那个高冷的、话少的，令夏栀感到陌生的萧静。

一时间，两个人都沉默了，气氛甚至是奇异而萧瑟，夏栀是等着萧静说话，而萧静只是想静静地压马路。她三番五次地看着萧静，那个面无表情的萧静，那个她永远猜不透在想什么的萧静，他的心离自己是远的，远得她无法触及，远得似乎从来没有亲近过，或者说，也是陌生的，陌生得令她感觉到他们之间完全不会有什么故事，昨天的欢笑与亲昵似乎都是梦境，梦散了，一切归于平静。

夏栀快要憋不住了，但是又不知道自己要说什么，正在痛苦地纠结时，萧静终于发话了："夏栀，我要结婚了。"

夏栀愣了一下，一时间没回过神，随之才明白，自己像个小丑，像个笑话，一个天大的笑话，自以为是，自作多情，最后成了自取其辱的角色。呵呵，夏栀啊夏栀，你以为自己是谁，一个最普通的网店女店主，这样的网店都不知道一年会关闭掉多少万个，生长于一个离异的家庭，父亲还是个民工，她这样的人，怎么能跟娇贵的富家千金何亚娴比，怎么能跟她竞争，连竞争的资格都没有。

确实，他们才是天造地设的一对，那么般配，无论外表、家境与修养，都会组成一个很完美的家庭，或者我真的是多心了，萧静喜欢的人是何亚娴，而不是她夏栀，萧静不过是找个朋友喝喝酒吐一下苦水，你却以为他对你一见倾心，呵呵，能不这么天真么夏栀，不小了，该长点脑了。

她感觉自己的心在滴血，疼痛感在扩散，但是，她不能流泪，连沮丧的表情都不能有,否则她必败得一点自尊都没有,所以她深吸了一口气,给自己挤出一点笑容,假装轻松地说:"噢,这是好事嘛,祝贺你。"

一时间,车里寂静无声,夏栀真是后悔跟他出来,大半夜跟他屁颠屁颠出去,以为他们之间会有个浪漫的约会,结果却听到这样的噩耗,他!要!跟!别!人!结!婚!了!然后跑过来向自己要祝福是吧?好吧,既然是这样,就让他听个够吧。

"你们挺合适的,男才女貌,一个富家千金,一个富家公子,何亚娴温柔体贴,长得漂亮,琴又拉得好,所谓的才貌双全,就是有时候脑子一根筋有点神经质,不知是真的有病还是装病,看起来很无意地摧毁了一些原本很美好的事——好吧,这并不影响她任何的优点,一个女人嘛,既有钱又有貌,还有什么好说的,而你呢——"

夏栀一时真找不到合适的词儿来形容萧静,想了想:"表面冷酷无情,属于那种很缺爱的人,所以你的心理缺失感很强,而且非常懦弱,依赖性强,习惯于接受命运,与其说是命运,其实是父母对你的安排,逆来顺受,看上去强大,其实不过是个小媳妇一样的角色,没有任何勇气去面对真实的自己,但是总的来说,心地还是挺善良的,至少把我搞残了还知道送了把拐杖给我。"

萧静呵呵笑道:"我都不知道真实的自己应该是怎么样的,唉,夏栀,你跟她真是完全不一样。"

"她?"夏栀愣了下,萧静有点懊恼了,怎么又把夏栀跟柔柔扯在一起,完全不同的人,夏栀却以为他指的是何亚娴,"怎么可能跟她一样,她是多么优雅的一个人,我就是马大哈加女汉子一枚。"

萧静愣了一下,回过了神:"要不,我们去吃点宵夜喝点酒吧,可能以后就没机会跟你一起喝喝酒聊聊天了,你喜欢吃什么?"

"这是最后的晚餐吗?"夏栀自嘲地说,"不对,是最后的宵夜吧,你结婚以后,咱俩就当不认识了,免得何亚娴醋罐子翻了,我可惹不起,也好,当送别昨天吧。"

昨天?萧静一下子又陷入了回忆,是的,昨天是一个美好的夜晚,他很久没这么痛快过了,痛快地发泄着那些自己从不向别人吐槽憋在心里很多年的话,疯疯癫癫地在露天之下对着夜空吹着海风宿了一夜,他感觉自己现在的呼吸中,都还带着海的味道。他真希望时间永远停留在昨天,可是,可能吗?

他知道夏栀对自己心有所恋,这妞藏不住一点心事,好吧,今天算是最后一次约她了,今后也只能祝福她过得好,并能找到属于她的真爱了。

于是萧静便带夏栀去了一个仿侏罗纪公园风格的烤串店,为什么还是吃烤串,其实就是想为了再延伸昨天,虽然他的嘴角都起泡了,而夏栀也好不了多少,牙齿肿了,但是她并没有拒绝。他们继续喝酒吃烤串,或者之后,她再也不会吃烤串了,他们之间,从今之后,就算遇见,也是陌路。

这家店里面有着大小各异种类不同的恐龙雕塑,有的站,有的坐,有的仰天长啸,有的作捕食状,非常逼真。夏栀摸摸这头动动那只,情不自禁地玩起了自拍。

好吧,就算生活给我再大的打击,就算我早被伤得千疮百孔,就算我被所有的人遗弃,如果一点小臭美的自娱自乐精神都没有了,那么,我夏栀还能算得上是一个女人吗?我夏栀之所以能活到现在,是因为我够坚强。

萧静便点了些已加工好的生烤串,这里是自助烤串,需要自己烧烤,只见萧静涂上油跟孜然粉,利落地翻转着肉串虾串,看得夏栀有点想不通。"像你这样的公子哥也这么爱吃这些垃圾食品,而且还连着吃了几天,不应该比草民更爱命的吗?这世界,我想不通的事真多。"

"你想不通的多了去了,其实平时我一个月最多也只吃一两次,当然这两天是例外,你不是喜欢吃吗?就让你任性一回,不过平时还是别吃了,吃

爱如夏花

了对身体不好,还容易冒痘。"

"我——"夏栀一时无语,心里想:我说过我喜欢吃烤串了吗?今天又是你带我来这里的,偶尔吃一次我还算喜欢的,第二天其实就不想吃了。好吧,只要跟他在一起,别说吃烤串,吃树根我也认了,再不好吃也当作人间美味,这就是爱情的力量,它就是有一种能让人智商为零的神奇力量。

这时,萧静把一串烤好的鸡翅递给了夏栀:"你吃吃看味道怎么样,就放了一点点辣,你应该能接受。"

夏栀拿起来尝了一下,味道还挺好,看来明天起来,估计自己的牙床会肿得跟馒头一样,不过再肿又如何,反正他是不会再看见了。夏栀一边吃,一边想,莫名其妙就被这微辣呛着了,呛出了一脸的泪。

她想借机哭,却不想让萧静看到她的悲伤,好吧,在这辣出的泪里就此埋了吧。

这时,那边传来乱哄哄的声音,貌似几个小青年在打架,几个人围着一个人揍,夏栀心里有点怕,最怕这些闹事的,搞不好会是黑社会的人在闹事,万一出现砍砍杀杀的场面,她可不想自己被殃及池鱼,她对萧静说:"我们还是走吧。"

萧静看着那边,却淡定地说:"静观其变,只是普通打架而已,他们没带武器,有我呢,我们吃我们的。"

这小子真会保护自己吗?就怕到时候都不能自保啊。但是既然他这么说,夏栀只好硬着头皮边紧盯着那边的情况,边吃着烤串。只见这边的几个服务员去拉架,那个被打的小青年爬起来,擦了擦嘴边的血迹,吼道:"我根本不认识叫什么洁的,我说过你们认错人了你们还不信!"

那几个人还是不甘心凑过去,夏栀看着那个被打的小青年,愣了一下,长得那么像夏木,特别像那天母亲随同生日礼物寄过来的全家福照片里的夏木。亲情是一种奇怪的东西,一看他那么像夏木,她就有一种本能的护小冲动,想都没想便挡在了他的面前。"喂,你们有话好好讲,别动不动就打架。"

萧静倒是傻了眼,这妞哪根筋抽上了?

为首的一个男人说:"他泡了我妹妹,我妹怀孕了他还死不认账!"

夏栀转向小青年,小青年辩解道:"没有,你们一定认错了啊,我前几天刚回国,哪有可能泡了谁啊?不信,我给你们看机票,机票都还在我的钱包里。"

说着,他开始翻钱包,便拿出了机票给为首的那个男人。

夏栀心里咯噔一下:难道他真的是夏木,我的亲弟弟?他回国了?记得母亲带他走的时候,他才五岁,一头栗色的短发倔强地卷着,吸着鼻涕,眼神淡淡地看了她一眼,依稀有点不舍,或者那时他还太小,根本不懂得生死与别离,然后他们就渐渐淡出了她的视线,她与父亲的世界。

而今,这是再度重逢么?若不是她生日母亲寄过来的那张全家福,她根本无法把小时候终年吸着鼻涕的小调皮与眼前高高瘦瘦的大男孩联系在一起,现在细看,虽然头发看上去颜色黑多了,不再像个营养不良的孩子,但是还是微卷着,她再转向他的耳朵,耳廓边缘长着一颗痣,她的心抖了一下,夏木,他真的是自己的亲弟弟夏木!

萧静无奈地看着夏栀摇了摇头,好吧,跟着她准没有什么好事,他已经做好了为她打架的准备,不管怎么样,总不能眼睁睁地看着她被几个男人扁吧。

不知道怎么的那几个人打了个电话便消了气焰,为首的那个人道:"不好意思,哥们,照片太坑人了,女人搞美颜也就算了,反正没一个能对得上号的,想不到那家伙的照片也美了颜,刚才我把你的照片拍了发给我妹,她说我认错了……"

说着那几个人灰溜溜地走了,小青年边揉着额头边对夏栀说:"真的很

爱如夏花

谢谢你,我叫何木,请问姐姐,我可以加你的微信吗？有空我再好好表示感谢。"

夏栀愣了一下：何木？你不应该叫夏木吗？对了,他养父不是姓何吗？他改了姓叫何木也是情理之中的事。夏栀自我嘲讽地想。姐姐,好一句廉价的姐姐,不过是对每个比他大的女孩的通称而已。

"免了吧,这年头动不动就加人,可不是一种很好的行为。"萧静直接帮夏栀拒绝了。

"我不是动不动,我只是感谢她能勇敢站出来帮我而已。"

夏栀一声不语,然后拉着萧静就走,她只是想逃避,她不知道自己该怎么面对自己的亲弟弟,面对他已不再是当初那个调皮鬼又黏人的夏木的事实,她也不能告诉他,我是你的姐,你的亲姐姐,被你们抛弃被你们撇下的那个弱小的爱哭的女孩,她没法启齿,所以只能选择逃离。

何木在后面叫着："喂,姐姐,你怎么跑了啊。"

萧静也有点蒙了："我们单都还没有买啊？就这么走了啊？不再继续喝点吗？"无奈硬是被她往外面拖,于是他拿出钱夹,摸了几张塞给一直虎视眈眈盯着他们的服务生。

走出门口,外面的热流扑面而来,微挟着南方特有的湿潮,夏栀甩开了萧静的手,泪水莫名其妙就下来了,曾几何时,她变得那么脆弱,只要是跟母亲与弟弟有关的一切消息,依旧能令她泪流满面,特别是今天能亲眼看到弟弟。

萧静非常莫名其妙。"好好的,你怎么了？这唱的是哪一出？"看她眼泪都掉出来了,又觉得有点心疼,叹了口气,"女人,真是莫名其妙的动物。"

他轻轻地拉过夏栀,把她搂在怀里,夏栀没有拒绝,这么多年的独立生活,她太需要一个肩膀可以依靠,就一会儿也行。

她靠在他的胸膛,听到他的心脏很有节奏地响着,扑通扑通。良久,她突然想,如果那颗心里面有自己该多好,她真想抬起头,看着萧静的眼睛,在他的眼睛里找到她存在的蛛丝马迹,但是又怕一旦离开了他的怀抱,再也没有理由拥有它。

这时,一阵高跟鞋的声音从远到近,然后停了下来,响起甚为疑惑的声音:"萧静?"

萧静抬起头,发现眼前竟然是何亚娴,夏栀也感觉这声音熟悉,离开了他的怀抱,看到何亚娴,突然感觉有口难辩。"何姐……"

这时候,猝不及防的一声脆响,夏栀根本就来不及躲避,顿觉右颊一阵麻木,继而是火辣辣的疼,她下意识地捂住了脸,而萧静抓住了何亚娴的手。"你疯了啊?"

何亚娴看着他们冷笑道:"我疯了?到底谁疯了,你是我的未婚夫你知道吗?我们要结婚了,而这个不要脸的贱人还勾引你,为什么这世上贱人这么多!我终于明白你为什么一直对我不冷不热,为什么一直拖延着婚期,原来就是因为这个小贱人!"

说着她又要拿包甩夏栀,萧静拦住了她并对夏栀叫道:"你还愣着干什么,走啊!"

这时,何木从里面跑了出来,看到何亚娴叫道:"姐,你怎么了啊?"

何亚娴指着夏栀:"这小贱人勾引你姐夫,帮我把她揍了!"

何木看看夏栀,又看看萧静,张大了嘴,原来刚才帮自己的这两个人,其中一个是自己的准姐夫,另一个是姐的情敌,他一时不知道该如何应对,直直地愣在那里。而夏栀却像中了魔般的,何亚娴那夸张与歇斯底里的表情还有萧静奋力地拉着都虚幻为静止的背景。

夏栀喃喃地问何木:"你刚才叫她什么?"

何亚娴原来是母亲的继女,怪不得何亚娴看上去有几分熟悉,原来是之前瞄了一眼全家福里的她,那么她才是何木现在法律上的姐姐,而萧静却是何木的姐夫,这一切看上去是那么完美,而独独,自己却成了一个母亲都不要的弃女,还成了勾引人家未婚夫的"小三",成了一个令人唾弃的笑话?

何木不明白地看着夏栀,问的却是另一句话:"你真的跟我姐夫——"

夏栀无言以对,她转身离开,除了逃离,她还有什么可选择的余地,弟弟,母亲,萧静,所有的幸福,所有本应该属于她的幸福,却被那个叫何亚娴的女人统统占有,而她竟然连跟亲弟弟相认的勇气都没有。

萧静,你难道对我就没有一点点的动心吗?如果有,为什么会答应跟她结婚,在你们没成婚之前,我是有资格参与竞争的,我想好好爱你,想跟你在一起,就算以后不会有结果,我也想认真地跟你爱一场!

但是,现在,以我如此狼狈的身份,我又有什么脸去选择爱你?

10

何事秋风悲画扇

夏栀不知道是怎么回去的,路在她的脚下是那么的漫长,她不想打车,也不想坐公交,就是想一个人一步一步地走,走得两脚生疼,两眼昏花,那种满心疼痛的疲累感或许可以让所有的委屈暂时抽离她的身体。

累得真的走不动了,便在绿化带的围栏阶上坐了下来,那种被全世界抛弃并唾弃的感觉,令她还是无所适从,虽然这种感觉时常会出现,但从来没像这一次来得这么猛烈这么凶狠,就在那么一瞬间,夏栀感觉自己被蚕食而尽。

泪水朦胧间,她的目光投在草丛里的几朵紫色的酢浆草上,小小的花朵,那么玲珑可爱,它们在随风轻曳着,没人关注过它们的存在,也没有人问过它们过得好不好。白天来了打开小小的花瓣,到了傍晚便合拢来,它们是那么小心翼翼地防备着周遭的一切,仿佛只是为了保护自己,是为了不想埋在幽深幽深的黑暗里。

夏栀并不知道,她走了之后,还发生了一件事。她走时,何亚娴想再次跑过来打她的时候,被萧静甩了一个耳光,何木不干了,冲着要跟萧静干架,被何亚娴拉住了,然后何亚娴拉着他哭哭啼啼地走了。

而事情发展到这个地步萧静也想不到,当他们全部走掉,留他一个人呆呆地站在那里的时候,他还不大明白这到底是怎么一回事,甚至不明白夏栀为什么会帮助这个男生,这个男生还刚好是何亚娴的弟弟,而且还莫名其妙冲出酒吧哭了,而且这一哭竟然还闹出这么多的事来,何亚娴把她给打了,自己又把何亚娴给打了?

这几天真是过得跟做梦一样,连萧静都觉得恍惚,他都不大明白自己生活在梦境还是在现实中。他看了看自己的手,有点疼,自己还真的甩了何亚娴一个耳光?他让自己冷静下来,细细地想着这件事情:夏栀今天的行为固然有点奇怪,但是何亚娴歇斯底里的表现也有点不可思议,她真以为我跟夏栀有那么一腿?何亚娴真有这么爱我?其实我们不过见过几次面而已,谈不上有什么很深的感情,如果说感情,就交往还有见面次数而言,自己与夏栀之间比与何亚娴来得要深一点。但是如果不是这样,如果

爱如夏花

她不够爱我,她不该有那么过激的反应,而且之前她对米娜也是这样,就如米娜说的,她是太爱我了?

好吧,像我这样的男人难免被女人所宠爱吧,这点,我认了。

只是,想起跟夏栀这辈子可能永远不再相见了,他又觉得心里有点疼。夏栀啊夏栀,我知道你对我的感情,但是我不能给你任何承诺,也不能跟你相爱,趁你还没有深陷,你还是忘了我吧,相信你会很快走出来的,把这几天就当做梦吧,梦醒,一切都是残酷的事实,该走的路,还是要继续……

夜渐渐深了,夜晚的风开始有点凉了,夏栀抱着自己看着周边逐渐变少的车辆,心里像是被掏空了般的寂寥。

有几个醉汉往这边走来,夏栀脑补了一下一些少女遭遇不测的情景,她赶紧加快速度往家里跑,幸好,那几个醉汉没有追过来。

她回到家,却看到丁皓哲坐在门口,手里拿着手机,脑袋歪在一边,睡着了。

夏栀推醒了丁皓哲:"你怎么在这里?"

丁皓哲揉着眼睛:"你终于回来了,我本来想跟你商量个事情的,你不在家,手机又打不通,我就只能等了,你一个人住的,万一有个不测出什么事了,也没人知道。"

今天跟萧静在一起,她压根不想接任何人的电话,在那之后情绪低落,更是不想看手机,夏栀边拿钥匙开门边无力地沙着声音说:"我今天真的很累,有事情,改天谈吧。"

丁皓哲看着她,眼睛有些红肿,一脸疲惫不堪的模样,看起来确实有点不对劲。"那好吧,我走了,如果有什么事,随时打我电话。"

夏栀看着他的背影苦笑,你又不是萧静,怎能为我分忧。

她坐在沙发上，抱着一条毯子发了会儿呆，然后拿起手机，用微信添加了萧静的手机号，萧静很快就通过了。她在朋友圈，发了句话：爱，无力。此情，殇。

停留了几分钟，然后又把他给删除了，不管他会作何念想，不管有没有看到，在这之前的一切，都留在昨天。

而这条内容萧静其实也看到了，他久久地看着这几个字，叹了口气，心想，如果奶奶活着多好。

他推开窗，看着窗外的万家灯火，又看看楼下的绿化丛，一些白色的花兀自开放着，散发着幽香，他想，这便是栀子花吧，又抬头看了看天空中高悬着银盘般的月亮，长叹一口气，逝者如斯罢。

何亚娴与何木回到家，两个人都垂头丧气的，在路上何亚娴就给何木打预防针了，关于萧静被别的女人勾引，自己还被他打的事不能向任何人透露。

何木真不明白，这样的男人姐姐要他作甚，明显并不爱，她却这么委曲求全一副非他不嫁的架势，这并不像他认识的，骄傲又优越感特强的何亚娴啊，难道女人遇到帅点的富二代都这个德性？好吧，总算明白那些女明星其实并不缺钱，却死命地往豪门挤的原因了。

何太太脸上贴着一张面膜正在看电视，电视里放的是最近很红的宫斗剧，女主永远都在被太后皇后嫔妃把捏着各种陷害却怎么都害不死，被皇帝高干等各种男子深爱，最终稳坐宝座，俯视众生母仪天下。

何太太也就是夏栀的亲生母亲，他们一家人原来都在澳大利亚的墨尔本。何亚娴的父亲，也就是何太太的现任丈夫何望德在那里有一家规模还算可观的跨国公司，原来重心都在那里，而现在他打算开拓国内市场，因为

爱如夏花

国人的消费能力已越来越强,而且年纪大了也有了落叶归根的心,便把重心转移到国内来,所以最近一家人都回国了。

所以何木一回国,就像只笼子里刚放出来的鸟,天天在外面吃吃喝喝,这不,吃出事了,被人认错了还被打了。

其实今天夏栀的出现令他很意外,他对这女孩子总有一种异样熟悉的感觉,似乎哪里见过,但是却想不起来。而何亚娴对她的反应是那么激烈,而且跟她在一起的男人竟然是自己未来的姐夫,这真的是太凑巧了。想不到那个如此行侠仗义的女子竟然勾搭姐姐的男友,太令人遗憾了,真是人心叵测,对那女孩的好感瞬间全无。何亚娴虽然不是他的亲姐姐,但缘分使他们成了姐弟俩,他还是很珍惜这份亲情,谁叫他跟自己的亲姐姐无缘呢。

何木知道自己还有个亲姐姐,而且母亲也很想念她,但是那时候他还挺小的,所以对姐姐的记忆不大深,只记得姐姐给她最深的印象就是朝他吼,别吵了!别吵了!曾问过几次母亲,姐姐在哪里,过得好不好,但是母亲只是叹气道,她有自己的生活,我们不去打扰。有时候也觉得母亲挺狠心的,毕竟是自己的亲生孩子怎么能置之不理呢,不曾想到姐姐对母亲却有着很深的芥蒂。

何太太朝他们扫了一眼,微皱了下眉头,虽然那表情基本被面膜所覆盖。"怎么玩得这么迟,亚娴,你都是快结婚的人了,以后晚上还是少出去玩吧,不对,儿子,你的脸怎么了,啊,亚娴啊,你的脸又怎么了?"

何母这会儿发现不对劲赶紧站起身去摸儿子的脸,此时便无心看电视了,总算是儿女地位占了第一,电视剧退居其后了。

何木道:"我们刚才在开车回来的路上,被后面的车子给顶了一下,不过没什么大碍。"

何母心疼地端着儿子的脸左看右看:"脸都破掉了还没什么大碍,儿子啊国内不比国外,车多,路窄,开车一定要慢,安全第一啊,要不要妈妈陪你去医院看一下?"

"不用啦,就一点擦伤,我自己弄点碘伏涂涂就好了,今天太热身上都是汗,妈我先上楼去洗个澡。"

"我也上楼去。"何亚娴说。

"亚娴,你的脸好像也不对啊。"

"没没,我就是有点肿,我上楼了。"何亚娴逃似的往楼上跑,她是自觉无趣,亲生跟不亲生的,就是不一样,不过也没那么介意。毕竟何木被那几个男的揍得有点破相了,自己只是被萧静打得有点红肿而已,刚好用头发挡着,不仔细看也看不大出来。

自己虽不是亲生的,享受不了那种发自肺腑的母爱,不过继母对自己还算好,而且这么多年相处下去,她也接受并习惯了这对无血缘关系的母子成为自己的家人。虽然当时她心存怨念与芥蒂,总觉得这两人是贪父亲的钱,但是父亲根本无暇顾及自己的起居饮食,他们的到来,倒真的使自己的孤独感冲淡了许多。有个妈总比没妈好,有个兄弟姐妹总比独自一人玩连个说话的人也没有好,至少令她感觉自己其实也有个家。

她回到自己的房间,站在镜子面前,撩开自己的头发,轻轻地抚摸着略显红肿的左颊。

这是她这辈子头一次被非父亲的男人所打,被父亲打也是小时候,长大后也没打过。想不到,这一次竟然给了你萧静,萧静啊萧静,你竟然打我,打我何亚娴,还背着我跟那个贱人约会,你如此待我,我一定要你付出更惨的代价,一定要让你生不如死!还有那个夏栀,凭你那样,还想跟我抢男人,也不照照镜子,虽然看起来长得清秀,其实不过是民工子女!凭你那一二两的心机,你以为能拼得过我?呵呵,你拿什么跟我拼,就算我拼不过你,萧家肯让你进门吗?

爱如夏花

她看着镜子里的自己，目如刀刃，冷如冰霜，嘴角露出一丝冷笑。只要我何亚娴想找的，你们想躲都躲不了，只要我何亚娴想要的，你们谁都没资格跟我抢，呵。

夏栀与丁皓哲两个人在酒吧，喝得酩酊大醉，丁皓哲口齿不清地说："那女人骗了我也就算了，为什么还骗我爸的钱？太可恨了，简直就是专业骗子，当初我怎么瞎了眼跟她处上的，你说我是不是脑子里装驴屎了？唉夏栀，你说我要不要报警？我真想不通，为什么她骗了我的感情，是不是觉得我无钱可骗，才跟我分手的？然后又打我爸的主意？不不，我是说打我爸钱的主意？这让我跟我爸怎么交代啊？"

夏栀也喝得有点多了，有点大舌头了。"可能她是真的遇到难处了，向你借，没脸，把你甩了哪还敢向你借钱，于是向你爸借了，过段时间说不定会还你爸的，你啊，多往好处想想呗，如果拉不下脸报警，只能认栽了嘛。"

"去，敢情不是你的钱，你当然不心疼，这钱，无论如何我得想办法替爸给要回来，我可不想我爸受刺激，他那心脏，受不了这个。"

夏栀把手一挥。"一切能用钱解决的问题都不是问题！等我发财了，我就用钱摆平一切，哼哼！我可比你惨多了，我喜欢上一个男人，但那个男人却是我那二十年没见过的亲生母亲的继女的未婚夫，真狗血吧，电视剧都拍不出这么狗血的情节！"

"切，你真是头发长见识短，真实的人生远比电视剧要狗血，前几天我还看到一个新闻，媳妇怀上的竟然是公公的孩子，还有个老妈跟相亲男好上了，还怀孕了。不就是未婚夫吗？只要没拿红本本，表示你还有公平竞争的机会，你喜欢的人不会是那个送你拐杖的人吧，好像是个富二代，不过，人家会看得上你么？"

丁皓哲拿不屑的目光睨视着夏栀，夏栀把几颗花生扔他脸上。"我不就是穷吗？但穷是暂时的，命运不会亏待勤劳的人，我相信！只要我够努力，我会成为牛逼哄哄的创一代与富一代！"

丁皓哲哈哈大笑："等你成为富一代，媳妇都熬成婆了，你至少得四十以上了，人老珠黄了，人家富二代还会看上你吗，都喜欢那些早熟胸发育特好的小姑娘，你看看你，年纪倒不小，还熟不起来。"

夏栀不高兴了："不说点人话会死吗？"

"好好好，我不说了，我就来点人话，呸，我本来说的就是人话啊，我觉得吧，自己的幸福要靠自己去争取才是最重要的，作为合作伙伴，我双手再加双脚无条件地支持你！这话你总爱听吧？"

夏栀的脸上还是愁云密布。"关键是，我并不知道他喜不喜欢我，如果不喜欢，又有什么用，而且我也不想跟那女人抢男人，抢来的东西都不会长久，也不会幸福的。我觉得我完全是自作多情，庸人自扰，作茧自缚，反正一个字：傻！"

"都这么有自知之明了，那还讲什么，我最搞不懂你们这些女人，跟外星生物似的莫名其妙，又喜欢又各种担心，让你干脆死心又不甘心，行了行了，别这么愁眉苦脸的，如果到三十岁你还没人要，我就勉为其难，把你娶了。"

夏栀白了他一眼，没讲话，心想：你跟萧静，怎么比，我就是喜欢他，喜欢他一切的一切，我现在满脑子都是他，但是，还没开始就已经结束，还有比这更可悲的爱情吗？

她一口一口喝着闷酒，是的，她此刻的心境，又有谁能懂呢？她看着酒吧里的男男女女，似乎每一个男人都像萧静，她是那么期待他在这里，然后期待着他能过来，对她来一句：妞，你醉了，我送你回家。但是，却没人回过头来，也没人向她投注深沉与略带关切的目光。

她就这样爱上了这个男人，没有一点防备。她知道，这爱于她来说是深渊,是猛兽,是看不清的前方,是斩不断的千丝与乱麻。她只能隐忍再隐忍,忍到最低,让这猛兽窒息而死,那样,她才能得到解脱。

或者,这是最好的结局。

这时,夏栀脑中跳出一个两手叉腰双眉倒竖的自己对另一个柔软的自己在呵斥道:夏栀!你就死了这条心吧,人家都决定结婚了,你就别掺和了,否则,你就是破坏人家家庭的坏蛋!

11
何亚娴的秘密

关于自己打了何亚娴的事,萧静一直心怀歉意。虽然何亚娴当时真的惹怒了他,都已经打了夏栀一个耳光,还那样不依不饶地欺负夏栀,非要把她往死里打,一怒之下没多想就回敬了过去,他就是不想夏栀受到伤害,而且自己已害她脚伤了一次,还有她的干爷爷就那么走了,不能再令她受委屈。

萧静发现,只要他跟夏栀在一起,她总是会受伤害,何亚娴对他们的误解,还有对夏栀的恶劣态度,真的令他愧对夏栀。何亚娴本应该冲着他来,却把怒火对向了她,何亚娴如此霸道,想想她对米娜的态度,还有对夏栀,都那么冲动,如果他们以后真的生活在一起,他萧静是不是天天要过着鸡犬不宁的日子?

夏栀与米娜都是无辜的,不过看到那情景,何亚娴难免会误会,是不是因为他萧静还没有属于她,而她又很爱他,所以她才怕自己被别的女人勾引,所以才这么冲动?

好吧,毕竟他打了女人,打了一个爱他的女人。他最看不起打女人的男人,结果自己成了这样的人,况且何亚娴还是自己的未婚妻。他并没有打算改变这桩婚事,虽然他的内心被那个叫夏栀的女子一点点地侵占着,他怕被霸占的面积越来越大,大得无法收拾,不能从容地跟何亚娴结婚。

而且,他知道,夏栀对自己的感情已发生变化,而这种变化令她很痛苦,自己也感受着这种痛苦,或者自己是唯一能让她从痛苦中彻底走出来的人。那就是让自己在她的心里,彻底死去。

所以,他必须理智地断掉这一切,并理智地面对现实,坚决而冷静,因为他是萧静。有时候,他感觉自己就是一只刺猬,一只并不勇敢,喜欢把自己缩在刺里的刺猬,做不到不顾一切去爱,只是因为他以为必须如此。

这天晚上,他从花店里买了一束花,开车来到何亚娴的楼下,然后给她打了电话。何亚娴看着这个电话,心里冷笑:萧静,你终究还是打过来了,这次,如果我没能让你上钩,我就不姓何。她没有马上接,而是等萧静打第二次电话才接了起来,态度不冷不热:"什么事?"

"亚娴——那天的事,真的对不起,希望你能原谅我的鲁莽行为。"

何亚娴沉默了良久,才缓缓地说:"我也有错,是我太冲动了。"

想不到何亚娴这么快就原谅了他,还给他台阶下,终究是识大体的人,萧静想,能屈能伸,这并不是一般的女子所能做到的,或者这才是他萧静想要的妻。

爱如夏花

"我能上去看看你么,我在你的楼下。"

电话那头又是一阵沉默,但是何亚娴还是选择了妥协。"嗯,你进来吧。"

于是萧静便拿了花下车,按响了门铃,是何太太开的门,看到萧静很是欣喜,何亚娴并没有提萧静打了自己的事,所以对这事,她并不知晓。

"是萧静呀,赶紧进来赶紧进来。"

"阿姨好。"

何太太看看他手上的花,心里甚喜,便问起他们结婚的事。"几时跟你父母约个时间,咱择个黄道吉日,把这门婚事定下来,我们也好早点张罗酒席,免得呀,到时候又太仓促了,细节弄得不够好,给别人留下不好的印象。我家就何亚娴一个女儿,咱一定要把这婚事办得风风光光体体面面的,这样才对得起小娴的亲妈。"

萧静举了举手上的花:"今天,我就是向亚娴求婚的,就是还没来得及准备戒指。"

说出这句话的时候,萧静也呆了一下,他也不知道自己是哪根筋不对了,突然就这么快把自己的终身给决定了。好吧,这样也好,不用想些是是非非了,脑子里满是纠结,我萧静就是喜欢简单与安静的人与事,对婚姻,亦是如此,既然跟夏栀不会有结果,那么在萌芽刚露出来时,就直接掐灭吧,免得泛滥成灾无法收拾。

何太太喜出望外,可能也没想到这事会来得这么突然,也没想到萧静会这么快向何亚娴求婚,她说道:"你等我一下啊。"

只见她跑进了里面的房间,没多久又跑了出来,递给萧静一个小首饰盒,轻声地说:"这是她爸向我求婚时用的戒指,你先用用,等你买了更好的把它给换过来。放心吧,这戒指我一直放着没戴,因为他爸结婚时另外送了我一个,所以,她认不出来。"

萧静迟疑了一下,也好,这样显得有诚意,说明自己是有备而来的,所以还是收了下来。"谢谢阿姨。"

他在何太太鼓励的目光中上了楼,带着几分忐忑的心。当他站在门口,想敲那扇门时,突然间有点后悔。

这时,何太太在楼下叫着:"亚娴,开门啦,萧静来啦。"

门开了,何亚娴穿着一件白色的吊带绣花睡袍,雪白的臂与颈,素着颜,脸上的皮肤已经恢复正常,虽然没有化妆时那么光彩照人,却也是清纯可人。其实她是化了裸妆,皮肤底子好技术好的女人,稍化点裸妆,就能达到素颜也美的效果,一般人不细看也看不出来。

"亚娴,对不起。"

她看着萧静手里的花,淡淡地说:"你已经道过歉了,进来吧。"

萧静进了何亚娴的房间,何亚娴接过花,把它们插在一个温润如玉的青瓷花瓶里。萧静借机扫视了一下房间,这是他第一次进何亚娴的房间,只见里面收拾得很干净,而且粉色调的风格与诸多的毛绒大小娃娃说明何亚娴其实也是个充满少女心的女子,这跟夏栀家里那杂货店般的出租房真是没得比。也是,夏栀要靠自己打拼才能生活,而何亚娴什么都不干就可以过着养尊处优的生活,这便是差距,不能由自己左右的家庭差距。唉,我怎么又拿夏栀跟她比较了,我知道,如果选择夏栀,那么我得冲破多层的障碍我们才有可能在一起,而何亚娴却不一样,可能,何亚娴是真的适合我,因为我们生活在同一个频率,好吧,我就是个势利又现实得令自己都憎恨的男人。

"亚娴——"萧静突然单腿跪了下来,掏出那个首饰盒,打开来,里面是枚金光闪闪的戒指。何亚娴的心里冷笑了一声:你终于还是选择了妥协,向我求婚,你们这些男人我还不了解,喜欢拈花惹草,还死要面子,不过是玩个一时新鲜,好吧,老娘就原谅你,不误我大事就好。

但是,此刻的何亚娴却装作很疑惑很吃惊的样子。"萧静,我对你的感

爱如夏花

情是日月可鉴,但是我真不知道你会不会喜欢我,但这点不重要,重要的是你以后会不会真心待我并喜欢我,千万别为了我们的长辈而违心,也不要因为心里对我有愧疚才跟我结婚。婚姻是还债,这毕竟是我们两个人一辈子的事,而且我也希望我的婚姻能长长久久,能跟我心爱的男人白头偕老,但是这是在他也喜欢我的前提下。"

萧静想不到何亚娴受了这么大的委屈却还一心只为自己着想,他真的挺感动。此时他不再去想夏栀的事,他觉得,既然自己决定跟何亚娴度过一生,那么其他的人都不再重要,而好好地对待何亚娴,关心何亚娴,甚至宠爱何亚娴,才是他作为一个男人,作为一个未婚夫,现在该做的事。

"亚娴,在此之前,很多事我还做得不够好,不够成熟,但是如果你接受我的求婚,那么我想我会把你放在很重要的位置,我会好好爱你,疼你,让你成为最幸福的女人,你,愿意接受吗?"

何亚娴此时,看上去似乎眼泪都要掉出来了,眼眶湿湿的,她含着眼泪,一副又感动又幸福的样子,伸出了她的纤纤玉手。

这时,一直在门缝里偷窥的何太太高兴得快合不拢嘴,这下,她终于可以放心地悄悄退下了,心花怒放得想高歌一曲。这门亲事,总算是定下来了,那么接下来,准备工作也够她忙的了,但是她忙也忙得高兴,两个孩子,一个终身大事终于已经解决了,现在只有何木,就省力多了。唉,也不知道夏栀现在过得怎么样,好不容易回国定居了,其实她最想见到的,最放不下的人便是夏栀。那天夏栀生日的时候,还在电话里吼她,她才知道,原来夏栀一直没有释怀,一直对她有怨念。何太太在心中说道:这孩子,唉,是我有错,我对不起她。

她回到自己的房间,想了想,然后打了一个电话。"小宋,你能不能帮我调查一下一个女孩,我只是想知道,她现在过得怎么样,还有现在长什么样子了,拍些照片给我可好?嗯,具体资料,我等下发你微信。"

有时候,她会偷偷向前夫打听夏栀的消息,但是毕竟是前夫,她为了避嫌,也不敢跟他多联系,所以基本上几年才得到一两次消息。好在夏栀也从来不换手机号,也不喜欢老换住宅,所以一年给她寄一次生日礼物,她基本上也能收到。

而此时的何亚娴已幸福地戴上了戒指,这戒指一戴上,似乎他们之间的关系就变得微妙了,何亚娴搂住了萧静的脖子,轻声细语地说:"明天我们就去领证,你敢不敢?酒宴再挑个黄道吉日,我妈说,下个星期日子很好,当然,如果你爸妈也没意见才好。"

萧静愣了一下,这速度令他有点猝不及防。"明天?领证的日子不需要挑么?"

何亚娴只是勾着他的脖子妩媚地笑着:"你觉得日子重要吗?"

萧静感觉何亚娴真的是个美丽的尤物,他有点口干舌燥。"这个——需要户口簿的吧?"

"嗯,证件带全就行,很方便的。"

"那行,我明天跟我爸妈说去,只要他们同意就没问题,我可不想这样的大事瞒着他们,我爸脾气不好——不过我觉得应该不会有问题,因为最近他们一直在催着我们的婚事……"

何亚娴一直微笑地看着他,心里想的是,萧静,我还真不信我搞不定你。

她解开萧静的衬衣扣子,萧静的呼吸有点急促,他真怕自己会把持不住,他轻轻地抓住何亚娴的手。"亚娴,别这样好吗?这几天真的太累了,明天吧,明天我们领了证,我去夏威夷酒店订一个总统套房,你看怎么样?"

何亚娴不再坚持,因为如果一个女人太主动,就显得自己有点放荡,会给萧静留下不好的印象,她可不能把胜利的果实给毁掉。

何亚娴点了点头,萧静轻轻地亲了一下她的额头。"不早了亲爱的,你

爱如夏花

早点睡吧,我明天来接你。"

何亚娴还是送他到楼下,用深情的目光注视着他离开,然后关上门。何太太从卫生间出来:"怎么了?走了,以为他会留下来呢。"

何亚娴嘿嘿一笑,笑得有点冷。"到手的肉还怕会飞走?妈,你把户口簿给我,我明天跟萧静去登记结婚。"

何太太瞪大了眼睛:"明天就去登记?这么急,我去查查日子啊。"

"不用查了,不管日子好不好,明天办定了。"

"为什么?"

何亚娴并没有回答她的问题,打了个哈欠,"我去睡个美容觉,我可不想明天顶着一张晦暗的脸去跟萧静办登记。"说着,她便自顾上楼了。

何太太无语了,心里甚至有疑惑,总觉得何亚娴有什么事情瞒着自己,但是她一直不说,自己也没有办法,好吧,不管怎么样,希望她能顺顺利利结婚,嫁一个体面的人,她自己喜欢的人,继续过着养尊处优的幸福生活。

那么,她这个继母,对忙碌的丈夫还有她过早过世的亲妈,也算是有所交代了。

这几天,夏栀一直处于食不知味夜不能寐的状态,也不知道是那天夜里吹了风着了凉吃了上火的东西,还是与心情有关,人一直处于不舒服不正常的状态,那天又跟丁皓哲喝了酒,然后直接重感冒,还发起了高烧。

她感觉浑身都热得难受,渴,又起不了床,勉强爬起来,又一阵眩晕倒了回去,一种强烈无助的孤独感令她痛哭,她甚至不知道应该找谁,找父亲吗?自从把干爷爷的后事处理完毕之后,他又去工地了,就算有回家自己也不知道,回的是那个她不想待的家。母亲呢,算了,她这辈子最恨的便是母亲了,为了让她自己与弟弟过着养尊处优的生活,抛弃了我与父亲。其实她最想见的人是萧静,而萧静现在估计在跟何亚娴卿卿我我,或者在筹备着他们奢侈的婚礼,找他不是自取其辱吗。好吧,合作伙伴丁皓哲。

正想着,丁皓哲的微信语音发了过来。"喂,你打算把店转让给我吗?自己的旺旺都不上线,我又看不到你那里的货,你那款高腰的蕾丝款内裤棉的成分有多少,有个客户问。还有一款莫代尔的130斤的人能穿吗?唉,我把链接给你发过去。"

"那款……成分是95%,130斤的穿XL……"

"好好,夏栀你怎么了,声音怎么像被高压锅焖过似的。"

"丁皓哲,快来救救我,我——要不行了——"

"啊,什么情况,我马上过去啊,你一定要撑住啊。"

夏栀趁着自己还能勉强挪动,便去把门给虚掩着,然后直接躺床上,陷入了昏睡。

丁皓哲进来,把门给关上,叫着夏栀的名字,却不见回应,心里有点发毛。门开着,还对我喊救命,不会是被人绑架了吧,或者是被掳走卖到深山老林里去了吧。

幸好在被子堆里发现了夏栀,只见夏栀的脸整个像红烧猪蹄似的红。"你怎么了?"

一摸她的额头,吓了一跳,这么滚烫,估计能有40来度,赶紧把她身上缠着的被子给拿掉。这时,昏沉中的夏栀也感觉到有人在旁边,她睁开眼睛,看着丁皓哲。"你不是要结婚了吗? 还来看我?"

丁皓哲瞪大眼睛看着她,片刻之后回过神来,敢情她把自己当成了那个萧静啊,好吧,就了却她可怜的愿望吧。"嗯,我经过这里,顺便来看看吧,你有没有退烧药?"

夏栀却笑了:"我知道我是在幻境里,不吃药才能在幻境里看到你,才不要什么药呢。"

爱如夏花

完了,完全是被一株叫爱情的毒草给毒傻了,丁皓哲去找药,但这里到处乱七八糟的,他头都有点大了,夏栀却兴奋了。"你是不是不打算结婚了,我就说嘛,何亚娴还没有我可爱,我可是人见人爱花见花开的小花骨朵噢,要不我们俩私奔吧,到一个春天里桃红李白,夏天夏花绚烂,秋天里木槿盛开,冬天里梅花戏雪煮茶烹酒的山上生活吧,作神仙眷侣又如何,只要我们两个在一起……"

这会儿,丁皓哲已完全沉不住气了,想不到给她一个台阶,她还能爬上天啊,再烧下去,真的完全傻了!

他把夏栀扶坐起来,然后把她扛在背上,一字一顿地说:"我——送——你——到——医——院!洗脑!"

因为夏栀烧到39.8摄氏度,差点并发肺炎,所以挂起了消炎盐水。

看着她状况稍稍有点好转,至少没胡言乱语了,还认出了丁皓哲。丁皓哲总算是重重地吁了口气,感觉她比自己更不易,喜欢上一个不该喜欢的男人,家人都不在身边,而且还是离异家庭,不去找个正常的朝九晚五的工作,偏要自己搞创业搞网店,连个交际圈都没有,有要好的同事还可以互相关照一下,若不是自己在,这傻妞倒在出租房了恐怕都没人知道。

看着夏栀依旧有点烧红的脸,丁皓哲寻思着,要不要把她生病的消息告诉萧静,说不定萧静会动了恻隐之心,两个人会重归于好,那么也算是为夏栀,作为朋友做了一件重要又实在的好事,但是如果萧静不为所动,那么,就让夏栀彻底死了这个心也好啊。

丁皓哲越想越有道理,至少也要问问萧静的意思。

夏栀挂完盐水后,丁皓哲扶着她回家,侍候她吃完药,然后让她躺上床,给她盖上被子。

夏栀知道,如果不是丁皓哲,自己这次可能真的很危险,而关于之前的胡话,她已记不清楚,朦胧中似乎做过一个梦,跟萧静过着远离尘世的山居生活。

她感谢地看着丁皓哲:"谢谢你。"

丁皓哲笑着说:"你好好睡一觉吧,医生说,多喝水,多睡觉,才会恢复得快,我上你的电脑,帮你工作一会儿。"

夏栀点了点头,便闭上了眼睛,而丁皓哲坐在了电脑前,捣鼓着她的网店。

一会儿,看她好像真的睡着了,然后蹑手蹑脚地拿起她枕边的手机,在通讯录里找萧静的联系方式,但是却怎么都没找到,看来是被她删干净了啊,或者被她改了名字? 这个可能不会,萧静跟她也不是网友,基本没有用网名存号的可能。

无奈放下来,看她的桌子乱糟糟的,于是便准备收拾一下,无意中看到了萧静的名片。好吧,看来,天都要我帮她,那么我只能好事做到底吧。他把名片用手机给拍了下来,然后倒了一杯水放在夏栀的床边,接着轻手轻脚拿了夏栀的一串钥匙,锁好门,便出去了。

到了楼下比较安静的地方,丁皓哲照着名片里的信息给萧静打电话。

此时的萧静,已把打扮得光彩照人的何亚娴从她家接了过来,两个人进入了民政局的大厅。何亚娴的脸上漾着幸福的甜蜜,这时候,何亚娴的手机响起来,她便从包里拿了出来,看到联系人脸色有点变了,并没有接电话,但是手机却一直在响。

萧静看着她:"怎么了,我填单子吧。"

何亚娴随即恢复了妩媚的笑:"是学校的一个老师打过来的,我先接。"

说着,她便远离萧静去接电话,她边走远看着萧静低头拿着户口簿填单子并不关注这边了,这才接起了电话。"我说过,别再打电话给我了!"

那边是一个男人乞求的声音:"可是,我不能没有你!你不是有我的孩子了吗?"

何亚娴再次看了看萧静,只见萧静还是专心地填表,她冷冷地说:"在回国之前,我就已经处理掉了,我怎么可能拿自己一辈子的幸福开玩笑!你出国的费用都是向别人借的吧,呵呵,还有,我给你打50万,当作我们之间的分手费,你拿这钱还债好好生活吧,你把卡号短信我,我三天内就给你打,我现在要结婚了,如果你收了钱之后再敢骚扰我,你信不信,我雇人搞死你!"

说完,何亚娴挂掉电话并把手机塞进包里,看看周边无人,深吸了一口气,调整好自己的思绪,然后再展示出迷人的笑容:好吧,我何亚娴才是一个演技派的演员,当断即断,绝对不拖泥带水,那边的事不过是当时觉得寂寞随便找个人谈个恋爱打发寂寞打发时间罢了,我何亚娴还为之付出了惨重的代价。当父亲打算把萧静介绍给我时,我查阅了关于萧静的所有资料,是的,这样的男人才能配得上我,这是我想要的,也是我终身可以托付的,我怎么会脑子抽筋怀了一个穷小子的孩子呢。

回国跟萧静见了第一次面之后,她更加坚定了,萧静才是她何亚娴要嫁的人,所以她回澳洲之后当机立断,换了手机号,打掉了孩子,不再跟那男人有任何来往与瓜葛,反正这也是最后一个学期了,马上就要毕业了,所以稍微休养之后学期也结束了,她回国的第一件事就是要搞定萧静,所以让萧静去机场接她。她现在才发现自己当初的决定有多明智,而她的最后一步计划,便是跟萧静结婚,而这一步,她马上就要达到了。

只要我何亚娴想得到的,谁都不能跟我抢。她看着萧静,露出深不可测的目光,但是随即又变得温柔。萧静,我会让你爱上我的,就如我爱上你一般。

而萧静此时的手机也响起来,他以为是他母亲打过来的,却是一个陌生的号码,迟疑了一下,便接了起来。"你是萧静吗?"

"嗯,您是?"正是丁皓哲打过来的。

"我是夏栀的朋友,她病了……发烧的时候一直喊你的名字,要不,你见见她吧。"

萧静沉思了一会儿,这时候何亚娴过来,巧笑倩兮美目盼兮地注视着萧静。"怎么了,亲爱的,是不是还要去拍照片,结婚证嘛,一定要拍得好看一点。"

这话丁皓哲也听到了,难道他们要领结婚证了?

萧静对着手机说:"我还有事,过一会儿我打给你。"说完便按了手机,丁皓哲对着手机喂了几句也无奈作罢,看来,夏栀这回还是彻底死心吧,也好。

萧静有点心不在焉,但是两个人还是拍了照,并顺利领了证。

有了这个本本,何亚娴像吃了定心丸,她偎依在萧静的肩膀上。"亲爱的,现在我们去哪里? 你昨天的话还算数吗?"

萧静愣了一下,便想起自己昨天说过,如果领了证,就去开总统套房,好好浪漫一下。

可是,夏栀病了,他怎么有心过这样的浪漫,他叹了一口气:"亚娴,本来我是有这样的打算,但是下午临时有一个重要的会议,市里的领导过来视察,因为我们公司下个月就要上市了,所以领导很重视这件事,特意来关照我们并给我们的公司进行新闻采访,作正面宣传,所以我真不能陪你了……"

"白天你只管去工作,我们可以晚上呀。"

萧静一时语塞:"好,那晚上我去接你,我们一起吃饭,然后……"

何亚娴轻轻地打了他一下:"讨厌。"

萧静送何亚娴回了家,然后把车开出来,停在路边,给丁皓哲回了过去。"你是夏栀的什么人?"

这时,丁皓哲已返回夏栀的家。"我是她朋友,也是合作伙伴。"

"噢……"萧静想起了那天他撞见他们互相搀扶的情景,敢情就是那个男的,"我——跟我的未婚妻证也拿了,我们下个星期准备举行婚礼,所以我想我还是不去看她为好……夏栀就麻烦你照看一下了,如果经济上需要帮助的,或有其他困难,你随时打电话给我,夏栀是不会把困难告诉我的,所以只能麻烦你了……我也不想我妻子误解。"

丁皓哲不高兴了:"行了,我们并不需要你假惺惺的关怀,任何困难我们都会自己解决,夏栀很快就会把你忘掉的。"

说完便挂了,萧静愣了一下,长长地叹了口气,既然有缘无分,那么,让这缘就随风飘散吧。

12
如意算盘

何太太一听夏栀生病了就急了,坐卧不安。自从暗地里调查这孩子之后,她才知道这倔强的孩子一直在辛苦创业,并且发现夏栀所卖的东西,还跟丈夫公司销售的东西挺对口,都是属于服装业的,她觉得自己或许能对夏栀有所帮助,但是决不能明着来,只能暗着。

她盼咐小宋,分批购买夏栀店里的东西,东西直接寄到他家里去,不能有任何暴露。她不能明着给女儿送钱,因为这样只会令夏栀反感,所以只能依靠这种方式帮助女儿了,希望夏栀能给自己信心,把店做得越来越大,而且她想做下一步帮女儿的计划。

但是,这个计划还是不能缓解何太太的思女之情,因为总算是回国了,在同一个城市,却不去见亲生女儿一面,这算什么?更况且她还在生病中,正需要自己的时候,自己却置若罔闻,不知道也罢了,知道了还装不知,算什么母亲。

这么一想,何太太一刻也坐不住了,叫了小宋备好车,自己换了件比较朴素的衣服,正准备出门,却见何亚娴兴冲冲地回来,她笑着问:"你们都办好了?"

何亚娴点了点头,从包里掏出了红红的结婚证。"妈,我终于是萧家的人了,即将上市的公司萧氏集团唯一继承人的太太。"

何太太高兴地接过来看了一下:"你们真的好相配,啧啧,很有夫妻相,真好,我先出去一下小娴,保姆在烧饭了。"

"妈——等等,不是下个星期就要结婚了嘛,我需要80万,想买几套衣服还有包包与首饰什么的……"

何太太想了想,结婚嘛,当然得买一些高档的行头,这样的大事,自然不能亏待她了,只有风风光光让她体面地嫁过去,那么她自会一辈子惦记着自己的恩情。

她从包里掏出一张卡。"其实,妈妈送给你的嫁妆都准备好了,这是当妈的给你的,里面有100万,你爸也高兴,可能会送你一辆车子,你喜欢什么车趁早给你爸说去,免得订了又退麻烦,啊?"

何亚娴想不到事情这么容易就解决了,终于可以彻底摆脱那个讨厌的阴影了。她拿着卡,笑靥如花,在何太太的脸颊上亲了一下。"妈,你真的,你比我的亲妈还亲……"

这"亲妈"两字令何太太心里更为焦灼,她快速告别了何亚娴,上了车。而何亚娴完全沉浸于自己的胜利中,根本不知道自己的继母要去看亲女儿,更不知道夏栀便是继母的亲女儿,而她满脑子想的便是怎么跟萧静度过一个浪漫、美妙并销魂的夜晚。

何太太从车里下来,小宋想跟着来,何太太拒绝了。"我还是单独跟我女儿见一次,需要的时候我会叫你的。"

而丁皓哲也在夏栀家里,他看夏栀没胃口,便去超市里买了些杂粮与蔬菜,熬了小米红枣粥,再做了清炒萝卜丝、菠菜豆腐皮等几个清淡的小菜给夏栀吃。他爸是厨师,他虽然不学厨艺,但耳濡目染,烧几个简单的菜是没有问题的,基本不会出现难以下咽的情况。

夏栀气色很差,头发蓬乱,脸色苍白中带着点异样的红,高烧之后确实没什么胃口,但还是喝了好些粥,她真的很感谢丁皓哲对自己的照顾。"丁皓哲,谢谢你。"

其实丁皓哲是太同情夏栀了,这女孩似乎是被全世界给抛弃了,还遭受着失恋的痛苦,还生了病。萧静那边是无望了,他们的婚姻已成事实,如果再插足,那么当一个"小三"便是为人不齿的,这样也好,夏栀彻底死了这条心,说不定反而会振作起来。

"多吃些,吃了身体会好得快一点。"

夏栀点了点头,她觉得丁皓哲虽然没什么脑子,但是还是挺会体贴人的。

"对了夏栀,萧静——跟他未婚妻领了证了。"

夏栀怔了一下,想问你是怎么知道的,但是这话却生生咽了下去,其实这是意料之中的事情,她就算耿耿于怀,又能怎么样。

夏栀表情平静:"是么,挺好。"

气氛一下子沉寂了下来,两个人无声地吃着饭,一时间,只有筷子碰触碗盘时所发出的声音,还有咀嚼食物时的吧唧声。这时候,一阵敲门声打破了这种尴尬的宁静。

丁皓哲心想:不会是萧静那家伙吧,他敢来我就揍得他满地找牙。

"谁啊?"

"请问夏栀在吗?"

是一个中年女人的声音,夏栀看着丁皓哲,丁皓哲看着夏栀,夏栀摇了摇头,表示不清楚是谁。

丁皓哲便去开门,却见一个一头短卷发,衣着得体,气质不凡的中年妇女,这便是何太太了。何太太看到他吃了一惊,怎么夏栀这里还有个男人,说不定是夏栀男朋友吧,但是没听说过她有男朋友啊,对了,最近好像有个男人经常带她出去玩,小宋说她还有一个合作伙伴,说不定就是他吧。

于是便对丁皓哲产生了好感,所有帮助夏栀的人她都会有一种感激,所以目光很和善地打量着丁皓哲,这小伙挺不错的。

"您是谁?"丁皓哲疑惑地看着她。

这时,夏栀也起身,好奇地往这边走来,虽然这么多年没见过母亲了,但她还是一眼认了出来,因为母亲的变化并不大,跟小时候看到的没有什么改变,只是人变胖了,皱纹变明显了。

她感觉一阵胸闷,喘着气:"不,不要让她进来!"

"夏栀,你让我进去好吗?我就是看看你。"

丁皓哲更加纳闷了,看着夏栀那激动得要晕过去的样子,再看看这贵妇低声下气的样子,完全迷茫了,这到底闹的是哪出啊?

何太太说:"是我对不起你,我知道,我再道歉你也不会原谅我的,妈就是想来看看你,没别的意思,妈真的太想你了……"说着,便哭了。

这下,丁皓哲完全蒙了,好大一会儿才回过神来,敢情她是夏栀的亲生母亲啊。对于夏栀的身世,就那次酒醉时夏栀提过一次,清醒时从来不提,看来父母的离婚对她的影响真的很大,要不是那次听她说起,他还真不知道原来她的身世也这么坎坷。

"我不要看,你出去,给我出去——"夏栀尖叫着。

夏栀现在身体很虚弱,丁皓哲真怕她再度病倒,便对何太太轻声说:"这位太太,您还是先走吧,她生病了这几天一直在挂盐水,情绪不能太波动,您的突然来访令她没有一点心理准备,如果有好的时机,我先做她的思想工作,您再来看她吧。"

何太太无奈,看来自己确实来得太突然了,但是她还是很感谢这个小伙子,从包里拿出一张卡,这是一张大额的超市充值卡,塞进了丁皓哲的手里,轻声地说:"这是超市卡,等她病好了,你给她买些补品补补身子,我过段时间再来,真的拜托你了。"

丁皓哲转头看了一眼夏栀,只见夏栀已跑进自己的房间把门给关了。"这——不大好吧,夏栀没同意,我不能收——"他把卡又递了回去。

"唉,小伙子,这点忙都不帮吗?我是她亲妈,她对我意见很大,见我一面都不肯,我根本就没办法照顾她,所以现在只能拜托你了,帮我照顾她,你真忍心拒绝一个母亲对女儿的关心吗?"

这下,丁皓哲哑口无言了,也对,母亲对孩子的爱与关照,不是出自本能,天经地义的么?如果拒绝了,真的很残忍。他咽了一口唾沫:"好吧。"

"谢谢你,如果有任何需要都可以找我,我走了。"何太太轻声地说,然后给了丁皓哲一张自己的名片。

丁皓哲来不及细看,赶紧把名片与卡全都放在自己的衣兜里藏好,这事,可不能让夏栀看到,免得夏栀骂自己叛徒,那就跳进黄河都洗不清了。

何太太走了之后,他关上门,咳了一声,不见夏栀出门,便去敲夏栀的门。"那个人被我给赶跑了!"

其实,夏栀一直在啜泣,在她身体最虚弱难受的时候,突然出现了十几年没见的母亲,她完全没有任何心理准备,而这十几年来所经历的苦楚与艰辛反而像电影般一幕幕出现在她的眼前,令她心里的委屈与苦闷像洪水般地汹涌而出。

身体的脆弱往往跟心理的脆弱站在同一条地平线上,只要其中一个崩掉,另一个也会跟着塌陷。

丁皓哲摇了摇头,让她安静一下也好,便继续吃完收拾碗筷,这时旺旺不断地响着提示声,他便跑到电脑前,却见一笔订单已提交,对方在没有任何沟通的前提下付了款。丁皓哲打开了订单详情,倒吸了一口冷气:天啊,这么大的量与金额,我一定是眼花了,幻觉,一定是幻觉!

他揉了揉眼睛。"夏栀啊,有一个好几千的单子,而且客人一声招呼都没有,更不要说因为量大而要求价格优惠,直接下单给钱,太爽了!"

夏栀房间的门开了,直直地冲了过去,刚刚林黛玉般的哭哭啼啼一下子不见了,她兴奋地说:"是不是真的啊?"

丁皓哲给她看了看订单,夏栀叫道:"哇,没有错啊,你赶紧去那里把快递单号给填上去,这样就进入发货状态,免得他马上取消哇,我马上去备货!"

"好好好。"

这转变得也太快了吧,一来大生意,马上就生龙活虎了,刚才那病恹恹的样子也没了,就这么神奇。

两个人马上忙碌起来,备完货,打包好,叫来快递员,终于把东西给发走了。

一切完毕之后,夏栀人又虚了,瘫软在小沙发上,现在兴奋劲还没过,开始做白日梦。"如果每天都有这样的一笔单子多好,那么我很快就会积累一笔财富,说不定不用五年,我就可以买套房子了啊。"

"那客户是一个男人的名字,我想,如果不是开实体的,便是送给她老婆的,各种都有,不过,买这么多,估计一年不用买新的了吧,那好吧,我期望是开实体的,这样,他就会源源不断地向我们这里购货了。"

"是啊,我也这么想的,还好,我把质量放在第一位,不好的货都不进,皓哲,你有空也帮我把关一下,我最近人虚,感觉老打不起劲。"

"你的店交给我全权打理都没有问题,现在我已摸透了,就是货品当然还没有你熟悉。"

夏栀此时感觉特别累,毕竟病还没痊愈,一静下来,她细细地想着这件事情:母亲刚刚才来访,不是被我拒绝了吗?这会儿,就马上来大生意,这是不是有点不对劲,难道这事是她指使的,是不是她来买我的东西?如果是她,就把货给弄回来,才不稀罕她的假慈悲。

"丁皓哲,你查一下那客户的地址,并打个电话问一下,是作什么用途,如果没什么问题,客气的话来几句。"

丁皓哲看了一下。"不是高档的小区……好吧,我打电话问问。"

问的结果,对方是开中高档内衣店的,他们一直在找合适的货源,听说这里的货源不错,他老婆有买过,就直接在这里订了。

夏栀还是觉得有点怀疑,作为一个开内衣店的老板自己也应该有货源吧,而且订得多,只要跟他们沟通一下,他们会以批发价给他代理的,而不会这么阔绰地直接下单。而丁皓哲却说,他觉得我们这边的价格挺便宜的,比他以前合作的几家都要便宜,质量也好,所以就不跟我们讨价还价了。

"跟这样的人做生意啊,是我们的福气啊夏栀,这么爽快的客户,求都求不来,还不好啊,你就不要多想了。"

其实,被夏栀这么一说,丁皓哲也有点怀疑是不是她母亲在暗中帮助她,如果是的话,那么肯定会是长期的,至少也会让她攒到买房的钱。这时,丁皓哲的心里有了小九九,其实,这个计划之前他们就已经提过,只是后来都没谈细节问题,所以没具体实施。

"夏栀,要不我们一起合作吧,如果我们的生意越做越大,我可以把那边的工作辞掉,我们一起干大的。说实在的,帮别人打工也没什么意思,还得时时看人家的脸色,看老板的脸色也罢了,还得看上司的脸色、同事的脸色。"

说第一句话的时候,丁皓哲感觉自己挺龌龊挺自私的,心想:有大利益可图,才会要求计划马上实施,我这算不算趁火打劫?

夏栀想了想,这样也挺好的,最近生意确实好多了,而自己也忙不过来。"你先不要辞,等我们完全上规模了你再辞,这样吧,有空我把这里全部的存货都算一算,整个都作清算,折合成人民币,当股份,你出一半的钱,买我的股份,我们算是平分,之后产生的利润你说我们几几分成合适。"

丁皓哲白了她一眼:"当然是五五了,股份都是五五分。"

夏栀可不依了:"喂,这网店可是我打拼了好几年才稳定下来的,你以为一个新店,连颗星都没有,谁会鸟你啊,而且我是全职在做,货源全是我一手在握,很多都是跟我合作很多年的,他们给我质量最好的,价格也实惠,我也知道哪家的东西好,哪家不好,这点你不清楚了吧,你一个后来者不能一来就水到渠成占便宜。"

丁皓哲叹了口气,这人做生意这么精,谈男人却这么迷糊,找男人如果有做生意一半明智就好了。

"好吧,四六。"

夏栀继续盯着他,没有表态,丁皓哲再次叹了口气:"三七,不能再少了。"

爱如夏花

好吧,如果是三七的话,我丁皓哲完全不会有任何负罪感了,再也不会有趁火打劫的感觉,因为我付出的劳动力可能也不会比她少,但是收益却少很多,不过毕竟是她打下的江山,而且大客户非常有可能就是她妈,那么,稳赚的生意她多赚一点也是应该的。

夏栀这才满意地嗯了一声,丁皓哲说:"我七,你三。"

夏栀瞪大眼睛,然后抓起一个抱枕,追着他满房间地打……

萧静赶到餐厅的时候,何亚娴已坐在那里等他。

只见她穿着一件淡紫花色的真丝连衣长裙,修长而美丽,上身是很紧身的,把她完美的身材衬托无遗。增一分则胖,减一分则瘦,纤细的腰盈盈一握,半低的领口边,闪耀着暗蓝色的珠子,雪白又丰满的酥胸微露,性感又不失大方,端庄中又不失妩媚。

萧静看着她心里微微一震,何亚娴确实很漂亮,而且也懂得包装,懂得打扮自己,更懂得如何讨男人欢心,这样的女人倒也省事。

"对不起,我来迟了,亲爱的,今天你真迷人。"

何亚娴笑得更妩媚了:"你今天说的话可不能再食言了噢。"

萧静愣了一下,随即想起他们总统套房的约定,他嘿嘿地笑:"看来,迫不及待的人是你,放心吧,我下午已经订好了,就在这家楼上,方便吧。"

"讨厌……"

这会儿,萧静是真的感觉饿,下午是真的有领导过来,他跟萧明清作陪,而记者采访的事也由他来应付,再加上一些零碎的事情,真的忙得陀螺般地转。

他们点了些吃的,萧静再要了一瓶法国红酒,这时萧静的手机响了起来,听到对方的声音他非常惊喜,这是何亚娴看到他第一次接个手机都这么激动。

"哥,是你吗?真的是你啊?"

难道是萧静的亲哥哥?是啊,萧静确实是有一个哥哥,但是却从来不见他家包括萧静提他哥的事,这真有点奇怪。

只听萧静说:"哥,你到底在哪里啊……那你几时回来?我跟爸妈都很好,就是妈经常会想起你,一想起你就哭,还有奶奶……上个月去世了,奶奶去世的前几天,她还念叨着你……你回来吧,我下个星期五结婚,你来做我的伴郎吧……那行,至少也要赶上我的婚礼,以后就住在家里,别到处流浪了,爸年纪大了,记性越来越差,公司都靠我打理,我真的太累了,我希望你能……好吧……早点回来。"

萧静说完电话,有的菜上来了,他赶紧吃,何亚娴这下再也憋不住了。"从来没听你们提起你哥啊,到底是怎么一回事?"

萧静长长叹了一口气,缓了下进食的速度。"我哥是艺术家,特别爱画画,大学的时候谈了个女朋友,是外地的,还是农村出身的,毕业了我爸想让他出国,他为了女朋友坚决不出国,也不想继续深造,更不想学MBA,他不喜欢商业,只喜欢艺术。我爸很生气,为了拆散他们俩威胁了那个女孩,那个女孩心地很善良,她不想耽误我哥也不想让我哥为难,跟我哥分了手,之后,她得了抑郁症自杀了……我哥知道了事情的真相,他不再回家,就到处流浪了……没人能联系到他,谁都不知道他在哪里。三年前我一个朋友说在云南看到过他……但不能确定是不是他,他偶尔会给我来一两个电话,也就两年一次的频率,我很同情我哥,又很敬佩我哥,因为他做的事情我却没有勇气去做……"

原来萧静还有这么一个特立独行的哥啊,不过还是不回来的好,这样公司就可以全部归萧静了。

"他会参加我们的婚礼吗?"何亚娴试探地说。

"他是答应了,但我并不确定他会不会来,毕竟这么多年他都没给我们

爱如夏花

消息,并拒绝跟家人见面,也不知道他过得好不好。"

说到这里,萧静神色有点黯然了,看来兄弟俩的感情还是挺好的,萧静对他哥的感情也很深厚,只是不能再提他的哥哥,一提起,萧静就犯感伤,等下情绪都要闹没了,还有个美好的夜晚等着呢。何亚娴如是想。

"你哥要回来了,开心才对呀亲爱的,为我们的幸福新生活干杯吧。"

几杯酒下去,萧静的眼睛就有点模糊了,恍惚间,何亚娴的面容变成了夏栀,他擦了擦眼睛,发现自己竟然出现了幻觉,何亚娴这么漂亮的媳妇在身边,自己怎么还想着夏栀呢。

饭毕,两个人便去了楼上的套房,里面的布置很罗曼蒂克,不仅床上,连浴室里都铺上了玫瑰花的花瓣,室内还点放着精油灯,玫瑰加柑橘的味道,令人着迷又心神舒畅。

何亚娴满脸羞红,此刻,萧静真的被何亚娴给迷住了,他霸道地捧起何亚娴的脸,用他灼热的唇堵住了她的嘴……

当萧静发现床单上的一抹红,他简直不敢相信,但是却欣喜若狂,原来何亚娴才是自己的珍宝,才是自己今生今世最好的礼物与爱情,如果错过了,他可能一辈子都不能原谅自己。

而何亚娴却被吓得魂飞魄散,而且那种疼痛感令她非常难受,为了自己后半辈子的幸福她必须忍。

她懊恼自己为什么这么心急,非要逼着萧静领证并这么快在一起,要知道自己的身体都还没有养好,自己真的太担心萧静被夏栀给抢走了,怕节外生枝,既然证都拿了,其实就是想加深与萧静的关系,令萧静不作他想。

不过换一种角度想想,萧静现在把自己当作了最纯洁的女人,他会有可能不珍惜自己吗?

好吧,这也算是塞翁失马,焉知非福,为了以后久远的幸福,这点牺牲又算什么。

  她回到床上,这时萧静因疲惫而沉沉睡去,何亚娴看着他的脸,熟睡中像个孩子,却依然透着不凡的气质,浓黑的眉中透着英气,挺拔的鼻如刀削,分明的唇线都这么迷人。她轻轻地吻了一下他的唇,内心泛起了无限的柔情:萧静,你终于是我的了,完完整整地属于我,我现在也是你的,你的正室,你的妻,没有人能把你从我的手上抢走。

13
窥　秘

  米娜把手头的文件交给了萧静,看着萧静那张原来一直冷静的脸无意中透出温柔的光芒,她想,他是真的爱上了何亚娴。她并不知道他们昨天已领了证,所以还以为是未婚妻,不过这也将变成事实,这些并不重要。

  关于萧静要结婚的消息全公司的人都知道,她不可能不知道,而且老董也下通知了,下星期五全体放假,并宴请全体员工来吃喜酒,许久不见老头子这么开心过了。这也是好事吧,既然萧静会真的幸福,自己也就死了这心吧,就把他当作自己的偶像,最近女人们的偶像不是频频在换吗?现

爱如夏花

在连金秀贤都变成过去式了,改成了宋仲基,过段时间,再冒出一火热韩剧,大家估计又不知道宋仲基是谁了。这么一想,也就坦然了,这不就是最好的结局吗?萧静过得幸福,自己也开心。

但是,她却开心不起来,感觉下腹部有点疼痛,她按了按疼痛的位置,总感觉什么地方不对劲,心想:昨天倒是吃了好多的虾跟蟹,都是养殖类的海鲜,会不会跟这个有关系,不是经常看到有人爆料,海鲜养殖投放激素与消炎药是普遍现象?还是内分泌失调?我可还没生孩子啊,不能出任何问题。

越想越紧张,这会儿坐不住了,便给在医院妇科上班的姑姑打了个电话,姑姑示意她来检查一下,于是米娜便以身体不适为由,向萧静请了假。

姑姑在一家小镇卫生院上班,并不是大医院,有什么问题米娜宁可找姑姑看,一来不用排队,二来放心,至少不会坑自己,三来清静,没那么多人,人多眼杂的,毕竟自己是未婚女子。

米娜刚要进姑姑的科室,就看到一个戴着墨镜与口罩的女子闪出,其实这样的打扮挺引人注目的,让人产生一种欲盖弥彰的感觉。米娜特别好奇,盯着她的背影看了好一会儿,总觉得好眼熟,她进去看到周边无人了,便问姑姑:"刚才那女子不会是有艾滋什么的吧。"

姑姑笑了:"你个小姑娘懂个啥,那女的呀,人流了也不懂得好生休养,又跟老公同房,导致炎症并发,我让她做化验去了。"

说着,她便把打开的病历本合上,放在一边,米娜无意中扫了一眼那病历,却看到一个触目惊心的名字:何亚娴!她以为自己眼花了,擦了擦眼睛,还是何亚娴!难道刚才这个女的就是何亚娴啊,怪不得会全副武装,或者只是同名吧,同名的人很多啊,米娜这么安慰自己,但是却全然不在状态了。

人流?又同房?难道萧静之前就跟她同居过导致她怀孕?但是如果

怀孕了他们不是要结婚了吗,这不是好事吗,根本没必要不要这个孩子啊。

米娜越想越迷惑,然后又拿可能是同名来安慰自己,但是又想到一个问题,如果真的是何亚娴怎么办?她化验回来不是正撞见自己吗?说不定刚刚出去的时候,就发现自己了?

她此刻反倒是心虚起来,就像是自己刚偷了东西般的心虚,急急地问:"姑姑,你这里有口罩吗?"

姑姑白了她一眼,从抽屉里拿出一个,米娜赶紧撕掉包装袋,戴了上去,姑姑有点紧张了。"你不会怀孕了吧?孩子谁的?那男的干什么的,让他负责啊!"

米娜张大嘴巴,一时哑口无言,然后叹了口气:"姑,我没怀孕,我只是不正常出血,不知道是不是吃了激素虾的关系,还是别的毛病,所以才找您来看看的。"

姑姑吁了一口气:"没那问题就行,我们进去吧,我帮你检查一下。"

检查完毕后出来,姑姑边在电脑上开单子边说:"基本没什么问题,可能是内分泌紊乱引起的,这样吧,我给你开点药,如果吃了药还有问题,再去大医院检查。"

米娜点了点头,这时候,那个戴口罩与墨镜的女子又拿着单子进来,米娜赶紧无声息地躲进了检查内室,看来她刚刚急匆匆出去的时候,一时并没有认出米娜。

"医生,你看单子。"

"嗯,有炎症,我给你开些药吧,这个月别同房了。"

女子沉默了一下,却又担忧。"这不行啊医生,我下个星期就要结婚了,我老公肯定会跟我同房的。"

这声音,还下个星期结婚!真的是何亚娴!

米娜的姑姑不高兴了:"你嫁的禽兽吗?把你的健康当什么了,这样的

爱如夏花

男人我劝你还是别嫁了,这简直是乱糟蹋别人的身体!"

"我——"何亚娴说不出话来,这种事她怎么会告诉医生,让她怀孕与她要嫁的并不是同一个男人,只怪自己太心急,苦果只能自己吞。

何亚娴真的好头痛,但是她还是应道:"我知道了医生。"

米娜的姑姑给她开好药,取下卡与她的病历。"药吃完了再来复查一下。"

何亚娴点了点头便走了,这时米娜才敢从里面走出来,姑姑很奇怪地看着她:"到底是你见不得人,还是她见不得人,你们认识的吧?"

这真是一言难尽,在事实没弄明白之前,米娜不想乱讲话,她拿了开了药单的卡便向姑姑告辞。

出来的时候,越想越觉得气愤,想不到萧静是这样的人,只顾自己的私欲而忽略别人的健康,太不像话了,这倒是令她同情起何亚娴来了,看来做女人真不容易啊,就算是有一个既有钱又有才还很帅的老公,但是如果他不体贴自己,又怎么样?

回到公司,萧静正跟几个客人会见,米娜给他们补好茶水,便在一边坐着。

她看着这个自己一直暗恋着的男人,仿佛从来就不曾认识似的,以为自己很了解他,懂得他的喜怒哀乐,此时看来,他冷峻的脸透着一种刻薄,但是一想到他在折磨着何亚娴的情景又令她羞红了脸。

她就这样心情复杂地看着萧静,但是却已经没有以前的那种感觉了,原来感情这东西真的是说变就变,让它生就生,令它灭就灭,全在于自己的决定,怪不得爱情是世上最不可靠的东西,爱情中的男女基本不是眼瞎就是耳聋。

客人走了,米娜看了看时间,也打算下班了,这时萧静问她:"身体好点了没?"

刚请小假的原因她只是说肚子疼,想去医院看看,当然不会说得很清楚,米娜嗯了一声,萧静有点奇怪她的态度,怎么突然就冷了下来,以前从来不敢这样的啊。

米娜边收拾东西边瞟着他,还是忍不住了:"您跟何小姐交往得比较久了吧?"

萧静笑道:"以前见得少,被父母饭局上约见过一面,彼此感觉还好,后来她便继续出国学习了,所以我们最近才交往的呀,怎么了,今天关心起这个?"

提起何亚娴,萧静是一脸的柔情,这样的男人,怎么会伤害自己的妻子呢?

米娜还是想问个明白。"您是说,你们最近才开始——比较亲密?"

她终于想出了用"亲密"这两个字,萧静听着更加疑惑了,他的感觉一直很敏锐,他觉得今天的米娜非常不正常。"怎么了,有什么问题吗?"

"没没。我,我回去了,萧总再见。"

唉,萧静还是没有正面回答,好吧,那就烂在肚子里吧,萧静看样子也不喜欢别人过问他的隐私,毕竟自己不过是他的员工而已,有什么资格去关心上司的私生活。

米娜拿起包,一路细细地回味着他话里的意思,最近才交往,是什么意思,对了,何亚娴既然之前怀了孕,那么至少也要一个月以上才能做手术,一般例假不来了才知道怀孕,这里算她一个月,再加上姑姑说的手术才一个月不到,算一个月先,也就是说,何亚娴至少要在两个月之前跟萧静在一起才会怀孕,第一次相见,双方父母在场,之后何亚娴就出国了,何亚娴貌似最近回国也不过一个月吧,难道导致她怀孕的男人并不是萧静?

爱如夏花

一想到这个问题,米娜差点尖叫了起来,她捂住了自己的嘴巴,左右看,并没有人关注她。如果是这样的话,那么一切就想得通了,何亚娴为什么不要这个孩子,是因为她想跟萧静在一起,她必须要打掉这个孩子,为什么会戴着口罩墨镜出现在这种乡下卫生院而不是大医院,就是想避开别人的耳目,不想让熟人撞见,为什么明明知道两个人在一起会给她的身体造成伤害她也不拒绝?如果她猜得没错的话,那就是,萧静根本毫不知情!

米娜完全是被自己的推理折服了,她真的感谢自己平时那么爱看推理类小说,如果真是这样的话,那么萧静才是真正的受害者啊,何亚娴完全是个贱人!

一想到萧静就这么被何亚娴骗婚,而且一点也不知情,还沉浸于爱情的甜蜜之中,米娜就浑身发抖,感觉自己的男神真的太可怜了,她更庆幸的是当时还好她聪明,没让何亚娴认出自己,否则她真不知道何亚娴会以什么样的手段对付自己。

现在怎么办?我该怎么办,我要把这件事烂在心里,还是告诉萧静!如果现在不告诉他,一切就来不及了!

一想到萧静将要跟一个口蜜腹剑的可怕女人生活在一起,米娜心如刀绞般地难受,对萧静的轻视与鄙视感完全没有了!萧静果然不是这样的男人,差点误会他了!

萧静被算计,自己知道了真相,却不告诉他,这还算是人吗?

一想到这里,米娜徒生一种义薄云天的豪气。对,萧静一直对我还不错,虽然有时候要求严格了点,但人家对你有要求不是出于工作上的青睐吗?我就不应该以坦诚回报吗?对!就算是赴汤蹈火也在所不惜!

她深吸了一口气,心想:一定要对萧静说个明白,必须是现在,如果活活憋到明天,那晚上我就别想睡觉了!对萧静讲出真相是对他未来人生的尊重,他信不信,或接不接受这个事实,那是他自己的事,跟我就没有关系了,我已经仁至义尽了。

她打了一个电话给萧静:"萧总,您还在办公室吗?"

萧静这边已在整理自己的物件了。"我准备走了,怎么了?"

"我——东边的窗户我忘了关了——"

"我已经关掉了,没什么事的话我就挂了。"

"不不,萧总,我还有件比较重要的事,想跟您聊聊……"萧静微皱了下眉头,看了看时间。"什么事,你就直接说吧,我等下吃了饭,还要陪我妻子去看婚纱的,这段时间会很忙。"

"这事,不好在电话里说……您准备去哪吃饭,我赶过去吧。"

"我就去旁边的快餐店吃点,你也还没吃吧,要不你来一起吧,我时间不多了。"

"行,我马上过去。"

米娜便打了车直奔那个店,只见萧静已经点了两份便当放在那里,便把其中一份打开来,准备吃。"我知道你喜欢吃肉燥饭,所以就事先点了,你不介意吧?"

"当然不……"米娜把饭打开来,却无心吃,她咽了口唾沫。"萧总……我觉得您最好不要跟何亚娴结婚……"

萧静刚开始并没在意这话的意思,只管吃着,当他领会过来的时候,一下子停在了那里,然后瞪大眼睛看着米娜。"你说什么?"

米娜硬着头皮艰难地重复着:"我觉得,何亚娴并不适合你。"

萧静安静地看着她,看着这个一直以为很安静的女孩,而米娜也怔怔地看着他。这时空气仿佛静止了,旁边所有的说话声与吃饭声仿佛都成了呓语,成了冒着泡泡的背景图,时光也停止了流转,这种静却令米娜的心在狂跳,她有了一种暴风雨来临前的预感。

"你再说一遍。"

爱如夏花

米娜呆呆地看着他,感觉自己再也没力气吐出一个字。

萧静突然间笑了,并吃着饭。"你说何亚娴并不适合,哪里不适合我了?你说个原因。"

"我觉得——我想确认一下,你们是不是最近才——"米娜作了一个两个人很亲密的手势,然后满面通红。

萧静再次笑了:"是啊,而且这是她的第一次。"

米娜张了张嘴巴,一时哑口无语,第一次?还第一次?天啊,那个何亚娴得多可怕啊,竟然会把萧静骗成这样?现在除了自己的推测完全正常之外,何亚娴的无耻与不择手段已完全出乎了她的意料。

"你是不是觉得她不适合我,你才适合?"萧静有点嘲讽地笑道。

"不不不!"米娜赶紧摆手,她已有一种被狠狠打败并绝望的感觉,如果此时自己再说何亚娴在医院里的事,萧静会信吗?他已经完全鬼迷心窍,被何亚娴给逮得死死的,可能他非但不信,而且还会翻脸,痛斥自己诽谤他的妻子,并觉得自己居心叵测,肆意造谣,为人恶毒,那么他怎么会留这样的人在他的身边,百分之百会把自己给开了!

萧静看着她,觉得眼前的这个女助理真的很好笑,心想:你以为你是谁啊,能管我跟何亚娴的婚事,原来以为她是个很沉稳很识大体的人,想不到竟然会说出这样的话,对何亚娴一直耿耿于怀,并想挑拨我们之间的关系,难道就因为上次何亚娴打了她一个巴掌,她一直记恨着,但是表面却装作什么事都没有,看来这个女孩也并不简单,以后要防着她一点。

而此时,他再也没胃口吃下去了,站起身:"我先走了,你慢用。"

米娜呆呆地看着面前的盒饭,心里充满着懊恼,连吃饭的心思都没有了,自己明明是想好心相告,想学雷锋做好事,却被当作了居心叵测的坏蛋,自己这干的都是什么事啊?

14
软　肋

如丁皓哲所猜的一样，那个大客户隔一两个星期就会下一批订单，而且量比以前的都要大，重要的是，在这个客户的销量带动下，他们的生意整体有所好转。做生意，无论是网店、实体，或餐饮业就是这样，人气越高，客人就会扎堆地来，人气越差，越是没有人来买。特别是做电商的，大部分的顾客都是把销量当作重要的下单参考。

夏栀没办法忙得过来，丁皓哲便辞了职，两个人分工做事，夏栀负责货源与采购，还有售后，丁皓哲负责销售与打包订单。外卖吃腻了，他们也下厨，丁皓哲厨艺不错，夏栀也欣于享受。

她觉得越忙越好，至少忙起来就不会想一些不该想的东西，有些东西，就随它去吧，让它散吧，终会成为过去的，虽然当时心如刀绞。

只是在夜深人静的时候，她还是难以释怀，甚至一个人骑着电瓶车，去他们曾经去过的海边，对着广袤无涯的大海大声地呐喊着，为什么为什么为什么！为什么你们都这么对我！然后痛哭流涕，哭到最后声音越来越哑,渐渐被海涛声所覆盖。夏栀自己也哭得无趣起来,然后一个人在沙滩上看着远方有人影在动,有点怕起来,赶紧起身,开车走人。

有时候,夏栀觉得自己就是一个悲伤的笨蛋,就算遭遇着人世间最悲惨的事,都要戴着小丑的面具继续在人生的长河里跳着不着调的舞。

倘若没这样那样的遭遇,她可能也没这么快学会坚强,像她这种无依无靠的人,只有两个选择,要么一蹶不振,恹恹地过完一生,要么便是选择坚强,然后甩甩眼泪与鼻涕,让自己睡一个好觉,醒来后,告诉自己窗外的阳光依旧灿烂,告诉自己心里一定要有梦想,于是继续朝着这个梦想坚定地走下去。

而关于那个人,就埋在心底吧,一直不给它浇水,它自己便会枯萎。

萧静便是她心里的一棵植物,她除了埋藏无可选择。

她知道,自己永远无法跟萧静站在同一个高度,因为这种高度有一部分是天生的,每个人都无法选择,这个夏栀无法去竞争与改变,所以她只有拼出一条血路,等她功成名就的时候,让所有轻视自己的人,深深羞愧。

虽然她并不知道自己最近事业能如此顺利,有一半的原因是因为母亲的暗中相助,所以真正成功的创业并不是没有,只是并不那么容易,但是只要付出,总会有回报的一天,把感叹命运的时间用来做事,可能你的命运已在悄悄改动。但是如果你什么都不做,便无回报的可能。

这天,米娜如往常一样来公司上班,但是因为塞车,她迟到了几分钟,来到办公室,却见里面有一个三十来岁的男同事,那个男同事跟她不过点头之交,并不熟。

米娜很迷惑,正想问你来有什么事么。那男同事看着她,却有点惊讶地说:"萧总让我来接任你的位置。"

米娜的脑子一下有了三秒钟的空白。"他——把我辞退了?"

男同事有点不可思议地看着她:"不是啊,只是我们的岗位调换了一下而已,萧总说你回到原来的部门,难道他之前都没有通知你么?"

米娜苦笑:看来萧静非常厌恶我,厌恶到哪怕说上一句话都会反胃的地步了,好吧,我是自作自受,非要什么侠义心肠,结果自己掉进了井里却连一个搭救的人都没有,还背上恶女的骂名。现在换了一个男助理,倒也好,何亚娴就没有任何想法了,也不用时不时悄无声息地过来,看女助理是不是又勾引她的老公了,倒也息事宁人,萧静可真是个对老婆体贴入微的人啊,但愿这种体贴能长久保持。

好吧,萧静,既然你认为我是个卑鄙无耻的人,置这两年的共事相处于不顾,我也无话。

米娜搬上自己的东西,一言不发地走掉。她并不后悔自己那天的行为,对萧静,她已经仁至义尽,问心无愧了。接下来,他自己的路终是要自己走的。

她无精打采地来到了财务一部,在跟萧静前她就待在这里,那时候,得知米娜要成为萧总的助理,全办公室的人都沸腾了,有祝贺之、嫉妒之、冷嘲热讽之、揶揄取笑之等等,什么样的都有,以为她是全公司最有机会把萧静搞定的人。结果两年后,又给塞回来了,米娜的心里真不是滋味。

米娜走进办公室,里面几个聚在一起的人都散了,有几个熟面孔也有几个陌生的面孔,但每个人的脸上都有着心照不宣的笑容。一个老同事说:"哟,我们的红人回来了。"

米娜勉强挤出一点笑,不语,四处寻找自己的办公桌,自己原来的办公桌早已是别人的了,她扫视了一周,最后目光落在摆满了各种杂物与废纸的桌子上。这时,部门经理过来,不好意思地笑笑:"米娜,真对不起,这事太突然了,我一点准备都没有,要不,那张桌子你先收拾一下用用,赶明儿,我去找一个好点的桌子过来?"

爱如夏花

她还有挑剔的余地吗？除非她放弃这个工作，但是她不甘心，她不能就这么灰溜溜地走了。

这一天，米娜都不在状态，下班的时候，她挤上了公交，扶着把手晃晃悠悠，感觉自己这几天就像是做了一场梦，如果真是梦多好啊，自己是不是可以回到过去了？

恍惚间，却看到一只手伸向一个男子的裤子口袋，然后轻巧地摸走一部手机，这几乎就是两三秒之间的事，米娜却看呆了，我这是亲眼看到行窃吗？被偷走手机的男子背着一个很大的旅游包，似乎是从哪里刚回来，或者来这里出差，他浑然不觉，而那个小偷却向周围旁若无人地扫视一眼，目光正跟米娜撞着，似乎发现米娜知道了自己的秘密，向她恶狠狠地瞪了一眼，这目光令米娜浑身颤抖。

这时候，到了一个站点，那小偷看样子就要急着下车，而那被偷的男子随手摸自己的手机，似乎觉察到自己的手机不见了，但是眼看着那小偷就等在车门旁，随着车门的缓缓打开要冲下车，米娜不知哪里来的勇气，她用力挤过去，一把抓住了小偷的衣服，脸朝着那男子大声叫道："你的手机被他偷了！"

这时车里一阵骚动，那男子也意识到自己的手机可能真是被偷了，大叫："司机，先不要开门！"

小偷这时候狗急跳墙了，摸出刀子往米娜的手上扎了一刀，然后趁着车门还没有合拢就仓皇跳出，米娜看了一下自己的手，只见鲜血瞬间涌出，她最见不得血，瞬间便晕了过去。

当米娜醒来的时候，感到手臂一阵剧痛，只见自己的手已包扎好了。此时，她在医院。

她床位的旁边，放着一个很大的旅游包，看起来有点眼熟，这时候，一个男子过来,他的胡子有点乱,似乎很久没有修了,但是看着也有点眼熟。"唉,你醒来了,真对不起,想不到还有像你这么有胆量的女孩。"

原来他是手机被窃的人,她的视线转向了自己的手,男子便说:"医生说,没什么大碍,不过要休养,最近你不能用那只手做事了。"

米娜叹了口气,也好,刚好可以避开萧静的婚礼,也可以请一段时间的假,当给自己放个长假吧,她也是需要休整,调职的落差令她真的还没办法去适应,那里真的令她感觉难以呼吸。于是她迫不及待地给部门经理打了个病假电话。

男子非常不好意思:"真的很抱歉,害你受了伤,又旷了工……"

米娜轻松地耸了耸肩,想到了什么。"你的手机追到了吗?"

"就一个国产机,不值钱,偷了就偷了,就是那小偷太可恨了,还伤了你,当时看到你受伤,就顾不得他了,不过恶人终有恶报,他肯定会得到应有的惩罚。"

在聊天中得知,男子叫阿南,是个画家,刚来到这个城市,准备住上几天,办完事情就走,想不到手机被偷了。

米娜想了想,跟自己合租的邻居刚搬出去不久,那房间一时还空着,要不,收留他几天?但是对这个人又不大了解,万一是坏人那不是引狼入室?

她试探性地问:"你听口音不像是外地人呀?"

阿南笑笑:"原来,我确实是本地人,但是我是个闲不住的人,天南地北,四海为家。"

"那你现在回家干什么?"

"呵,一同学结婚,室友,以前比较要好,不参加不行。"

"确实,这几天据说是好日子,结婚的人很多。"米娜不由得感慨。

"怎么?你也有朋友结婚?不会是同一个人吧?"

"是我上司,一个瞎眼的男人。"

爱如夏花

"呵呵,这年头,不是瞎眼的男人,就是瞎眼的女人,所以才会凑一块。"

米娜不可置否地笑笑,"如果你不嫌弃的话,就住在我隔壁,合租的人一时没找到,再者——"她朝自己的手努了努嘴,"刚好是右手,我可能很多事不大方便。"

"这——"阿南犹豫了一下,然后点了点头,"就是太过意不去了,让你受了伤,并旷了工,还把房子给我住,这样吧,我现在暂时没有多的钱,这笔账我都记上,等我有钱了,我会一起还给你的。要不这样吧,回去我就给你画一些肖像画暂当抵债吧。"

米娜扑哧一笑,"这也不错,可以满足我臭美的心。"

两个人便笑着走出了医院,只是阿南的神情有时候看起来郁郁的,不开心的样子,米娜也觉察到了。她理解为一个三十来岁的男人,还穷成这样,居无定所,难免有点悲伤情怀。

却不知道,这个流浪汉般的男人,却是堂堂萧氏集团老董的大公子——萧南。

萧南之所以回家,除了参加弟弟的婚礼外,还有一个原因是他实在厌倦了流浪生活,而且从悲痛的初恋史中走出来之后,发现并不是所有的女人,都像他的初恋那么爱他,也不是所有的女人,都像她那么单纯而执着。有时候,他不过是一个可怜的感情替代品罢了。离开了萧家,他可能什么都不是,一文不值,连自己的画都没人赏识。只有一年他比较稳定,没有到处游走,带了几个学生,攒了点钱,其他时间都在到处游走,画各种画,风景、人物,或连环漫画。他投了无数次的稿,得到的只是很低的稿酬,他只想凭自己的能力顽强地生活下去,并打出一片天地,最后发现,像他这样居无定所的生活想打出一片新天地的希望很渺茫。

他的愿望是三十岁之前,走遍至少半个地球,甚至非洲,他做到了,甚至在一个欧洲国家也停留了一段时间,所幸得过几个小奖,拿了点奖金勉强度日。现在,他的愿望达到了,他也真的感觉特别累。这次回来还有一个目的,他曾经出过一本漫画书,有影视公司对这本书很感兴趣,准备跟他签动画版权,但是手机又刚好丢了,他觉得命运总是跟自己开着一次又一次的玩笑。所幸,他的笔记本上有对方的联系方式,于是便通知对方,暂时报了米娜的手机号,顺便也参加一下弟弟的婚礼,不管当自己出现的时候,父母会以一种怎么样的眼光看待自己。

如果真的要求自己留下来,可能他真的会留下来,因为他已受够四处漂泊的日子,但求他留下的应该是他们,而不是自己。

萧南冷冷地想,因为他永远无法忘记,那天,他收到最心爱的女孩的遗言短信,当他跑到她面前的时候,却是她轻薄如烟面若浮云永恒宁静的微笑。

可是,他真的能放弃过去,重新跟父母一起生活吗?他又有点犹豫了,所以,他决定顺其自然听天由命,如果不能也没问题,卖出去的动漫版权至少可以帮他度过一段日子。

他想邀请米娜一起参加婚礼,米娜笑着说:"你看我的手,现在都还没学会用左手用筷子,到时候一桌子的人都看着我怎么用汤匙吃东西了。"

萧南笑着说:"没问题,我可以喂你。"

米娜张了张嘴,失笑了:"别人会误会的,况且只是你同学而已,一个份子钱,带两个人,可不怎么好吧。"

萧南哈哈大笑:"放心,我那个同学特别有钱,不收份子钱,而且到场的可能还会每人发一个大红包,这么好的机会,你可不要错过哟。"

米娜还是不想去,还想争辩,但萧南是真的不想一个人去,便说:"去吧,算我求你了,没有朋友在旁边我真的心虚,那些同学特别会捉弄人,如果我现在还单身,他们会把我灌醉扔游泳池里喂鱼的,而且下午我还得跟影视公司签合同,我不是还没有手机吗,我得用你的手机,等我拿到钱,我就去买一个,还有欠你的医药费、房租、误工费等等,全部一次性补偿给你,还把这次的陪酒费也给你补上,还不行吗?"

"陪酒费?"米娜张大了嘴巴。

"唉,就是陪同我一起参加酒宴的意思。"

米娜想了想,也行,反正只要不参加萧静的婚礼,倒也无所谓,不过他那同学听起来好像也是很有钱的样子,她不禁有点好奇。"行了,算我答应你了,不过你那同学叫什么名字,你得告诉我一声。"

"萧氏集团的萧静。"

米娜瞪大眼睛张了张嘴巴,半晌说不出话来。

萧静的婚礼终于要举行,萧氏集团的婚礼是一大话题,本地的媒体公众号争相报道,夏栀想不看到也难,看到时,还是有点难过与心酸。萧静,你终于要结婚了,除了默默的祝福,我还能有别的选择吗?

眼不看为净,她干脆把手机给关机了,只用电脑,折腾着自己的店,而今天丁皓哲也有朋友结婚,去吃喜酒了,没办法,大家都挑好日子,办喜事都撞一块了。这时,她突然想起一件事,就是找那个大客户聊聊天,一直都是丁皓哲跟客户联系的,自己都还没沟通过,敢情那个大客户不会也有朋友亲戚结婚吧。

于是她便用旺旺向那客户问好,而此时的小宋也很忙,大早起来送何太太去做头发,很多事情他都要帮衬的,没办法,谁叫自己是何太太的司机兼私人助理,而何太太又刚好有大喜事,得闲看到手机上有一条旺旺信息,只能说明天再联系。夏栀便不好再问了。

而萧静穿着范思哲的白底条纹衬衣,何亚娴一身洁白婚纱,宛如仙子,两个人像黑夜中的烟火一样光彩夺目,只是何亚娴的脸色稍显苍白,不过以化妆师妙笔生花的神技,基本也觉察不出来。新娘子嘛,难免累与睡眠不足。

萧静忙着应酬,在空隙之余,还是不停地打电话给萧南,但是令他失望的是,总是关机,他以为哥哥肯定不会来了,估计又是哪根筋抽着了,又玩失踪了,玩了这么多年,以为他会参加自己的婚礼,看来他还是迈不过这个坎。

而这事他也悄悄地告诉了母亲,萧太太高兴得一夜没睡,比萧静结婚还兴奋,终于可以见到大儿子。这十来年,她一直为萧南担忧着,这么多年就没有一点消息,都不知道他是不是还活着,突然间出现一个消息,至少让她知道儿子还在这个世界上,这点令她百感交集,眼泪都掉出来了。这么久没见着儿子了都不知道他是瘦了还是胖了,是不是老了很多,或变了模样。唉,他一定受了不少的苦,儿子啊,现在只要你出现,妈再也不让你离开了,萧静现在结婚了,现在你是唯一令我担忧的孩子了。

萧太太除了招呼朋友亲戚外,不停地到处瞅着,希望能看到大儿子的焦虑眼神,令萧静看着也难受,并不停问萧静有没有看到。萧静摇了摇头:"妈,还是顺其自然了,大哥想开了自然会回来,如果他还有心结,那么我们也无能为力了。"

萧太太落泪了:"都是我们不好,把他逼到这个地步……"

萧静从小到现在,从不曾令他们操心,而萧南却相反,对大儿子的感情,萧太太也是很复杂,但毕竟是自己的骨肉,盼子心切,感觉这是最有希望见到大儿子的机会。这时何太太过来跟她打招呼,她赶紧擦去眼泪露出笑容,陪着亲家聊家常。

萧南与米娜来到酒店的时候,婚礼已经举行,萧南依旧穿着运动装,因为他只有这些服饰,但是经过梳洗,剃了胡子后的萧南,完全跟那个流浪汉像两个人似的,精神焕发,帅气逼人。一路上,米娜看了他一眼又看了他一眼,笑道:"我觉得你跟我们的新郎一样帅。"

萧南笑笑,不答,米娜并不知道他是萧静的哥哥。这点,他还没讲,在没去见萧静之前,他并不想公开身份,因为他不知道自己有没有勇气面对自己的家人,或者可能会临阵而逃,所以暂时不讲为好。

而米娜在去的路上也在忸忸怩怩,她实在不想看到那些同事,而萧南得知她是萧氏集团的员工后哈哈大笑,感叹世界真小。不过萧氏集团这么大,员工多,被他砸上一个也不奇怪。到了酒店门口,米娜说什么都不愿意进去了,说自己在旁边走走等他就好,如果影视合作方有电话打过来,她代为转告。

萧南也没再强迫她了,尊重她的决定,便独自进去。这酒店是本市最高级的五星级酒店,以前不过是个小酒家,萧南来过,想不到现在规模这么大了,里面还有花园式的大园林与大草坪,婚礼仪式在那里举行,一路上都铺着红地毯,挂着红灯笼装饰着各种花束,还有爱心造型的气球,是够奢侈与热闹的。

越是走近,萧南的心却越是忐忑,他不知道自己以什么样的身份出现在这里。而此时大家都全神贯注地看着婚礼的进行,只见萧静跟披着婚纱的新娘在交换着戒指,虽然隔得远,萧南还是一眼认出了萧静,萧静看上去成熟帅气多了,虽然他的信息他经常有关注,而新娘被头纱挡着,看不清面容,不过看身段,也是个美人坯子,多完美的一对,又勾起萧南的心事,心里有点酸楚。

戒指交换完毕,萧静给新娘深情的一吻,大家响起了热烈的掌声。此时,夏栀其实在看着现场直播,她还是忍不住,管不了自己的脑子与手,看到这里,她关掉了视频,一阵痛哭。

而萧南缓缓地挤到前面去,因为他觉得新娘看着有点眼熟。当他确认这个女人便是那个在异国热情似火地追求着自己,令他沉寂的心又死灰复燃,教会他如何去爱的人。她对他信誓旦旦,要跟他厮守一生,给他生一堆的孩子,但是之后却突然翻了脸,跟他断绝关系,打掉孩子,回国,并给他一笔分手费,但是这笔钱他依旧留在那个令他感觉到耻辱的账户里,一分未动,也不会去动。

而她所做的一切一切,如此绝情,原来只是为了跟萧静,跟我的亲弟弟结婚!这么狠毒的女人,你也配当我们萧家的媳妇?

萧南狠狠地咬着自己的唇,唇上渗出一片红,他浑然不觉,大步流星地向前走去。

萧静看到大哥,先是呆了一下,因为十年没见了,萧南真的变了很多。当他意识到眼前真的是他亲爱的哥哥时扑上去拥抱着他,激动得热泪盈眶,"哥,你终于回来了!"

萧南抱着弟弟,拍了拍他的肩膀,也百感交集,想不到命运如此弄人,当初自己收拾衣物离开的时候,萧静硬是塞给他所有的零花钱,他靠这笔钱,度过了好长一段时间,只做着自己喜欢做的事,不停地画画。

这时,萧静抹了抹眼泪,然后把萧南拉到何亚娴的面前。"哥,这是我的妻子,何亚娴。亚娴,这是我大哥,亲大哥,萧南,他特意来参加我们的婚礼。"

萧南含着讳莫如深的笑,伸出了手,而何亚娴原本浮在脸上的笑容凝固了,整个人都僵住了。

这个人——是萧南?她只知道他叫南方,而之前萧南不想跟萧家有任何瓜葛,连姓都不想在别人面前提。何亚娴自然不知道,她只是那段时间突然鬼迷心窍,觉得这个画家特别有艺术气质特别迷人,只是暂时玩玩排遣一下在他国的寂寞感,要知道,在异国碰到一个对眼的本国人并不是一件容易的事,所以何亚娴简直就是直接扑上去把他给俘虏了,何亚娴心里很清楚,他是那种只适合谈恋爱的人,而不是结婚。

爱如夏花

当她怀孕的时候,她也是真的很纠结,要不要留下这个孩子,如果把自己的一生托付给这样一个男人,自己会活得很累。当母亲让她回国安排她跟萧静相亲,她豁然明白她下半生所需要的是什么样的男人,但是她知道自己跟南方之间并不是一时半会儿可以说断就断,所以纠缠了一段时间。她最终还是决定不要这个孩子,并回国,她不想拿自己的后半生开玩笑,父母是绝不会同意的,而她能靠萧南吗,他连自己都养不活,如果坚决跟他,父亲肯定跟她断绝关系,她又怎么能靠他来养自己?自己也不可能挺着大肚子去找工作,也没人要,她想想未来就觉得黯然,而萧静这么好的男人,如果弃之,那么她何亚娴就是个傻瓜,所以她果断地做了这个决定。

但是她做梦都没有想到,被自己一脚踹飞的男人竟然是自己所嫁之人的亲哥!只是一个伪装的穷小子而已!

自己原本不用打胎就可以成为豪门大太太的!而现在,还被难以启齿的病纠缠,她都不知道自己晚上将怎么度过!

她全身哆嗦,真怕萧南今天会在她的婚礼上撕下她的脸皮。萧静奇怪地看着大哥,又看着何亚娴苍白僵硬的脸,隐隐有一种不安的感觉,这两个人之间好像并不简单。"你们——认识?"

何亚娴更是面无血色,萧南却笑道:"岂止是认识呢……"

他定定地看着何亚娴,这个女人,就在前几天,她是怎么威胁自己的,甩了自己一笔钱,留下狠话,如果自己再联系她就找人灭了他。哈哈,也难怪,这样的女人,还有什么事干不出来的。

当何亚娴正紧张得不知所措时,萧南却笑道:"你们的新闻太多了,认识也不奇怪嘛。"

何亚娴稍微缓了一下,萧静还是有点疑惑,何亚娴的神情太反常了,这时,萧太太跑过来,拉着萧南左看右看,很激动,眼泪都快流出来了。"儿子啊,真的是你啊,我以为我这辈子再也见不到你了,你终于回来了!"然后抱着萧南眼泪哗哗地流下来。

萧静也是个敏锐的人,何亚娴为什么看见大哥的时候,反应那么奇怪,甚至手都在发抖,好像在害怕什么,难道他们之间有隐情?

他再次看着何亚娴,何亚娴在笑,但笑得有点不自然,似乎还没从刚才的惊慌之中缓过神来,这并不是她正常的表现,有什么事竟然能让看上去从来都很淡定至少表面都能装得很淡定的何亚娴如此失神?他再看看大哥,看上去比离家出走时要沧桑很多,甚至皮肤都变得有点糙,那种风霜的痕迹,却令他更有男人味,只是眼神却视若无物,不带任何感情,纵然对着自己的母亲,而他的视线却会有意无意地飘向何亚娴,而里面,却装着一股很冷的东西,类似于恨,这种东西令萧静感觉到寒意。

想起刚才他们之间的对话更是感觉狐疑,何亚娴跟大哥真的认识?

这时,萧太太抱了抱大儿子,恳求着他留下来,萧明清在一旁,不言语,但是心里也是很高兴。毕竟,血肉之情,其实他怎么不记挂这个儿子呢,他知道自己心里有愧,对不起儿子,对不起儿子的前女友,甚至对不起自己的母亲,他的心里突然萌生了一种退隐的想法,或者把家产留给两个儿子,自己是应该好好休息了,不能再做坏事,不能再干涉孩子们的幸福了,他不能再失去任何一个亲人。

萧明清也说:"阿南,回来吧,我想把公司交给你们俩,你们兄弟同心协力,一定会更好的。"

萧静吃惊地看着父亲,发现父亲最近真的老了许多,可能是奶奶的事,也令他心生愧疚,再加上大哥的归来,令他产生了退隐的念头吧。

萧静便说:"哥,爸年纪也大了,我也很累,你来了,我也能轻松点。"

萧南说:"从商这件事,我好像并没有天赋。"

萧明清和颜悦色地看着大儿子说:"慢慢来,不用急,会有充足的时间让你去适应的,只要你想留在公司,爸都会支持你。"

爱如夏花

萧南的目光扫过三个亲人,最后在何亚娴的身上停留了两秒。何亚娴的心都快停止跳动了,幸好他又收了回来。"是啊,像我这样的人,离开了萧氏就什么都不是,不过是个令人嫌弃的穷光蛋,连谈恋爱都不配,这里——有我惦记的人——"他的目光又扫了一眼何亚娴,"我准备留下来,暂时不会再离开了。"

萧太太与萧明清都特别高兴,萧太太从包里拿出皮夹,再从皮夹里摸出一张卡。"阿南啊,你看你穿的,下午去买几身好行头,把头发胡子都理一下,不要舍不得花钱。没车子吧,自己去看看,看上哪款只管说,让爸给你打钱,有什么需要只管对爸妈说。"

萧明清含笑点了点头,他很久没这么开心了,小儿子结婚,消失了十余年的大儿子也终于回家了。

萧南犹豫了一下,还是坦然地接了过来。是的,他现在是萧氏集团的大公子,将来的继承人,他理所当然享受着这一切。虽然,这一切的决定都是因为在这里看到何亚娴,这个把自己抛弃之后,成为弟妹的女人,他一定不会让她过得那么舒坦的。

何亚娴感觉自己快要把持不住晕倒了:天啊,原以为这是我开启幸福的门,是我何亚娴最美好的起点,而现在,一切都变成了噩梦的开始!

幸好,萧南并没有在婚礼现场揭发自己,这令何亚娴稍稍平静了点,否则,这个婚礼就毁了!

平静下来之后,何亚娴也不再那么紧张了。她在心中默默说道:萧南,我不会让你破坏我的幸福的!

何亚娴的目光渐渐阴冷下来。

米娜不停地在酒店旁边转圈,等着萧南,拿起手机,却打不了电话,因为萧南压根就没手机可联系,而她又不想进去找他,因为真不想碰到同事,可是在门口她还是碰到了同事,尴尬地招呼一句,真想一走了之。

这时,合作的影视方电话打了过来,因为约见的时候快到了,而萧南吃饱喝足了之后,突然想起了自己与米娜的事,天啊,光顾着做回自己的大少爷,都忘了一个在他最困难的时候帮助他的人了!还有他自己的事了!

他赶紧跑了出来,却见米娜像热锅上的蚂蚁不停地转着圈,他觉得好笑。"喂,我来了。"

看到他,米娜说:"哎,你终于来了,赶紧走啊,刚才那公司又打电话过来了,我告诉你,错过这个机会啊,你以后连饭都吃不到了。"

萧南笑了:"你说,我以后拓展一些动漫业务怎么样?"

米娜瞪大眼睛看着他:"这,敢情好啊,但也要有人要的啊!"

"我是说,我准备自己运营自己的作品,不卖了,你打电话告诉对方一声吧,说今天的签约黄了,下次有机会再合作。"

米娜半晌说不出话了。"你疯了吗?我告诉你,你可还欠着我房租,这样的机会错过了你会后悔一辈子的!"

"送你手机可以抵债吗?"

"手机?"

"嗯,我也需要一个手机,你的手机也太卡了,我们就一起买个新的吧,顺便帮我挑几身衣服,合身就好贵点没关系,还有鞋子,包,顺便再帮忙参谋一下发型,我可以送你一次剪吹烫。"

萧南边说边走,米娜只能跟在后面小跑。"喂,你是不是偷了酒店里的古董了?我告诉你啊,穷没关系,但不能没有志气啊,实在不行,我不收你房租啊,也不收你伙食费啊,咱不能给穷人丢脸。"

萧南又好气又好笑,想了想,自己应该把实情告诉米娜,否则她对自己这么坦诚,自己却还瞒着她,对她也太不公平了。

于是他便停了下来:"米娜,之前我骗了你,不好意思,我也是迫不得已,因为我原本也没打算认亲的。"

米娜疑惑地说:"骗了我什么?"

"其实——我是萧氏集团的大公子。"

"萧氏集团大公子?"米娜呆了,半晌说不出话来,其实米娜当然知道萧静还有一个哥哥,但是这个哥哥离家出走已久,而且有关的风言风语她也知道了个大概,难道他真是因为初恋的事而愤然出走的萧南?

"嗯,其实,参加这个婚礼之前我并没有决定要留下来,也没有决定接管萧氏集团,毕竟这是我爸与我弟的心血,而我呢,之前对从商一直不感兴趣,也没这个能力,但是我父母真的老了很多,虽然我永远无法原谅他们对我的初恋所做的事,但还是想留下来尝试一下,我愿意努力学习,让自己成为一个奋发向上的人。"

米娜看着他,沉默了良久。"我也想告诉你一件事情,其实,我原来是萧总的助理——但我发现他未婚妻的一些秘密,不,现在是妻子,他却觉得我在挑拨他们之间的感情,被萧总给调岗了。"

萧南饶有兴趣地看着她,感觉这世界还真是小。"你发现他妻子什么秘密?"

米娜叹了口气:"我不会说的,因为这件事对我打击已够大了,如果他们现在过得幸福,也挺好的,过去的就过去吧。"

萧南沉默了一会儿:"你喜欢萧静?"

米娜苦笑:"我想公司里的大部分单身女孩都喜欢他吧。每个女孩的公主梦里,不都有一个高冷总裁吗?就是所谓的白马王子吧,只是现实世界里不再有王子了。有也是只有一两个不够分,不像以往,一丁点大的地方都会成为一个国家,都有着公主与王子。"

萧南笑了:"讲得也对,赶紧走,把我打扮成王子。"

米娜想到了什么:"对了,你真的决定不签版权了吗?"

"签,现在就去,有这么好的机会干吗放弃,虽然钱不多,但这是对我美术上的肯定,这是我所喜欢的东西,我在公司也不知道能不能适应那些事情。"

两个人边走边说,米娜想到了一个问题。"这么说,以后,你就是我的上司了,我们——还能做朋友吗?"

"当然,我会努力做一个不势利的上司,还有,我将需要一个助理,而你之前不是萧静的助理吗?对各种业务也熟悉,只有你才能帮助我了,也非你莫属了。"

米娜瞪大眼睛,惊喜万分,心想:天啊,我这是因祸得福吗?刚刚被萧二公子调了岗,现在就要成为萧大公子的助理,我米娜怎么会有这样的狗屎运,好吧,谁叫我既勇敢又善良,说明我所做的一切一点都没有错,就因为我的坦诚与勇敢,所以上帝才会如此厚待于我。

"怎么了?不愿意?是不是因为我没有萧静帅。"

米娜使劲地点着头:"我只在乎我的薪水,不给我降薪就行。"

两人都笑了。

新婚夜。

婚礼结束后,两个人回到家都累得不行,特别是萧静,喝了不少的酒,虽然他已经一直在控制了,因为今天特别高兴,自己的大日子,连哥哥都回来了,从此他不再是一个人在战斗了,公司里的事也不用每天都忙得喘不过气,虽然目前萧南可能也帮不上特别大的忙,但是以后肯定会帮得上,他相信萧南的工作能力,以前就特别服他哥,现在哥哥经历了这么多,应该心智更成熟了,而不会再那么任性了。

何亚娴今天也特别有满足感,虽然白天的阴影还没有完全散去,而她庆幸的是她跟萧静住的是他父母送给他们的婚房,而不是跟他父母住一块,那么也用不着老是跟萧南碰头了。或许一切都会躲过去的,只要自己把身子养好,一旦怀孕,那么自己在萧家就站稳了脚跟,再也不用怕萧南惹是生非了,而且还可以告他骚扰,说不定还可以把他再次赶出家门。哼哼,萧南啊萧南,只要你敢揭老娘的短,那么,老娘就算是拼了命,也会拖你下水!

想到这里,她想起了自己今天忙得药都忘记了吃,把萧静安置到床上,便去吃药,刚剥了几片药放进嘴巴,手机响了起来,便去接手机,是何太太打过来的,交代一些细节问题,她嗯了几句。今天真是过得心惊肉跳,而且婚礼又这么累,感觉喘口气的力气都没有了。她深吸了一口气,便把这身盛装小心翼翼地卸下来,头上还有些烦琐的头饰也给取下来,好好卸下妆,然后进了卫生间,好好泡个澡,睡个觉。

萧静酒醒后,口渴得很,叫了几声何亚娴,但是没人回应,只得自己起身去倒水,从厨房里倒了一杯水出来,看见餐桌上放着几盒药,心想着何亚娴生病了还是上火了。

随手拿起药盒来看,这一看心里的疑惑更重了,这些都是妇科药还有消炎药啊。

她怎么会有这些病?

细细想来,何亚娴似乎总有某些秘密不被自己知道,萧南的突然出现,她的大惊失色,估计所有的人都注意到了。再想起前几天米娜欲言又止的那些话,难道何亚娴真的有什么秘密瞒着我?萧静感觉胸口堵着一口气,吐不出来,也咽不下去,令他烦闷难受。

何亚娴穿着孔雀花的真丝吊带睡衣从卫生间出来,一边用干毛巾搓着湿发一边走,猛然发现萧静坐在餐椅上,吓了一跳:"亲爱的,你怎么跑这里来了,不是睡下了么?"

她走过来,把毛巾放在一边,坐在萧静的大腿上,搂着他的脖子。"起来了,去洗个澡吧,今天够累的吧。"

萧静面无表情地扳开她的手,指了指那些药:"这是怎么一回事?"

何亚娴吓得魂飞魄散,但随即镇定下来,无论怎么样,都要把这个谎给圆下去。"上次的——伤口没处理好,再加上这段时间真的太累了,又睡不好内火又盛,医生说引发感染与炎症,所以才给我开了这些药。"

萧静冷冷地看着她:"你跟我哥认识吗?"

这下何亚娴有点镇不住了,但是还是必须得装,不管是不是装得过去,如果说不认识,可能敏感的萧静也不信。当时她是太震惊了,在自己的婚礼上突然出现了前男友,而且前男友还是现任老公的哥,谁能当作什么事都没有?

全盘否认是不可能的,何亚娴是聪明的人,既然萧静已经起了疑心,她不能再否认了。"是——认识的,是在澳洲认识的,他在广场上画画,我挺欣赏他的,经常找他给我画画,但是他好像有点喜欢上我,经常纠缠我,老是向我借钱,我便跟他断绝了关系,想不到他会是你哥!所以我真的很震惊。"

萧静有点不相信:"我哥纠缠你?还经常向你借钱?"

"是啊,你不是说你哥离家出走很多年了吗,从来没向你们求助吧?又没有固定职业,经常到处流浪的,难免会缺钱。"

萧静沉默了半晌,这话似乎也有道理。何亚娴看他好像有点信了,为自己编了个这么圆满的谎感到非常满意,既能装弱者得到萧静的信任,又能挑拨他们之间的感情,多好。最好的结果是,把萧南当作恶棍赶出萧家,那么萧氏集团便是自己跟萧静两个人的了。

何亚娴继续说:"这事,你千万别对你哥还有你爸妈说,否则我就是罪人了。唉,我不想影响你们兄弟之间的感情。"

萧静沉默良久。"你去睡吧,今天都累了,我这几天睡副卧室。"

说完,他便往卫生间走去,何亚娴看着他的背影,心里涌起一股胜利的波浪,跟我斗,萧南,我们走着瞧,看谁能笑到最后。

15
合伙人

夏栀终于彻底死了心,全部的心思都用在网店上,化悲愤为力量吧,这样小宇宙才会爆发。

所谓情场失意,商场得意,自从大客户的频频出现,带动了网店整体的生意,真的是让他们忙得团团转,他们之前注册了一个商标,所有的商品经过精挑细选之后,打自己的牌子进行销售,做自己的品牌,真的感觉大气多了,营业额也在稳步上升着。

她寻思着,是不是要报手机淘宝上的活动,现在大多数的人都喜欢用手机购物了,随时随地,方便省时。

这时,丁皓哲兴冲冲地过来了。"好消息啊,夏栀,我们要发大财了!"

他拿着一个水杯咕噜咕噜地喝水,喝得舒坦了,用手背擦了擦嘴巴。"我告诉你一个好消息,你知道果莱公司吗?"

夏栀点了点头,这家牌子还算是比较响亮的,主要负责中高端的女式服饰销售。丁皓哲继续说:"他们想在线下成立一个做舒棉系列的内衣品牌,他们观察了良久,并买了我们好些货,觉得我们销售的产品质量可靠,信誉也佳,各方面条件也比较成熟,想跟我们谈合作事宜,如果成功的话,那么我们的产品就成了他们固定的供货点。"

"哇,这简直是太棒了!如果这样的话,我们租一个好点的地方,把这里面退了,到时候,我们人手也会不够,再招几个,为什么我已有一种万丈高楼平地起的感觉呢。"

"放心吧,我们的楼已经在搭建中,未来一定属于我们的!"丁皓哲坚定地看着自己的小伙伴,心里充满信心。最近他们的业务确实是蒸蒸日上,并不只是夏栀母亲的帮助,而夏栀母亲,也就是何太太已说服何先生,让夏栀手下的网店与产品,成为他们的线下品牌,因为她自己都在用他们店里的东西,发现质量与做工确实不错,除了一些细节问题需要改善,总体上比大品牌也差不到哪里去。她打算派他们公司的设计师,在他们原有销售的产品上与生产厂家稍作整改之后,发展成为他们的线下产品,而夏栀的网店则将成为他们公司内衣品牌的网上旗舰店。

夏栀的工作能力与创业能力真的令何太太备感欣慰,何木还在念书,而何亚娴学的是音乐,而且现在已是萧家之人,她感觉现在唯一能靠的人就是夏栀——自己的女儿,并且她把自己的想法讲给了何先生,何先生也同意她的提议,觉得这是一个在国内拓展业务的不错的路子,有成熟的网店并有一批固定的客户作后盾,至少不算一种冒险的尝试,而何先生也很欣赏夏栀的能力,现在子女们都无法给予他帮助,如果把夏栀收为麾下也是一种明智的选择。

于是他打算亲自约见妻子那个非常会打拼的女儿。

当然,他会瞒着自己的私人身份,这点是妻子千叮咛万嘱咐过。何太太是不想让女儿认为,自己的成就只是因为母亲的私下帮助,而跟她的努力毫不相关,这样会伤到她的自尊。因为夏栀一直对母亲很有成见,如果知道,估计会扭头就走,何太太就是想让她认为,她今天所有的成就,都是她自己创造出来的,纵然没有自己的帮助,她也能做得这么好,只是时间问题而已。

  夏栀与丁皓哲两个人都乐开了花,特别是夏栀感触颇深,开了这么多年的网店,当别的同学纷纷去念大学,在象牙塔里过着浪漫的日子,而自己却在这上面浮沉了这么多年:刚开始卖首饰,但没卖出什么名堂,销量也一直不好。做过食品,卖过女装,还有童装,也不怎么样,钱没赚到,货倒是压了不少。最近选择了贴身内衣类的,是因为这类既不会过期,又不容易过时,也不用随着季节的变化而频频更换,这点令她省心不少,所以她最终选定这个项目,并把它给做好,也是费了不少的时间、心思与精力的,而且最重要的是对商品的选定非常严格,以舒适为主,自己没过眼,没检查过的东西绝不会直接给客人发出去,质量是原则问题。

  夏栀都开始幻想了:"等我们攒够了钱,干脆就买套大房子,既可以住,又可以办公,还可以当仓库,如果再赚多的钱,干脆就买下一幢大楼,成立我们的大公司吧,哈哈,生产销售售后一条龙,哈哈。"

  丁皓哲嘿嘿笑:"行了,该醒了,我们出发吧,不能迟到。"

  "可是我——"夏栀看看自己,淡紫色的无袖棉麻长裙,配着一件白色的防晒衫,"我是不是穿着太随意了,一点没有职业女性的样子,要不穿个OL装?"

  丁皓哲突然哈哈大笑:"你整天宅在家里扎个乱糟糟的头发,整天打着哈欠睡不够的样子,趴在电脑前做生意,就像个批发市场里的老大妈,你觉得你的外形与着装像一个优雅又从容不迫的职业女性吗?"

  "你——不嘴贱会死啊!"夏栀一时被呛着了,然后冲着丁皓哲猛打……

两个人来到了果莱大厦的楼下,夏栀用手按了下胸口,告诉自己:要镇定镇定再镇定,一定要把这次的合作业务谈得漂漂亮亮,说不定过个十年二十年的,未来的你就是女强人,就是"富一代"了。

丁皓哲倒是胸有成竹,因为之前何太太打电话给他通过气,最近他们之间都有秘密联系,这点,夏栀自然不会知晓。不过,他也知道,正因为夏栀争气,能力强,脑子好使,她母亲才能在事业上帮得上忙,如果夏栀不过是一摊烂泥,那再努力帮她也扶不上墙。而何太太也只能通过他,才能帮到夏栀,他也知道自己在这件事上的位置,重要,但不越位。所以,他乐于接受他们之间三七分成的协议。

进了公司,两人来到前台,丁皓哲便跟前台小姐说:"您好,我们想见何董。"

前台小姐抬了下眼皮,瞄了他们一眼:"你们有预约吗?"

"有,十点钟的预约,我叫丁皓哲,她叫夏栀。"这时,前台小姐才有点注重起来,便打了个电话问了下情况,问完后,对他们点了点头。"你们去六楼的行政小会议室,何董将会过去。"

两人道了声谢,便上楼,这公司真够大的,一时竟然找不到那个小会议室。在一个工作人员的指引下,他们才进入会议室,刚坐定,何董,还有身后跟着的一个男助理过来了。

丁皓哲这会儿倒感觉自己是主要代表,因为这件事基本都是他全权代理。他伸出了手,热情地跟何董握手,但是何董却是对着夏栀伸出了手。"你叫夏栀?"

夏栀礼貌地伸出手,握了下。"对。"

何董打量着她,喃喃自语:"真像。"她确实长得像她妈。

夏栀有点莫名其妙,看看丁皓哲又看看何董。丁皓哲真怕他说话会露馅,赶紧握住了何董的手。"何董您好,我叫丁皓哲,负责舒棉内衣的销售业务,还负责网页制作。"

何董呵呵地笑:"丁皓哲是吧,呵呵,真是年轻有为,不错不错,昨天仔细地查看了你们的店,整个网页设计,还有产品简介都做得非常高端和细致,丝毫不比那些高端服饰的旗舰店差,业务量也很不错,都比较平稳,你们两个啊,肯定会成大才。"

夏栀笑了:"谢谢何董的肯定与赏识,我们一定会更加努力把自己的牌子给做好。"

三个人坐下来,男助理给他们泡上了茶水,何望德看着这两个年轻人,笑眯眯地说:"现在,可不仅仅是你们的牌子喽,是我们的牌子,我们今天谈的也是这个问题,准备把这个牌子收入我们公司旗下,成为果莱公司的子品牌,主要负责贴身服饰这一类,男女都有,当然,网络电商销售这一块依旧由你们负责,做成天猫旗舰店,没公司也申请不了天猫吧,所以这对你我都有好处,我们还可以配置人员给你们,当然,关于你们牌子的收购价格也不会很低的,但是收购之后利润便归公司所有,你们放心,除了年薪之外,还有销售提成,绝对不会少于你们之前的收入。"

"您是说,这个网店就等于归你们所有了?"

何望德毕竟是个商人,他是不会去做不利于他利益的事,亲情绑架不了他,他是权衡了利弊之后才作的决定,也就是说,并不是因为她跟自己妻子的关系,他才作了这么一个决定,他不会把钱白送给一个跟自己没有任何关系的人,正因为他有理智与睿智的商业头脑,才有今天的成就。

"对,我们准备花三百万收购你们的牌子与网店,网店还是归你们负责经营,不过收入报公司财务,而且我们还可以提供办公室与仓库。"

这时,丁皓哲乐了:"三百万?还给我们分办公室?夏栀,这样的好事哪里找啊,赶紧答应吧。"

夏栀却没有什么笑意:"这牌子是我用五年的时间辛辛苦苦做出来的,

并且已经注册商标,现在稳步进入上升阶段,全部转手给你们,我们成了你们的员工?"

何望德与他的助理互相看了一眼,他低估了夏栀的精明,原以为出这个价码,再提出这么优厚的条件,夏栀应该感恩戴德地接受才是,而现在,她却不想把自己的店与牌子全盘托出。其实,其中的心血只有夏栀懂,刚开始的时候,有的客人为了几块钱的运费都能在半夜三更跟她磨上个把小时,觉得一个新店小店,好砍,她为了积累信用都一一忍了下来,现在终于不用看脸色,跟别人磨皮了,好了,就这样整个卖掉吗?

何望德想了想,他之前忽略了这个姑娘对她这个店的感情。"这样吧,之前的条件不变,三百万是税后的,税由我们来交,我再给你们百分之十的股份,不能再多了,因为除了网店之外,我们还要负责实体店的销售,所有实体的销售渠道,都是由我们运作的,这个开支比你们网络运作的开支大得多,而且要求也更严格,对于细节与原料的要求更高,到时候,可以根据需要召集供货商跟我们设计师沟通一下,力求把我们的产品做成完美、高端的内衣品牌,既对得起价格,又对得起品位。"

丁皓哲推了推夏栀,示意她赶紧答应,错过这个村可能就没这样的庙了。夏栀认真地想了想,给她百分之十的股份,另加高薪,还有高额的转让费,这样的条件确实挺优厚的了,而果莱一个大公司的董事长,亲自跟我们谈,还退让条件,这样的诚心也足够了。

她认真思考了下,还是点了点头。何望德很高兴,便把手里的合同给了男助理。"小李,你去把合同修改一下,再拿过来,就按刚才说的,给夏小姐加百分之十的子公司股份。"

男助理点了点头,拿着合同便走了。

何望德对夏栀说:"夏小姐提供一下银行卡号,写在合同上,合同签好了,这个星期就给你安排打款,你把你那里的货物也清一下,到时候,你打

爱如夏花

个电话来,我安排人员把货物运到公司里来。"

丁皓哲心里那个乐啊,心想道:三百万,我也能分到百分之三十吧,那就是九十万了啊,到时候,我就给老爹买一间店面,把里面装修得好一点,一直开到他干不动为止,反正他想开就开,不想开就休息吧,反正不用交房租,不过,这钱也只够买一间小店面啊,买车的钱都没了,咋办,鼓动夏栀买个车。

而夏栀想的是,哇噻,我可以买一套不错的房子了吧,再也不用待在出租房,全是货,都搞不清楚自己是整天睡在仓库里,还是生活在猪窝里。每天看着朋友圈的人晒海外旅游的相片,晒美食,晒花花草草,晒咖啡或一杯淡茶,再晒晒小区的花儿开得多美,夏栀环视着自己的出租房,心想:这样的反差,这过的哪是日子啊,你这叫生存,人家才叫生活!三百万呀,我该买哪里的房子好,老娘以后也该悠闲地过过生活!完全忘了还得分钱给丁皓哲,等着她的估计还有一场架要打。

合同签订之后,人手一份,夏栀拿着合同小心地收好,放入包里,与丁皓哲相视一笑,何望德再次握着两人的手。"合作愉快,后续的一些工作李助理会跟进,有任何问题,你们都可以找他。"

李助理给他们各分了一张名片。"以后我们都是同事了,请多多指教。"

夏栀与丁皓哲接过名片客气了一番,看事情已顺利完成,几个人都走出了会议室。这时,迎面一个穿着白色紧身短裙装,蹬着高跟鞋的女子往这边走来,左盼右顾地好像在寻找谁,看到何望德就淡定了,远远地叫道:"爸,你怎么在这?"

当夏栀看清那个叫何望德为爸的女子竟然是何亚娴时,她感觉自己呼吸都快停止了,何望德是何亚娴的父亲?何亚娴是果莱公司的千金?自己之前怎么都不知晓呢?如果是这样自己绝不会签约!

可,这是什么情况啊?夏栀脑子完全短路了,何望德找自己合作,仅仅只是凑巧?

何亚娴这时候也认出了夏栀,非常吃惊,她以一种居高临下的姿势俯视着夏栀。"你来这里干什么?"

何望德也有点意外,自己的女儿跟夏栀认识?"怎么了小娴,她是爹的新合作伙伴。"

何亚娴瞪大眼睛,她也是完全意料不到自己的情敌竟然会打进她爸的公司里!她心想:还有比这更无耻的女人吗?想勾引萧静也就算了,居然还想搬空我爸的家产!我绝对不会让你得逞!

她指着夏栀,激动地说:"爸,马上停止跟她的一切合作,阴谋,一切都是阴谋!她是个坏女人,不要脸的女人!"

何望德毕竟是见过世面的人,他沉下了脸。"小娴,你别胡闹,有话跟我到办公室里好好说。夏小姐,抱歉了,你们先走,不送了。"

夏栀点了点头,然后跟丁皓哲默默地走了。

在电梯里,丁皓哲再也憋不住了,问夏栀是怎么回事,这女人到底是谁。

夏栀淡淡地看了他一眼:"萧静的老婆。"

丁皓哲闭嘴,再也不敢问了。

何望德的办公室里,何亚娴情绪激动脸都涨红了。为什么到哪里都能碰上这个女人啊,凭什么连我爸都要帮她,还听她哄骗,这女人怎么不要脸到这种程度!

他看着自己的女儿,他知道,女儿从小就被自己惯坏了,表面上看着乖巧,其实任性蛮横,所以他看着女儿嫁入萧氏,以为了却了最大的心愿。

"你跟夏栀怎么认识的,为什么说她是坏女人?"

"她跟我抢萧静。"

何望德缓了一口气:"在他没结婚之前,你们之间公平竞争没什么,而且之前你们也算不得是男女朋友。现在,你不是赢了吗,还有什么好恨的,要恨也是她恨你才对吧。"

何亚娴一时无语。"我就是不喜欢她嘛,而且是非常讨厌,爸,你跟她到底合作什么东西啊,都撤销了吧。"

何望德咳了一声:"胡闹,违反合同是要负法律责任的,你来负?"

何亚娴一时无语。"那你为什么找她合作啊,天底下的人这么多,为什么非要找个你女儿的情敌,你这不是非要让我闹心吗?对了,是不是她缠着你非要合作的,是不是使了什么手段?"

何亚娴定定地看着父亲,希望能得知什么不可告人的真相,何望德的老脸有点挂不住了。"什么乱七八糟的,是我们找她合作的!她压根就不知道你是我的女儿!我也不知道你跟她会有这样的过节!谁知道你有那么多情敌。"

"爸——"何亚娴看硬的不行,就来软的,"您也不想看到女儿不开心嘛,如果您能让她跟您的协议变成废纸,她就会不开心,她不开心,那我可就开心啦。"

"你今天找我什么事,没事就回去吧,我有事要忙。"

"我只是想看看您,还有我想回来住几天……"

"为什么?刚结婚就想回来?"

"就是——感觉身体不大舒服,还有想您了呗。"

"萧静同意吗?"

"嗯,他同意的。"

"你想来就来吧。"

何亚娴还是不死心,就是不能让夏栀打入果莱公司。"爸,能不能跟那个女人停止合作啊?"

何望德看了她一眼:"不能。"
"为什么啊?"
"因为她是你妈的亲生女儿,何木的亲姐姐。"
何亚娴愣住了,张了张嘴巴想说什么,又半晌说不出来。

谈成了这么一桩大事,原本他们俩要好好庆祝一番才对,但是丁皓哲却高兴不起来,关于给他爸买店面的红火梦想,突然像被浇了一盆冷水,心里有点忐忑不安。何亚娴这么一闹,他爸如果非常宠爱她的话,是不是我们之间的合作就被搅黄了,毕竟她是何望德的独生女儿,何木不是亲生的,夏栀跟他,更没有任何血缘关系,如果帮衬,自然会帮着自己的女儿。

而夏栀也在思索着这件事情,因为之前都是丁皓哲在处理这件事,自己没作任何的参与,事情也是丁皓哲谈成了才对自己讲的,她也没去了解那公司的底细,以为反正多想无益,重要的是要参观过那公司眼见为实,总觉得这件事情挺不错,是个大好机会,他们走出这一步,已经算成功了。

而现在想来,丁皓哲谈的公司刚好是母亲所嫁的男人所有,难道这事情跟母亲有关,而母亲那天来的时候,丁皓哲也在,他们之间是认识的,难道是这个女人说服了自己的老公,为了帮助自己才肯跟自己合作,并提出了这么优厚的条件?而不是因为自己的网店做得好?

想到这里,夏栀突然就像泄了气的皮球,一点力气都没有了,一直以来的雄心壮志,一直以为自己的努力得到了认可才有今天这样的成功,想不到,都不过是假象,亲情绑架的假象而已。

经过一家咖啡馆,夏栀停了下来,淡淡地说:"我们进去坐坐。"

丁皓哲依言进去,两个人各点一杯咖啡,夏栀边搅拌着边说:"你老实说吧,这件事情是不是跟那个女人有关系。"

"那个女人?"丁皓哲愣了一下,但随即明白,她所说的那个女人,其实就是何太太,在夏栀的心里,一直不认这个妈妈。

这会儿,丁皓哲也不想瞒着了,叹了一口气。"是,一部分确实是因为你妈——"夏栀眼睛一瞪,丁皓哲便改口,"是何太太的关系,其实她很关心你,总觉得亏欠了你,想找办法弥补,有几桩比较大的单子确实是她委托别人下的单,但是何望德的合作决定却不是她起了主要作用,何望德是个精明的商人,他不会白白拿出大笔钱送给别人,也不会去帮助一个跟自己毫不相关的人,他只看重对方的能力与潜力,他认为,对方能像聚宝盆一样带给他财力上的增长,并有助于他公司的发展与业务的扩大,才会考虑合作,所以夏栀,你母亲只是促成这件事的一个媒介而已,主要是你自己的努力与成功才会成就这次的合作。"

这会儿,夏栀没有说话,只是默默地听着他的话,默默地呷着咖啡。丁皓哲感觉自己说到她心里去了,便继续说:"但是,现在事情有点复杂起来了,可能不是我们所能控制的,如果何望德违约,可能我们也没有心思去告他,毕竟,你跟他们家的关系有点微妙,也不想产生什么纠葛,我们目前也不做任何动作,等他把收购的那几百万打过来先,如果他依照合同如期给我们打款,那么说明他是明智的,理智的,并没有被他那任性的女儿所左右,说明他是诚心跟我们合作,是一个值得信赖的合作伙伴,我们就放心去做吧,到时候,你别想那么多,我们只管做好自己的工作就行,就当自己是打工的。"

夏栀叹了口气:"你说的是有道理,但是我真不想跟他们这一家人打交道,何望德抢走了我爸爸的女人,他女儿又抢走我喜欢的男人,呵呵,你让我怎么心平气和跟他们待在一个屋檐下?"

"唉,何亚娴不是嫁给萧静了吗,她是萧家的人了,当富太太去了,哪管公司的事,何望德呢,他也忙得很,在外国有分公司,也不那么容易碰到,他也没空直接管我们,只要我们好好做业务,好好打理着网店就行,还给我们配备相关的人员,他手下的管理人员多,也不会对我们有什么偏见。"

在何家的公司讨生活,夏栀总觉得心里不畅快,但是协议已签,她又能怎么样,如果何望德违约了,她倒是求之不得,这样也好,自己过自己的畅快日子,所有别人有的东西,她夏栀照样可以凭自己的努力打拼出来,她不想少了何望德这棵大树,她夏栀就枝干叶萎了。

如果何望德遵守了合约,她也没得选择,因为她赔不起违约金,就当作打工吧,做好自己的事就行。

好吧,一切等何望德的收购费如期打过来后再说吧。

· · · · ·

16
柳暗花明

何亚娴之所以想在新婚之后回家住几天,是因为萧静对她的态度犹如初见时那般,不冷不热,不亢不卑,眼神陌生得令她感到害怕,她知道,新婚时她说的他并没有完全相信。第二天他们俩去萧家拜访的时候,萧太太待她很热情,不过言外之意还是想早点抱孙子,这是大多数老人的心愿,萧太太也不例外,现在大儿子回来了,她了却了最大的心愿,现在又有了新的心愿了,就是抱孙子。

说这句话的时候,何亚娴羞涩地看了一眼萧静,然后挽紧他的臂,没讲话,而萧静淡淡地说:"妈,这个只能顺其自然,急不来,孙子是迟早的问题。"

这时,萧南从楼上下来,经过休整后的萧南穿着一件阿玛尼运动款白T,矫健的线条明朗又性感,恢复了大少爷原本的洒脱气质,并有着艺术家的味道,这点萧静及不上他,萧静像他妈,而萧南像他爸,所以从外形上甚至比高瘦文静的萧静更胜一筹,这也是何亚娴当初追他的原因。

萧南看着他们俩,微笑道:"哟,小夫妻这几天过得爽吧,要不要叫妈让阿姨弄些补汤给你们补补?"

其实,何亚娴那天说的事,萧静记在心里,谁会对自己媳妇被欺负的事毫不介意,所以对自己的亲大哥已没有先前的那份亲切感了,他不冷不热地说:"哥流浪了这么多年,口味似乎变了,对别人的私生活都特别关心。"

萧南愣了一下,似乎没想到萧静会这么说,语气中似乎带着些许轻蔑,跟那天在婚礼上碰到的萧静态度完全不一样。他看了一眼何亚娴,何亚娴没接他的视线,而是把几袋子的礼物给拿出来。"妈,我跟萧静买了些礼物送给您,您看看,喜不喜欢。"

萧静看自己的眼神都有点变了,萧南明白了,何亚娴这女人一定是恶人先告状,在挑拨兄弟俩的感情。

这真令他有点怒,他心想:好吧,何亚娴,你放心,我会一点一点剥掉你美丽的画皮。

"萧静,我明天去上班,有些地方都需要你的配合与帮助,并且我想成立一个IP版权部门,这部门由我负责,这几天我跟爸谈过,他也表示赞成,具体的,我们还有高层人员再商议一下,希望你能支持我的想法。"

萧静有点意外:"IP? 最近倒是很火,经常在网络上看见,不过我们这家公司是做家电的,这太风马牛不相及了吧,这并不在我们的营业范围内,而且我们公司下个月就上市了,在这个敏感的时段内,我不想出什么幺蛾子。老爸最近也真是糊涂。"

萧南想了想,感觉他的话也在理,自己确实没经营过公司,对很多东西都不懂,当然没有萧静在行,便点了点头。"行,那就听你的,等成功上市了再说,关于IP的事暂时不提。"

兄弟之间的交流还算是好的,萧南对自己并没有任何恶意,包括刚才的玩笑。萧静看着自己的亲哥哥,说实在的,他不大相信萧南真的会做出何亚娴所说的那些事。

何亚娴带着萧太太去试她刚买给婆婆的衣服去了,萧静看着自己的兄弟,还是忍不住地问:"你认识何亚娴?"

萧南一怔,但笑笑。确实,萧静那天就应该看出来了,而且看萧静今天对自己的态度,何亚娴估计不知道在他背后造了自己多少谣。

他拍了拍萧静的肩膀:"阿静,有一种女人,叫美女蛇,她的毒性往往超出你的想象,我被咬过,希望你保重。"

萧静有点怒了,他凭什么对何亚娴这么口不择言。"你这话什么意思?不是你咬她吗?"

"我咬她?哈哈!"萧南这回真的是怒极生悲,他再也不想为那个女人隐瞒了,"她为了跟富家子弟结婚,就是你,抛弃了我,并甩给了我五十万作分手费,这转账记录还在,我可以截图给你,过分的是,她还威胁我,如果再纠缠她,她就让人灭了我,哈哈,那笔钱,我分文未动,我准备捐给一个烧伤的孩子,给她积积德。这就是我在她心目中的价值,她只知道我是一个穷画家,所以那天知道我是萧大公子后,她有多么震惊!"

萧静彻底蒙了,为什么这是两个完全不同的版本,一个出自自己的老婆之口,一个出自自己的亲哥哥之口,该相信谁?

爱如夏花

萧静看着萧南,自己曾经最崇拜的,画什么都漂亮的哥哥,艰难地说:"你是说,你们在一起——生活过?"

萧南愣了一下,一时没明白什么意思,萧静咽了一口唾沫,再次重复:"你们——生活过?"

"岂止——"萧南真奇怪萧静怎么会问这样的问题,男女朋友不是很正常吗?他深吸了一口气:"如果没猜错的话,她可能还不能跟你同房。"

萧静的脸"唰"的一下白了。"这是什么意思?"而萧南也不想再说下去了,他正想编一个理由,这时,萧太太跟何亚娴两个人很高兴地过来,萧太太穿着一件华丽的真丝上衣,不停地问兄弟俩:"怎么样,这衣服好看吗?还是自己的媳妇贴心啊,你们两个儿子,都没一个媳妇管用。"

萧静没说话,此时他也没有心情说高兴的话,而萧南拍了拍他的肩膀。"妈,我去公司里逛逛,熟悉一下环境,顺便看看爸给我准备的新办公室,风水怎么样。"

"你不吃了再去啊?"

"不了,我在,有人会吃不下饭。"说着他便走了。

萧太太奇怪了。"你这都什么话啊。"她看看何亚娴,再看看萧静,感觉这两个人此刻的脸色也有点不对劲,喃喃自语:"怎么一个个都像中邪了一样。"

那天吃完饭回来后,萧静一句话都没有跟何亚娴讲,把她送回家,自己径自去了公司,晚上也是很晚才回来,带着一身的酒气发了一会儿呆,然后拿了一条毯子安静地走出去。躺到了副卧,锁上门,却没有了睡意,连酒意也清醒了几分,或者萧南并没有骗自己,这一天,他一直在萧南与何亚娴的话中挣扎着,他努力想知道他们之间到底谁撒了谎,但是他知道,这不过是他自己一个人的战争,这全在于他在萧南与何亚娴之间,选择相信谁。

这时候,他脑子里的灵光一闪,突然想起一个人,这人也许知道真相,但是之前他那样对她,她会原谅自己吗?

此时,他再也无心睡眠,给她打了个电话:"对不起米娜,我现在能约你出来吗?"

深夜的风带着黏稠的凉意,并没有清爽的感觉,萧静想想自己喝了酒,便不再开车,叫了个网约车。

上了车,萧静闭上眼睛,脑子里却浮现出夏栀的脸,想起那天他们在海边看日出,夏栀靠在他的肩膀上,一脸的恬静与淡淡的满足感。而他,却因为自己所谓的理智亲手虐杀了一个女孩对爱情的幻想与甜蜜,跟一个他根本就看不清,并跟他哥有过瓜葛的女人结了婚,最可恶的是还被欺骗了,他痛恨欺骗。

这时,风一吹,他有点后悔约米娜出来,知道真相又如何,刚刚结婚,他能跟何亚娴马上离婚吗?不良新闻可能会影响到公司的上市,人家不会怪何亚娴,他也没办法把她跟自己亲哥的事公诸媒体,告诉别人真相,最后他萧静哪还有脸成为公司的少董,他倒会成了没心没肺,把婚姻当儿戏,玩两天就腻的纨绔子弟,千夫所指万人骂。

但是,半夜把人家叫出来,又要失约吗?

萧静把米娜接了出来,两个人来到一家咖啡馆,此时的咖啡馆没几个人,店员也少,两个打着哈欠的服务员给他们各递了一杯饮料。

"你跟我哥认识?"萧静先发制人,因为他现在想知道萧南有没有跟米娜合起来陷害何亚娴的可能性,照理说萧南不应该认识米娜,米娜也不认识何亚娴,所以更不应该知道何亚娴的事,而萧南也不应该指名道姓让米娜做他的秘书。这一切,凑巧得就像是串通好的,所以他必须得搞清楚,萧南是不是雇佣米娜来陷害何亚娴,他是不是像何亚娴所说的那样坏得无底线。因为一个走投无路的人,确实有可能什么事都做得出来,他们之间分开了这么久,谁知道他哥是不是变了呢,在那样的环境之下,虽然他哥在他的心目中是一个既有才华又敢做敢当的人。

"对……"

"你是不是一直恨何亚娴?"

米娜惊讶地睁大了眼睛,不明白他的意思。萧静意气难平:"所以,你跟我哥同流合污,一起诋毁何亚娴?"

米娜不可思议地看着萧静,她一直觉得萧静是个冷静又理智的人,也不知道萧南说了何亚娴什么坏话,或者他们之间有什么纠葛,但是此时,她真的生气了,她觉得萧静已经侮辱了她的人格,而她眼前的这个男人,已经完全没有理智可言了。

她"嗖"的一声站起身,冷冷地说:"你既侮辱了我,也侮辱了你哥,你不再是我认识的萧总,再见。"

说完转身便走,萧静意识到自己的冲动,叫了声米娜,却唤不回来,他懊恼地抓着自己的脑袋,本来想约米娜好好聊聊,却又把她给气走了。为什么,一切都变得这么糟糕,自己仿佛成了被抛弃的人,令人讨厌的人,他不想相信任何人,而别人也觉得自己刚愎自用,不可理喻,像疯子般,这世界仿佛一切都变了模样,到底是怎么了?

他瘫在座位上,很久没像现在这么疲惫过。

曾经以为门当户对的婚姻能让他如鱼得水,而事实上,清澈如水的湖面却被倒入浓稠的汁液,各种并不愉快的颜色迅速扩散开来,令他感觉到难以呼吸。

手机不停地响着,是何亚娴打过来的,其实她也没睡着,发现萧静半夜出了门,更是睡不着了,怎么打都不接,最后还关机,她十分恼火,但是想想这事是因为自己引起的,又只能忍。

当服务员很客气地对他说:"先生,我们的店要打烊了。"萧静才孤独地走了出去,街道已非常冷清,似他此时的心境,心里却闪烁着不灭的灯火,他一边走着一边拿起手机,翻到夏栀的名字,却久久不曾按下去,然后叹了口气,叫了个出租车回去。

何亚娴把行李箱从车上拿了下来,往自己家里走,之所以做了这个决定,是不想他们之间再犯尴尬,而且她也打算静心养好身体,再好好回报萧静,努力让自己怀孕,萧静就一定会把这段不愉快的时光给忘掉的,男人只要尝到甜头就什么都忘记了。

而且,她回家还有件重要的事情要做,就是一定不能让这一家人占据父亲的财产!她在心中暗暗说道:我才是何家唯一的亲骨肉,唯一的继承者,我爸收留他们母子俩是因为可怜他们,让他们好吃好穿,过着光鲜的日子,却还这么贪得无厌,非要把自己的女儿再整进来!这算什么!爸真是老糊涂了,着了他们一家人的道啊,我一定不会让他们的阴谋得逞的!

何亚娴拿钥匙开了门,何木刚好在家,看到她很惊讶:"姐,怎么了?不会跟姐夫吵架了吧?"

何太太也下来关心地问:"小娴,怎么啦?"

何亚娴不亢不卑地说:"这是我家的房子,我想来就来,不想来就不来,这还得征求你们的同意吗?"

何太太跟何木互相看了一眼,也不知道什么情况,何亚娴怎么会说出这样的话来。何太太还是笑笑:"你能回来住几天也挺好的,萧静平时都在上班,你一个人待着也无聊,没人照顾你,想回来住就回来吧,只要萧静同意就行了。"

何亚娴看她既然这么讲了,一时也找不到借口出气,何木看她心情不好,便说:"姐,我去楼上打游戏了,顺便把你的行李拿到你的房间里吧。"

她没有出声,坐在沙发上,把自己的小包也往上面一甩,拿起盘子里的水果便吃了起来。何木又说:"姐,到底行不行啊,你发个话,免得我搬上去了,又闹脾气,是不是姐夫又欺负你了,我去把他揍了为你报仇。"

何太太听出这话有点不对劲。"又欺负,这什么意思,萧静经常欺负小娴?"

何亚娴朝他使眼色:"别乱讲,你姐夫对我可好了,你赶紧把我的箱子搬上去。"

何木应了一声便提着箱子往楼上去,她看着何木上去了,紧接着楼上传来了打游戏的声音,便对何太太说:"你到底是想干什么?"

何太太愣了一下,完全不明白她在说什么。何亚娴冷笑一声:"我平时也尊重你,叫你一声妈,但是你不能在背后坑我们父女俩,你女儿的事,是你在背后怂恿着我爸是吧?"

何太太终于明白了,原来她是因为这事而耿耿于怀,她叹了一口气,"小娴,我考虑你的感受,但是你真的误会了,我是想帮助她,等你当了母亲就能体会我的心情了。我只是一个提议而已,只是提议可以合作而已,并没有让你爸吸收她进公司,跟她合作也是你爸跟公司的股东一起商议并评估后才做的决定,取决权完全在于他们,因为这对于他们来说,也是一种新尝试。现在是电商时代,你们年轻人应该比我更清楚,不在电商上争取一席之地,最后只能被淘汰,你知不知道,你爸的生意在外国做得并不怎么好,所以才搬回来的。中国的人口比澳洲多,这是优势,现在大多数的人都选择网购,所以虽然做的是品牌,但必须在电商上也有一席之地。所以,你爸才选择跟夏栀合作,你自己去问问他便明白了。"

何亚娴心想:你们还不是同仇敌忾,现在你们倒都成一家人,我反而像外人似的,现在跟萧静的关系并不好,回娘家还被当成外人,真是气得没法言语。她抓起包便往外面走。

何太太问她去哪里,她吐出四个字:"出去逛逛。"

这几天,夏梔的心真的是七上八下,忐忑不安,丁皓哲也好不了多少,一直在念叨着,有时候还悲戚地抽着鼻子。"爸啊,看来我不能给您买店面了,您辛辛苦苦了一辈子,都到花甲之年了,却连一家店面都买不起,还不能随心所欲地装修自己的面馆,爸,我对不起您啊。"

丁皓哲还真的流出了几滴眼泪,夏梔瞄了眼他,就知道他是号起来给自己听的,也不知道这眼泪是不是凉开水倒进去流出来的,心想:你朝我号有什么用啊,有本事你就号给何望德听啊,可是又没心情跟他吵,她已经做了最坏的打算,就是脱离他们,自己干,她自己闯了这么年,不信离开了那女人的帮助自己就不能飞了。照目前的状态,她与丁皓哲两个人一年赚个二十来万并没有多大问题,那么十几年下来,也可以累积到这个数字,虽然稳定性尚不明确,但是也有可能超过预期,只是需要很长的时间罢了。

这时候,她的手机提示声不停地响了起来,她拿起手机看了一下,然后整个人像是被点了定身穴般,一动不动。她擦了擦眼睛,再看,突然大叫:"丁皓哲,你赶紧过来数数,这里到底有几个零。"

丁皓哲疑惑地看着她,然后便凑了过去。"好多笔啊,是分批打的吧,啊,真的打钱了啊,我们看余额就对了,一二三四五……六,七位数啊,真的是三百万啊啊啊。"

夏梔也兴奋地又叫又跳:"哇哇哇,我们终于有钱了!"

两个人兴奋地拥抱在一起,丁皓哲在她脸颊上狠狠地亲了一口,瞬间又反应过来这样做不合适,两个人都有点不好意思,但是他们确实是太高兴了,这种尴尬感转眼即散,这几天的阴霾郁闷一扫而空,一种黑夜过去,黎明到来阳光普照的感觉。

"现在这钱我们该怎么花呢?"夏梔问,两个人都有一种买彩票中大奖

爱如夏花

般的恍惚如梦感。

丁皓哲想了想。"我们先去吃大餐再说,算我请客哈哈,然后我们就边商量着这钱怎么花。"

"OK！"

两个人上了电瓶车,丁皓哲开,夏栀坐后面,丁皓哲说:"我还忘了件重要的事,就是还需要买车啊,再买个店面送给我爸,但是这九十万只够给老爸送店面啊,唉,其实我还想换房子的呢,住得太旧了。"

夏栀可有点不服气了:"你一来就捡了九十万,这世上便宜的事都让你给占了,还想咋的,你必须得送一辆车给我,否则我就不转给你。"

"QQ行不?"

"滚！"

"长安铃木?"

"再滚！"

"好吧,十来万的总行了吧,但是你好像还没有驾照啊?"

"我马上去报名。"

丁皓哲无语了,不管了,自己确实是借了夏栀这阵东风走了狗屎运,买辆车送给她也是情理之中,而且在她还不能开时,自己可以先开上一阵子啊,自己也暂时不用买了,谁知道这小丫头几时会拿到驾照,看她那么笨,估计得考上一两年。

"那你的两百万怎么花得掉啊,你看你,就一女光杆司令,一个人吃饭全家不饿。"

"我是住出租房的啊,所以必须买房,想不到我夏栀终于有自己的房子了,再加上你送的车子,马上就有车有房了,而且我打算拿一部分出来给我爸,家里的房子是该好好装修一下了,我也希望他能过得好一点,啊,他除了养老婆,还有个跟我同父异母的儿子要养。"

两个人来时代楼上吃泰国餐,夏栀拿着菜单,想选最贵的点,反正一定要狠狠宰丁皓哲一笔,跟他签了协议才多久啊,就要被他分走这么多,不敲他一笔都对不起他。

她便拿起菜单,只看价格不看菜品。"就点几个吧,够吃就好,冬阴功汤、香麦煲、泰式凉拌牛肉、姜味烤鱼、青咖喱鸡、泰式虾托……"

丁皓哲赶紧打断了她的话:"等等等等,服务员,够了够了你下去吧。"

服务员笑着离开,夏栀还在叫:"喂,我还想吃青柠鱼呢!"

"不要了不要了,您只管忙啊。"

丁皓哲好不容易把服务员给叫走了,便语重心长地说:"我们才两个人,点这么多的菜,吃不了就是浪费啊,浪费是一种很可耻的行为,我们现在虽然富了一点点,但是那种暴发户的心态千万不能有啊,有就太俗了。唉,其实,最重要的是,我还没讨老婆的本呢,这钱都不知道够不够给老爸买间小店面呢,还要买车,唉,感觉人生好渺茫……"

夏栀鄙视地嘲笑:"你这种人,就是再多的钱还是会喊穷,难得奢侈一趟,你就吓得直哆嗦了。"

这时候,丁皓哲突然盯着一个方向两眼发直,夏栀一想,不会就这么吓傻了吧,她顺着丁皓哲的方向看去,看到一个女人,妆容浓艳,卷发妩媚,穿着蕾丝花边的黑色紧身小背心,"事业线"犹如深谷幽兰,令人一窥而陷,下身穿着宽大的阔脚裤,站在这里打算入座,看样子是刚来。这个女人看上去很眼熟,夏栀蓦地想起,这不是何果果吗?丁皓哲的前女友,当初,夏栀可是被她害得够惨的,若不被她赶出来,她也不会失魂落魄地撞上了萧静,那么后来所发生的一切,都不会有了。

何果果是跟一个男人一起来的,这个男人却不是夏栀上次见到的那个,这个明显比上一个老,头顶已秃,不过看穿着,都是名牌,应该比上一个还有钱,难道又换了?好吧,性感又够浪的女人才有资格频频换男人,这

爱如夏花

点,夏栀也羡慕不来。

她再转向丁皓哲,却见他已站起身,往何果果那边走去,而何果果也看到了丁皓哲朝自己走来,似乎非常慌张,拉着那个男人就要跑,而丁皓哲这会儿也不知道从哪里冒出特异功能,能隔着几排密集的座位飞奔而出,准确无误地拦住了何果果。

夏栀怕他会干出什么偏激的事来,也赶紧朝那里走去,而此时丁皓哲拦住了何果果,再瞄了一下她身边的男人。"他都可以当你爸吧,你都下得了手?我说何果果,你真的连一点尊老爱幼的思想品德都没有。"

何果果自知心虚。"丁皓哲,对不起,我会把你的钱还上的。"

"还上?你骗谁的钱也不能骗我爸的钱啊,你勾搭上这么个有钱的老男人,连个一万块钱都不还,何果果啊,你的人品连个苍蝇渣子都不如!"

男人不高兴了:"老男人怎么了,惹你了?你有种冲我来,别骂我女人!"

丁皓哲笑了:"哎哟,您这大把年纪的,还真的要打肿脸充胖子啊,你这把老骨头经得起打吗?"

丁皓哲绕着他的身子转了一圈,然后捏了一把他胳膊上的肌肉。"咦,好像挺结实的啊。"

但在他意识到对方体格并不在他之下的时候,为时已晚,丁皓哲被直直地甩了出去,然后甩到桌子下面,额头刚好磕到椅子,疼得他哇哇直叫。夏栀吓傻了,赶紧去查看他的伤势,而何果果以胜者的姿态不屑地看了丁皓哲一眼,然后挽着那男人的手,扬长而去。

丁皓哲的额头撞出了一个包,还有点破损,餐厅的服务员也有点吓坏了,叫出了一个经理模样的职业装女人,那女人非常温柔但又非常严肃地说:"对不起了两位,我们得保障每个顾客的安全,你们在这里并不大合适,所以……你们还是另找地方就餐吧。"

好吧,还被当作危险人物给赶了出来,难得想花大钱吃一顿奢侈的,还落到这个境地,丁皓哲与夏栀两个人悻悻地出来,到了门口,丁皓哲朝里面呸了一声:"谁稀罕啊,有钱还怕没地花啊!"

夏栀叹了口气,摇了摇头。"想不到女人之中也有这样的极品,一直以为,这是渣男的世界。"

"极品女人也多,不过像我这样的好男人也基本快绝迹了!"

"你?好男人?呵,呵呵。"夏栀看着他那鼻青脸肿的模样,忍俊不禁,"我想,好男人的下场是不是都这么惨的,怪不得大家都不要当好男人了。"

"去,夏栀,我告诉你,我比萧静那样的男人靠谱多了,虽然没他有钱,也没他帅,但是我如果喜欢一个女人,我会全心全意地待她,你不知道被我喜欢上的女人有多幸福。"

夏栀这次是再也忍不住大笑了。"你是说何果果吗?"

"你——你哪壶不开提哪壶啊。"

"你喜欢上的女人我就知道她啊。"

夏栀这会儿也懒得跟他争执了,因为现在面临的问题是填肚子,好不容易想吃一回大餐,结果被人揍了又被赶了出来,两个人都挺郁闷的,好不容易有钱了,还不能装大爷,还有比这事更郁闷的吗?

"要不我们去吃牛排吧?"夏栀提议。

丁皓哲白了她一眼:"吃什么牛排啊,麻辣烫!省钱!"

好吧,这样的男人活该没有女朋友!一辈子都不会有!

夏栀在心里诅咒着。

何亚娴约了一个女友逛商场,但是到了万达楼下,却久不见女友的到来,打了个电话过去,对方说家里来了客人去不了。何亚娴悻悻地便自个进了商场,埋怨着女人啊一旦有了家庭孩子连再靠谱的人都变得很不靠

爱如夏花

谱,事儿妈一个。

她来到一护肤专柜,试涂该品牌的新产品,营业员把这个产品夸得天花乱坠,淡斑去皱消痘印补水补胶原蛋白还纯天然等等,只差涂了后就能换张脸了。何亚娴便想买来试试,营业员便把这套护肤品包装好,给她开了单子,看着这单生意尘埃落定了,便去招呼着两个新来的客人,何亚娴一转身,却差点跟一个男人撞个正着,抬头一看,两个人都愣了,这不是萧南吗?

而且他旁边还有个女人,而这个女人,竟然是米娜。何亚娴对米娜有着无限的厌恶感,之前想勾引萧静,勾引未果,现在又对萧南下手,跟那姓夏的女人都一个德性,为什么无耻的女人会这么多。

萧南看到是何亚娴,难免会调侃两句:"哟,是弟妹呀,怎么自个儿逛街,怪孤单的,萧静不陪你吗?"

米娜看了一眼何亚娴,喃喃地低语:"萧太太好。"

何亚娴的眼波从他们身上一一掠过,不屑地说:"我家萧静多忙啊,公司的事都得他来操心,哪像有的人吃着公司的饭,拿着公司的钱,上班时间却带着女人到处转悠。"

萧南拦在她的面前,略带暧昧地说:"你想的话,我也可以带你转悠,别说逛街,开房间都可以,咱俩又不是没开过是吧。"

何亚娴瞬间气得脸都涨红了,她没想到萧南会说出这样的话来,而米娜也听得一愣一愣的。照常理,何亚娴是萧南的弟妹,不管怎么样他应该尊重她才对,不应该开这种露骨的玩笑,而萧南却对她有一种戏谑之心,语气里都露着轻蔑,难道他们之间有一段说不清道不明的过去?更或者何亚娴在医院里检查的那病跟萧南有关系?一想到这里,米娜脑洞开得不能再大了。

"你乱说什么啊,请注意你的措辞!"何亚娴激愤地说,她必须马上离开,否则只会受到更大的羞辱。

看着何亚娴落荒而逃,萧南真是乐了,他现在才感受到,捉弄人其实是一件挺有意思的事,以往他被人捉弄了那么多年,现在该是他萧南——"报答"他们的时候了。

米娜带着疑惑的目光一次次地望向萧南,萧南叹了一口气:"好吧,米娜,我就实话告诉你吧,这女人是甩了我才跟萧静结婚的,之前她并不知道我的身份,因为我离家出走多年,这事你也是知道的,现在你觉得是她可悲,还是我可悲?"

米娜一时无语了,想不到如此狗血的事情竟然活生生地发生在眼前这个男人的身上,她不禁想起了那次医院的事。"萧南,有一件事,我不知道该不该问。"

"说吧,现在我也没什么好瞒的,败者为寇吧,寇即流氓是也。"

"那天,我无意在医院里碰到了她,她好像——流产不久,难道之前怀的是你的孩子?"

萧南苦笑一声:"是的,所以,我不会让她开心的,她以为她彻底甩了我,跟高富帅结婚,日子就会变得美满幸福,但是人算不如天算,我终会让她栽在我的手里。"

事已至此,米娜也没什么好劝的,既然如此恶恶相报,也是什么样的因得什么样的果吧,只是可怜了萧静。米娜越发心疼萧静了,以为他会幸福的,想不到他会被这个女人给蒙骗了,但一想起他前段时间对自己的态度,又觉得气不打一处来,心想:萧静啊萧静,你这是自作自受啊,结婚之前我就提醒过你,但是,你却反而把我的善意当诽谤,你太意气用事太武断了!你以为这样你能幸福?

"你不打算告诉萧静吗?"

"呵呵,他会听吗? 我倒是觉得这样有意思一点,不让他们立即分开也

爱如夏花

好,我要让他们一点一点对彼此都失望透顶,互相憎恨,厌恶,直至再也不想看到对方。"

米娜有点担忧地看着萧南:"这样,你也不会快乐的。"

"不不。"萧南扬着眉毛耸了耸肩,"这是我现在唯一的乐趣,有时候,恨一个人,比爱一个人更有意思,不是吗?"

米娜又一次无言以对,两个人往楼上的影院走去,而夏栀与丁皓哲两个人吃了麻辣烫,决定任性地挥霍一下时间,况且明天之后,一切都要重新开始,工作环境、性质,全部都不一样了,所以两个人难得有时间同时出去打牙祭,看场电影。

此时,这两个人各自站在不同的大幅海报面前,为看哪部有了分歧,夏栀要看悬疑惊悚片,丁皓哲要看喜剧言情片,说自己怕鬼,不敢看那些惊悚的。夏栀简直快要把他给鄙视死了,一个连惊悚片都不看的男人还算是男人吗?而丁皓哲也把夏栀给喷了,一个女孩家的,正常点的片不看,偏偏看这些装神弄鬼的,有病啊,到底是不是个女人?

两个人居然吵了起来,若不是作为工作伙伴,夏栀真想撕了他,连做男闺蜜都觉得不齿,男人应该有的胆魄与宽容心他全部没有,从不为别人着想,当然除了那一次自己生病例外,不过她觉得那是作为人的本性,自己都快死了,你发现了还忍心看着自己死吗?

两人吵吵闹闹招来了些观众,夏栀真是觉得后悔极了,心想:以后再也不想跟丁皓哲一起出来了,人家带个男人是护花的,我带着个是什么,纯粹给自己添堵啊,唉,如果跟萧静一起逛就好了,不仅养眼,人家还会为我设身处地考虑,绝对不会因为这么小的破事跟我吵。

晕,我为什么又想到萧静了,丁皓哲怎么能跟他比,无论哪一面都比不上萧静的零头啊,连他的脚指甲都不如!

这时,萧南与米娜也往这头望,萧南笑了:"看个电影都能吵架,多二的一对啊,不过男人嘛,总得让着女人,最基本的度量都没有,怎么交到女朋友的呢?我们走吧,你准备看哪个片?"却见米娜呆在那里不动了。

夏栀这会儿看到这么多人看着,觉得丢脸,想撤逃,连看电影的兴致都没了,还有比跟丁皓哲在一起更倒霉的事吗?吃个饭能被赶,看个电影还没看呢,都已生了一肚子的闷火。

"不看了,你爱看自个看!"她扔下这句话转身便走,米娜跑过去叫住了她:"夏栀——"

夏栀停住了脚步,上上下下地打量米娜,依稀认了出来,这不是自己的发小米娜吗?小学六年加初中三年的同学,想不到这么多年未见变这么漂亮了。"你是——米娜!"

两个人兴奋地抱在了一起,迫不及待地聊起了彼此的近况,完全把萧南与丁皓哲抛在了一边,他们都无语地互相对视了一下,然后礼貌性地点点头,算是问候。

当夏栀听说米娜在萧氏集团工作的时候,她愣了一下。"你在萧氏集团上班?"

米娜点了点头:"是啊,那位就是萧家大公子呢。"米娜朝萧南看,夏栀便顺着她的视线望去,因为刚才一直没注意,只知道她跟一个男人一起。

"萧家大公子?"夏栀更是感到意外,因为她从来没听萧静提起过他还有个哥哥,"他,是萧静的哥哥?"

米娜也颇感意外:"你知道萧静?"

"我?"夏栀感到窘迫,"只是偶尔有关注下我们本地名企的新闻。"

这倒是并不奇怪,因为像萧静这么才貌双全的富二代,没点新闻还真不容易,所以米娜也没有多问,两个聊着还不忘加了微信,丁皓哲有点不耐烦了。"到底还看不看啊,我们还要回去做生意的。"

夏栀看着米娜:"惊悚片你看吗?"

爱如夏花

米娜露出了有点为难的表情："这个……"

萧南感觉这个女孩子挺有意思的，便说："我看，米娜，你不看恐怖片的话就陪这位男生看喜剧片吧。"

丁皓哲看着米娜，心想着她比夏栀可要有女人味多了，赶紧说："好啊，我最喜欢跟美女一起看电影了。"

这话分明是气夏栀的，意思是夏栀就不是美女，夏栀"哼"了一声，看着萧南说："我也喜欢跟大帅哥一起看！你去买票还是我去买？"

萧南笑着说："这事当然得我来啊，哪能劳烦女士啊，各两张是吧。"

说着，他便去售票处了，夏栀指了指萧南的背影："你看，人家的男朋友多有风度啊，米娜，还是你厉害，泡到萧家大公子。"这时，夏栀又想到萧静，一阵心酸。

米娜红了脸："他不是我的男朋友……是我的上司，与朋友。"

丁皓哲开心了："那敢情好啊，我看这人阴阳怪气的，跟夏栀的气场倒是挺合的。"

米娜也有点诧异这男的怎么会这么说，问夏栀："他不是你男朋友？"

夏栀一副不屑的表情："哪能啊，我哪有品位这么差啊，这种男人，就算拿去铺路，我都不愿意去踩！脏了我的鞋！"

"切，你以为我会看上你啊，没胸没屁股还没脸，往那一躺，都不知道是正面还是反面。"

"你——"夏栀气极了，追着丁皓哲又掐又打，萧南拿着票过来，看着这情景不禁摇起了头："你们怎么又掐上了？不是冤家不聚头啊。"

"去，这种人连当我的冤家都不配，萧静才配！"夏栀脱口而出，当她意识到自己竟然把萧静的名字吐出口的时候，呆住了，而另外三个人也石化了。

唉，可能是最近对萧静的思念过甚，唉，萧静啊萧静，我是不是走不出

188

你的樊笼了?

"萧静,你说的是我弟弟萧静?"萧南饶有兴趣地看着这个貌似一根筋的姑娘,其实这姑娘挺眉清目秀的,眼神特别清澈,就不知道她的内心是不是跟她外在一样了。而米娜这会儿也听明白了,敢情夏栀跟萧静还真的是老相识啊,这世界在不停地绕着一个又一个的大圈,最后却莫名其妙突然间缩成一个圆,把他们之间的命运都圈在了里面,世界变得越来越小,小到一个转身就能遇见。

"你是说,萧静是你的冤家?"看夏栀没回答,萧南再次微笑地问。

夏栀这会儿真的感觉自己是无地自容了,恨不得化成地鼠,马上遁匿,如此隐秘的心事竟然突然暴露在日光之下,而且在场的还是萧静的亲哥,与萧静的员工。

丁皓哲看夏栀脸涨得通红,又半响憋不出话来,感觉畅快极了,他满满的恶意又膨胀了。"她啊,不就是跟那个萧静度过了一个难忘的晚上啊,就惦记上了,而且啊,人家还没对她有实质性的行动呢,然后跟一个白富美结婚去了,莫名其妙恋爱了,又失恋了,啧啧啧,我看压根就是独角戏啊。是谁导演这出戏,在这孤单角色里,对白总是自言自语,对手都是回忆,看不出什么结局⋯⋯"

丁皓哲还真给唱上了,萧南有点明白他们之间是怎么一回事了,看着夏栀脸色有点不对劲,眼睛都红了,便打断了丁皓哲:"好了好了,你一个男人,老拿小姑娘开涮就不对了,这样找不到女朋友的,小姑娘你叫什么名字,我们去看恐怖片吧。"

萧南把另外两张票给了米娜与丁皓哲,然后拉着夏栀进放映厅。

另一个放映厅,电影还没有开始,米娜看着丁皓哲,微笑地问:"其实,你是挺喜欢夏栀的,对吧?"

爱如夏花

丁皓哲两手插胸前道："没有。"

"真没有？"

这会儿他半晌没讲话，歇了好一会儿反问道："你是怎么看出来的？"

"呵呵，有一句话叫，当局者迷，旁观者清，其实你啊就是嘴贱，喜欢她嘟着嘴生气的样子，但是惹她生气了之后又特别后悔，又恨自己了吧。"

"唉，你好像说得都挺对的，其实她是一个人住，所以我不希望她看鬼片，我如果一个人住看了鬼片我也会怕的，一回家对着空荡荡的房子就怕，人多的话倒也无所谓。夏栀真的是个好姑娘，单纯，善良，又自强，一直一个人打拼，真的很不容易，其实，我特别希望她开心，但又老是管不住自己的贱嘴，唉，不过，就算我喜欢她又有什么用，她的心被那个叫萧静的家伙给偷走了。"

其实米娜想说，我还喜欢萧静来着，喜欢他的女孩不在少数，没办法，国民老公类型的男人，不喜欢也难，但又有什么用，不是自己的终究是场空。而那个女人却占据了萧氏集团的两兄弟，这得多厉害的女人才能做到啊，夏栀怎会是她的对手，她对夏栀生出一种同病相怜的感觉。

"其实呢，只要你够真诚，她也会喜欢你的，只要伤人的话不要讲，她慢慢就会改变对你的印象，况且你们相处的时候多，女人是非常容易感化的动物，谁对她好，她就会跟谁走，而男人呢，就不然了，谁长得漂亮，他就会屁颠屁颠跟着跑。"

"唉，你说得还挺有道理的嘛，不过有的女人呢，是谁有钱就跟谁走，比如我的前女友。"

"呵呵，我觉得你也肯定做得不够好，所以让钱占了上位。"

"好吧，我承认。以前确实不那么细心体贴，我得改，但是就不知道现在有没有让我表现的机会了。"丁皓哲带着几分自嘲。

"大部分的机会还是要靠自己创造的大哥。"

这会儿丁皓哲不再言语了,电影也开始上映了,两个人便不再说话了。

夏栀瞪着屏幕,目光里有着惊恐:"不是说没鬼的吗?不就是悬疑片吗?都是什么鬼啊?"

萧南好气又好笑:"你不是胆子挺大的嘛,你的小伙伴不看这片还被你骂了,有几个鬼也挺应景的啊,这时间人又少。"

这时屏幕里又跳出一个脸色惨白眼睛滴血的女鬼,夏栀赶紧捂住了眼睛,快要哭了。"我喜欢看悬疑破案片并不代表我爱看鬼片啊,我怕鬼啊啊啊,我以为就是警察破案的,怎么放着放着,又冒鬼了啊,没有预兆,说来就来,任性啊。"

萧南扑哧笑了:"这本来就是闹鬼的片,你没看清楚内容简介,光忙着吵架了。不过放心,国产片嘛,里面的鬼大多是人扮的,等下就揭晓谜底了,会把那个装神弄鬼的家伙给揪出来的!"

"从浴缸里突然冒出来,这都可以?"

"很好解释啊,幻觉啊,做梦啊,没办法,审查制度决定了国产片不能突破。"

这下夏栀服了,告诉自己这都是幻觉幻觉,女主的幻觉,都是假象,假象。但一旦冒鬼,还是禁不住捂眼睛,完蛋了,看了这片,晚上还能睡觉吗?怪自己没看清楚内容提要,这时心里对丁皓哲有点愧疚:真是错怪他了,但是早点提醒我有鬼我也不会看了啊,好吧,他一定以为我是知道的,以为我并不怕鬼。

萧南看看周边,他们旁边并没什么人,便对夏栀试探性地问:"你跟萧静是怎么认识的?"

夏栀看了他一眼,幽幽地冒出一句话:"人家都结婚了,问这个又有什么意义,再美好的缘分都抵不住现实的碾压,再何况,我们的缘分也不是那么美好,特别是第一次见面,差点要了姐的命!"

确实,第一次相识就撞上了,还伤了腿,到现在她都不敢穿及膝的裙子,也好,干脆就整长裙穿着吧,正好用来装装淑女。

"如果,我告诉你,萧静一定会跟那个女人离婚的,你又有什么想法?"

夏栀惊讶地瞪大了眼睛:"你说什么?"

萧南的脸在昏暗不定的屏幕光中显得那么捉摸不透,甚至令夏栀有点害怕,他的嘴角泛着一丝讳莫如深的笑意。"我在国外学了些占卜术,顺便帮我弟弟给卜了下,说他的现任老婆不靠谱,一定会跟他分道扬镳的。"

看夏栀一愣一愣的,萧南又忍不住想大笑,但考虑在影院,只能压抑地笑着:"告诉你吧,夏栀,我的话半真半假,但重要的话都是真的。"

现在有了夏栀这个筹码,萧南感觉这出戏越来越出彩了,不过也得先试探一下萧静,看她在萧静心里的位置,如果不过是路人甲类的人物,那么他便放弃夏栀的介入,如果不是,并且萧静心里也喜欢着夏栀,那么赶走那个女人,成全他和夏栀,又何尝不是一件美事,也算是干了一件缺德事的同时,做了一件善事,将功补过,心里也不亏欠。

"你是说,何亚娴不靠谱?"

"对啊,你也知道他老婆叫何亚娴。"

"呵呵,我们见过好几次了,我跟萧静去吃烤串的时候,还被她当小三扇过耳光,那时候,他们还没有结婚。"

"真过分啊,夏栀,我会为你报仇的,这笔账,我也记下了。"

夏栀有点困惑地看着萧南,她真不知道他跟萧静,还有何亚娴之间有什么样的过节,他不是萧静的亲哥哥吗?谁不希望自己的弟弟有着幸福的婚姻,怎么会有这样的想法,这太不正常了。

萧南知道夏栀想的是什么,笑着说:"呵,我跟何亚娴之间有一笔账要算呢,你的呢,只是捎带而已,现在明白了吧。"

"明白……还是不大明白……"

"行了,你不用明白,这事就交给我好了。"

到电影结束了,夏栀也还没回过神来,萧南刚才对她说的话只是她的幻觉吗?

灯光亮起来,明晃晃的,似乎刚才的话语真成了梦呓,而萧南,这个笑容中带着几分抑郁的男人紧抿着嘴巴,仿佛从没说过话,而这个男人还加了自己的微信。

两个人走出影院,丁皓哲与米娜也已看完候在休息厅里吃着爆米花,看着他俩出来,丁皓哲站起身,向他们走去,并对萧南说:"小子,你没有趁闹鬼的时候,偷偷占我家夏栀的便宜吧。"

萧南哈哈大笑:"你们不是冤家对头吗,怎么又变成我家夏栀了,我占她便宜,你高兴才对,好歹你讨厌的人有男人看得上,是吧?"

丁皓哲一时无语,夏栀看看时间,觉得差不多该回去了,便说:"我们先回去了,米娜,我们有空微信聊。"

萧南说:"我有车子,要不要顺便把你们送回去?"

丁皓哲说:"我们明天就去买车子,不就是车子嘛。夏栀,我们走。"

夏栀低声地对萧南与米娜说:"我们骑了电瓶车过来的,你们只管走吧。"

于是他们便告别了,夏栀也觉察到这会儿丁皓哲有点怪怪的,跟平常判若两人啊,而且自己刚才跟萧南出来的时候,他似乎还挺紧张的,太反常了。

在这之前不是差点跟我撕架吗?这都什么鬼?

两个人边走着,夏栀说:"今天误会你了,我是不应该看鬼片的。"

"要不,晚上我陪你……我不是那个意思,我才不是那号人呢,我说如果你觉得害怕,我可以睡客厅啊,至少家里多了个人比较有安全感一点,像

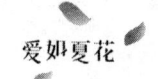

我这么放心的男人哪里找啊。"

夏栀翻了翻眼皮："得,我就跟你工作上合作时比较放心,你带我回家就行了。"

于是丁皓哲便开着电瓶车把夏栀送到她家的楼下。"夜里如果闹鬼了打电话给我啊,我随时出来救驾哈哈。"

夏栀"呸"了一声,心想老是提醒我这事,真是太没道德了。

17
避而不见

丁莫伟坐在办公室,对着电脑,正在看着一个婚礼直播视频,他的旁边还站着一个戴着眼镜的三十多岁的男人。

他一边看着一边呷着茶,冷冷地笑:"小宁,你觉得,婚礼有什么不对劲吗?"

这个被称为小宁的男人说:"丁总,都挺正常的,不过,萧南的突然出现之后有点不正常。"

丁莫伟点了点头:"是啊,都离家出走十来年了,而现在却突然出现在弟弟的婚礼之上,这点真是令人寻味,最重要的是新娘。"

他用鼠标点了一下,视频停了下来,是何亚娴一副惊愕的表情。"这是何亚娴看到萧南时的表情,这,是不是很有意思?"

"哈哈,丁总,您真是观察入微啊,蛛丝马迹都难逃您的法眼,我觉得,他们两人应该认识,而且关系并不简单。"

丁莫伟非常受用地"呵"了一声:"你派人去调查一下他们之间的关系,我丁莫伟现在最大的乐趣就是娶萧静的女人,还有抢他的市场。前者我已经做到了,但是他现在又娶了别人,我心里不痛快了,我一定要让他全盘输于我之下!让他一无所有,萧静啊萧静,只要你有一点点的漏洞,我都会置你,还有整个萧氏集团于死地!"

小宁看着他,欲言又止,他实在不明白丁莫伟跟萧静之间有什么样的过节,导致他现在这么恨萧静,都抢了他的女人了,还一定要置他于死地?

"丁总,我知道我不该多嘴,但是还是想问一句,您跟萧静……唉,算我没问,呵呵。"

丁莫伟突然哈哈大笑,随即阴沉下来,那张脸散发着地狱般的寒气。"他爸,萧明清,逼死了爱他的女人,也就是,我的姐姐……"

一时间,小宁无语了,良久,他又忍不住地问:"可是,那是他爸的过错……"

丁莫伟冷冷地说:"因为,我姐怀了他的孩子跳的楼,萧静所得到的一切,原本是我侄儿也应该得到的,但是……现在萧静是萧氏集团的主干力量,那老头明显没他能力好,萧氏集团倒下,再让他儿子过得异常痛苦,这不是给萧明清最好的礼物吗?"

小宁竖着大拇指直呼高招,丁莫伟不再言语,把椅子转向落地窗,小宁识趣地退下去做他应该做的事去了。

丁莫伟对着阴沉沉的天空,还有沉溺于灰霾中的城市,面无表情。

爱如夏花

萧南站在自家别墅的大阳台上,手里拿着一杯酒,手臂抵在栏杆之上,凝视着这城市的夜晚。一眼望去,小区的树木郁郁葱葱,还有各种花看似漫不经心地开着,此起彼伏,似乎从不曾断过。这夜晚是宁静的,因为是高档别墅区,听不到车辆的嚣叫,也闻不到废气的味道,一切看似静谧美好。

人如果能如同植物,就算成了枯木也能逢春多好。他不由得想起了小爱,或者,这一辈子只有傻傻的小爱才真正不遗余力地爱着自己,正如他也那么不遗余力地爱着她那样。可是,命运轮转叵测,她却那么走了,走得那么惨烈,为此他给自己背负了十年的十字架,到处流浪,去体会着人世间的饿寒与疾苦。有一次,他在高原地区发烧,差点死掉,是一个好心的老奶奶救了他,不停给他煎药与熬粥,他才幸免于难,如果当时他就么走了,他是不是就可以看到小爱了,并有机会对小爱说,小爱,我来了,以后,我们俩再也不分开了。

可是,他还是侥幸活了下来,能继续天南地北地流浪,卖画为生,甚至为游客们画肖像,为学生们写励志语录书法。只要为了钱,他什么都画,什么都写,为了节省旅馆费,甚至有段时间找有水源的地方搭帐篷睡觉。在旅途中还被抢劫了几次,所幸,他弃财求生存,只有一次被抢劫时突然愤怒难忍,或者是忍辱负重到忍无可忍,心里的委屈一下子爆发了出来,跟打劫的不要命地干了起来,满脸的血也挡不住他的拼命,最后打劫的竟然求爷爷告奶奶地屁滚尿流地跑了。

这些经历,他从没有对任何人说过,也不想说,这些是他之前都不曾想象与经历的,他之所以宁可过着这种不堪的生活也不想向父母低头,只是因为觉得只有自己活得如此痛苦才能减轻自己对小爱的负罪感。后来,他实在有点累了,在丽江定居了差不多一年,为游客们画肖像画,居然也累积了一笔不少的钱。

然后手头一有了钱便开始不安分了,又想到处走了,于是想到了以前去过的墨尔本,他喜欢那里的环境与空气,便去了那里在那边卖画为生,只是没想到在异国会遇到热情洋溢的何亚娴,总是每天换一套衣服过来让他画肖像。他的冷漠与少话并没有让她退缩,长久以来的独处,都快令他丧失了说话的能力,她总是那么不介意,依旧有一句没一句地跟他聊着,他不回答的时候,她就自己说自己的,把他当作小狗小猫一样的倾诉物,她的笑容就如墨尔本的阳光,悄悄照进他的内心。

他开始尝试着跟她交谈,尝试着回应她的话,而这种细微的改变却令何亚娴更加欣喜,她觉得以自己无坚不摧的魅力,终于开始撬开一个又冷又硬如石头般的男人。

终于在一场突如其来的暴雨之下,他带着全身湿透的何亚娴去他住的地方避雨,他找出一件干净的衬衣扔给何亚娴换上,只是没想到,何亚娴不扣纽扣就出来,湿湿的头发一绺绺粘在脸上,潮湿粉红如花瓣般的唇,美好的腰际时隐时现,笔挺而修长的腿更是美丽动人。

她双臂抱在胸前,眼神妩媚如丝。"给我来一张怎么样?弥补刚才的工作。"

萧南被她美丽的身体打动了,他感觉某些沉睡的细胞开始苏醒,并有种叫欲望的东西开始不安分地躁动,听到这句话猛地醒悟过来,他觉得只有画着才会平静他骚乱的心,于是二话没说,拿起了画笔开始"刷刷刷"地画着。此时令他有了片刻的沉静,甚至此时,他的眼里,脑海里,手心的落笔之处只有何亚娴,这十年来,第一次对除了小爱之外的女人动了心。

画得差不多的时候,他在加收尾的细节,而何亚娴过来,从背后抱住了他,潮湿的长发落在他的脸上,冰凉冰凉的,但是来自她身体的温度,隔着她的衬衣,与他的T恤,令他有点战栗,他欲逃离,因为他想起了小爱,他不知道如果小爱看到此刻的他心里是什么样的感受,但是作为一个男人,在最后一刻,他还是败给了何亚娴,没逃得出她的温柔陷阱,就这么被她俘虏,就这么沦陷了。

那段时间,是萧南这么多年来最快乐的时光。所以要说他现在对何亚娴完全没有感情,那是假的,因为从认识到现在,他们也断断续续地交往了一年的时间,而且度过了非常美好的时光,这也是萧南后来一直留在墨尔本的原因。他曾一度以为,何亚娴是他生活中的天使,她的出现,就是为了拯救他。

确实,她的出现,使他变成了一个正常的男人,重新找回了语言沟通的能力,也找回了作为一个正常男人的责任感,他努力改变着自己的现状,让自己爱的人,能过上幸福的生活。虽然,他知道何亚娴应该是个富家女,但他想:如果我恢复萧家大公子的身份,我们是不是就能名正言顺地在一起呢,甚至结婚,生子。

如此的美好令他怀疑自己是不是在梦境,当何亚娴惴惴不安地担心着自己是不是怀孕的时候,买了验孕棒,但是那条验孕棒上两条明显的线,并没有令她开心。之后,她回了一趟国,说是奉母亲之命回的家,她也想家了。头几天,她还天天给他打越洋电话,但是后来就越来越冷淡,说家里有点事,比较忙,人也不舒服,想先休养一段时间,他也信了。

思念总是令人煎熬,大概是一个月之后,终于有一天,他耐不住了,因为何亚娴连手机都处于关机状态,他跑到她学校,找到何亚娴比较要好的几个同学,刚开始,她都是跟这几个女同学一起来找他画画的,所以他认得她们,但是她们对她的去向却含糊其词,后来他才知道,这期间何亚娴其实回过墨尔本,办理了毕业手续,并且打掉了孩子又回国了。

但是他当时却不知情,一直以为何亚娴是不是发生了什么事,或者是她家里发生了什么变故,因为她有了自己的骨肉,所以刚开始还没多想,但是之后,他发现自己根本就找不到何亚娴了,那段时间,他感觉自己都要疯了,甚至想要回国去找她。他听她提过他们俩是老乡,但不知道她是不是真的回了国,或者还没回来。在他坚持不懈的"骚扰"之下,她的一个女同学终于被打动,或者说不堪其扰,告诉了他何亚娴新的手机号码。

而他打过去,听到何亚娴温柔的声音,他心里一阵激动,但是万万没想到,当她听到他的声音时,语气就如冰山开裂,而且直截了当地说:"阿南,我们分手吧。"

"为什么?"他颤抖地问,不相信这是她说的话。

"我——只是觉得——我们两个人其实并不适合在一起。"

"那孩子呢?"萧南依旧清楚地记得自己那时的心情,记得那种被生撕硬扯般的疼痛感。

"对不起,没有了。"

萧南记不清当时自己是不是回了什么话,只记得手机从手中滑落,然后失魂落魄地回了家,不吃不睡,在家里整整窝了两天,也想了两天。最后还是想不明白,一切都变了吗?那些美好的回忆瞬间都没有了吗?然后一句不适合,就谋杀了一切过往,包括孩子?

是的,他不能接受,也想不明白,所以他还是再次打了过去,他要问个明白。结果何亚娴恼羞成怒,声明甩他五十万让他永远滚蛋,否则对他不客气。

当时他还以为自己听错了,这样的话出自何亚娴之口吗,他生命中所爱的第二个女人之口吗,而且还有分手费,五十万的分手费,萧南想哭又想笑,看来谈了一场恋爱,他还赚到了这十年来最大的一笔钱,他是应该恭喜自己吗?

所有乌托邦般的梦想,所有对未来的期待在瞬间土崩瓦解,他是该离开墨尔本,还是留下来,装作什么事都没有发生,像以前那样地生活?卖画,但,能吗?

爱如夏花

那段时间他把自己浸泡在酒精里，企图一点一点消磨自己的感官神经，一点一点谋杀回忆中的过往，然后把自己一同给埋葬了。

但是，突然有一天他想家了，或者该跟家人作一次最后的告别吧，于是，从自己的背包里翻出一本破旧的通讯录，里面有弟弟的电话号码，他也不知道弟弟是不是换了号，便尝试着打了过去，但是却通了，而正是这一通电话，令他突然改变了想法。

他要回国，做回他的萧家大少爷！

活成这样，那点可怜的自尊算什么，有时候，一文不值。

不能在沉默中爆发，便只能在沉默中消亡，弟弟掌管着日益壮大的萧氏集团，并且都要结婚了，他凭什么过着落魄潦倒，自暴自弃的生活，甚至还要依靠弃他而去的女人的施舍。没有钱，谈什么狗屁尊严啊，连曾以为真心相爱的女人都弃他而去，所以我萧南何必跟自己过不去！堂堂萧氏集团还容不下一个他？

好吧，把我失去的统统要回来！

就这样，他回来了。

萧南捏玩着手中的杯子，想着这十年来发生的事情，前九年虽然颠沛不堪，却成了他生命中很珍贵的经历，而最后一年，过得轰轰烈烈，甜甜蜜蜜，但是最后的结局跟头九年并没有什么区别，他被女人惨烈地抛弃，于是带着对人性的绝望，打算重塑一副没心没肺的面孔，参加了弟弟的婚礼，却不想这个女人却是婚礼的主角。

命运既然狠狠地玩了他一把，那么，现在，他既有财力又有能力，他为何不能狠狠地玩回去？

他狠狠地捏着手中的杯子，杯子猝然而裂，有血，缓缓地渗出。

好吧，出门happy下，现在有什么是我萧南放不下的，今朝有酒今朝醉，这才是我重生后所应该享受的生活。

萧南来到了附近的一个酒吧,却看到萧静一个人在喝着闷酒,前面是一排的空瓶。

萧南走过去拍了拍弟弟的肩膀,然后向酒保要了一瓶威士忌。他看着自己的亲弟弟,当他离开的时候,萧静还是个中学生,转眼间,却已成了一个成熟又稳重的男人,是什么让一个不经世事的少年,变成了叱咤风云的商人。对于这点,萧南心里有愧,如果不是自己消失了十来年,或者自己也会承担着他所承担的一切,特别是工作上的压力,再或者,他也会有机会跟更好的女子相处,而他的婚姻也不至于被父母所定,那么他也不会遇到何亚娴那样的女人,也不会这么不快乐了。

"呵,蜜月期的,一个人却在这里喝闷酒,是怎么了?何亚娴呢?"

"回娘家了。"

萧南有点惊讶:"回娘家?为什么?怪不得,前几天我跟米娜在万达逛着碰到她一个人在那里。"

"你跟米娜走得挺近么?"

"她是我的助理嘛,有啥好奇怪的,也可以是生活助理啊,陪吃陪玩只要她乐意,而且她真的是个很好的姑娘,好吧别扯开话题,才结婚,怎么回娘家了,吵架了?"

"不是,她身体有点不舒服……在家里好一点,至少她母亲会照顾她,我这么忙,每天回家都挺晚的了。"

这时,他的手机响了,他便出了酒吧接听,一会儿就回来了。是何亚娴打来的,虽然不在旁边,她其实还是挺记挂他的,一天至少两个电话,他也不咸不淡地让她早点睡就挂了。

萧静重新坐定后,萧南注视着弟弟,感觉弟弟的眼中总有点说不清道不明的烦恼,难道仅是因为自己跟何亚娴之间的,或者自己那天说的话他上心了？这也确实烦心,他也没想到自己的新婚妻子竟然是哥的前女友,这关系也确实挺尴尬的。

萧南咳了一声:"对了,那天,我还碰到一个叫夏栀的女孩,她是米娜的发小,旁边还有个男孩,看样子应该是喜欢她的,但是嘴贱,老惹她生气。"

萧静呆呆地看着萧南,没讲话,他想听听萧南接下来的话,萧南继续说:"她好像很爱你……那天聊天的时候,你的名字她是脱口而出,呵呵。"

萧静半晌说不出话来,夏栀,真的对不起。"她——过得好吗？"

"还可以吧,那个男孩子还是挺关照她的,据说还是工作伙伴,日久生情也是难免的,不过目前为止,夏栀看上去并不喜欢他。"

萧静咬着唇,拿起酒杯,咕咚咕咚灌下酒,看样子,萧静对她也是有感情的,只是以他现在的形势,他没有权利去爱了,萧南理解他目前的状况。

萧南把他手里的杯子拿下来放在桌子上。"行了,别再喝了,你有几分醉了,喝酒伤身。"

萧静却笑了:"夏栀说得对,我啊就是一个懦夫,一个失败者。之前的女友爱上了别人,成了别人的妻,而现在喜欢的女人却不能在一起,守着一个所谓门当户对的婚姻,以为她是清白的女孩,以为获得了珍宝,却不知道自己被算计甚至可以说,是被陷害了。我以为婚姻是天堂,却不知进了地狱,呵呵……白天呢为家族企业打拼,晚上又遵守父母之命,回到那个冷冷清清的家,你说我失不失败？我都不知道我为了什么而活着,这一生过的,就像是一个丧失自己灵魂的人……其实,我什么都不是……连一只流浪狗都活得比我有尊严……哥,有时候,我挺羡慕你的,至少你总是有勇气做自己想做的事情,而我呢,其实就是个天生懦弱不折不扣的失败者。"

这是自从萧南回来后,萧静第一次跟他推心置腹地说心里话。原来,弟弟一直过得不开心,而何亚娴也并不是他的至爱,可能他已经知道何亚娴对他有所欺骗,所以才对她寒了心吧,这倒是令萧南轻松不少,看来,何亚娴是幸福不了了,但是他是不会露骨地让萧静跟何亚娴离婚的。

"对了,那天我加了夏栀的微信,要不要叫她过来一起喝喝酒?"

萧静迟缓地说:"这——不大好吧。"

萧南已经给夏栀发了一条微信。"夏栀夏栀,现在有空没,赶紧过来喝点,米娜叫你来,说一定要来。海森酒吧。"

好吧,米娜明明不在,把她给抬了出来,夏栀也是爱刷微信的人,这会儿,她还没睡,在整理着供应商的资料,没到一分钟便回了过来。"行,我马上就过去。"

萧南又赶紧给米娜打了个电话:"米娜,赶紧来海森酒吧,夏栀让你过来,务必20分钟内赶到。"

米娜这会儿其实已躺下了,她看了看时间,既然是领导叫我,而且还有发小的面子,不去就不给面子了,况且上次跟夏栀的见面太匆忙了,还没好好聊一会儿天呢,便说:"好吧,等会儿就过去。"

萧南对萧静会心一笑,萧静摇了摇头。"唉,我都没脸见夏栀。"

萧南说:"脸都是自己给的,反正也就见个面,喝个酒,了却你们彼此的相思而已,也算我做了一大好事,再况且,有我跟米娜两大灯泡在场,你们也干不了坏事,哈哈。"

可萧南怎么可能理解自己的处境,萧静叹了口气:"哥,我不想再次伤害夏栀,真的,因为我不想我所承受的痛苦,让她也承受,再次伤害她,因为终究有一天她会把我淡忘的。我先走了。"

说着,他把杯子里的酒一饮而尽,便自顾离开。萧南喊道:"我特意为了你,才叫了她们俩,你就这么走了?喂,需要我帮你叫代驾吗?切,看来一点没醉很清醒啊。"

萧南这会儿真有点郁闷了,夏栀首先赶到,看到萧南一个人,奇怪地说:"米娜呢?"

"马上到。"

夏栀瞪大了眼睛,好在米娜也随即赶到,夏栀很高兴,完全没想到萧静刚刚出现过。

于是三个人边猜骰子边喝酒,喝开心了。出来的时候,萧南左肩膀上搭着夏栀,右肩膀上搭着米娜,享受着左拥右抱的感觉,三个人一边走一边唱:"路见不平一声吼啊,该出手时就出手啊,风风火火闯九州啊啊啊……"

唱到这里,三个人又笑作一团,米娜说:"好久没这么痛快地喝酒了,不过我得赶紧回家,明天要上班。"

夏栀突然一惊,酒醒了几分。"天啊,我明天要去新公司上班的,不能迟到啊。"

于是她便站住叫车,萧南说:"难得有两美女相陪啊,我一定负责把你们安全送到家,先送夏栀,再送米娜!"

大家都同意了,于是三个人一起上了出租车。

酒吧旁边的一辆车里,一男子默默地注视着他们,正是萧静,他一直不曾离开。他在车里,一直等着夏栀出现,心想:夏栀啊夏栀,我只想看你一眼,没勇气与你相见,只想默默地看着你。我知道你心里的苦楚,但你是个自强的姑娘,一定会走出来的,而我自己给自己造了个樊笼然后困了进去,我是自作自受,我不想你也跟着受累。

他终于等到她出现,神情那么茫然,在门口迟疑了好一会儿,才进去,许久,三个人才出来,看样子都喝得不少了,然后三个人上了出租车。

等了一会儿,他给萧南打了个电话:"你把她们都安全送回家了吧?"

萧南正到自家门口,接到这个电话有点惊讶。"是啊,都回家了,怎么,你还没睡啊。"

萧静嗯了一声便挂上了电话,然后叫了个代驾,送自己回家。

他自己清楚,就算何亚娴有不堪的过去,就算她欺骗了自己,他都不可能跟她马上离婚，提都不能提，结婚才多久，在公司上市之前，任何负面新闻都不能有，他不能因为自己的私事，把这么多年来的心血付诸东流，这公司，除了父亲，更多的是自己的心血，而且还有一些投资人的资金在里面，现在父亲都有退隐之心了，那么作为最主要的管理者，自己必须要隐忍着一切等公司上市之后再说。

萧南懂什么，他本来就不好这口，不懂商场如战场，可能一点风吹草动都会不利于公司的项目推进。而且他现在刚来，什么都不知道，除了批批那些没有多少问题的报销单据之外，目前的他什么都撑不起来，流浪了这么长的时间，连朝九晚五的生活都还没有适应，等他适应一段时间，再把某些稍微重要的事交代于他，目前顶多开会或去谈项目的时候，把他带在身边，让他见识一下场面，虽然一开会他就打瞌睡。

所以萧南并不能理解这个弟弟，如此隐忍，到底是为了什么，为什么不能做自己想做的事情，就如自己一样，多年来，只为自己而生活。他不知道，萧静肩上的担子有多重，他不能就这样放开一切，把一切的努力都白费，萧氏集团就如他的孩子。当初，萧明清唯一可依靠的也就这个儿子，对萧南也没想法了，为了打好萧静的基础，便让他从车间里开始做，一步一步地做起，他甚至熟悉里面的每一个配件，每一枚螺丝的安装，甚至去揽业务，包括后来合作高科技的产品，他都亲力亲为，可以说，萧氏集团有今天的成绩，跟萧静的努力分不开。自从三年前他跟几个电商网站合作，并拥有本公司的天猫旗舰店之后，凭着可靠的质量与售后，赢得了消费者的信任，业务量也是直线上升，好不容易等到公司上市，虽然前期是父母的公司，但是交到萧静手里之后，公司才日益壮大，所以这公司相当于他自己亲手养大的孩子，于萧静来说有着深厚的感情，他怎么可能在这个孩子成长最关键的时候，做出有碍于他成长的事情呢。

萧南根本不能理解这么多，只是想着他所承受的东西可能比自己真的

爱如夏花

要多太多了,这种苦他也只能自己吞,既然选择了跟何亚娴结婚,那么,现在他必须装也要装得跟她很恩爱,而选择对夏栀避而不见。

是的,他也不想再次伤害夏栀。

有的爱,反而是一种伤害,逃离反而是最好的选择。

· · · · · ·

18
出师大捷

夏栀被手机闹钟的响声从睡梦中吵醒,仿佛刚刚躺下去才睡着,怎么就响了呢,她关掉了闹钟想继续睡会儿,实在太困了,昨天又睡得太晚。这时手机又响起来,这会儿不是闹钟的声音,是电话,只能又四处抓手机,一看,是丁皓哲。

"夏栀!今天是我们第一次上班!何总还给我们弄了个欢迎子公司成立仪式,不能迟到啊。"

夏栀脑子一激灵,"呼"的一声从床上翻滚下来,一闻嘴巴,感觉还有点酒气,赶紧去冰箱拿了瓶矿泉水,咕咚咕咚灌了下去,然后冲进卫生间,刷牙洗脸,化了个淡妆,然后换了一套稍微职业一点的衣服,看镜子里的自己总算有个人样了,才拎起包,冲了出去。

楼下,丁皓哲已在那里等她了,开着一辆新车,红得不能再红了,夏栀"哇"的一声:"这是你新买的吗?贵吗?"

"是啊,才十来万便宜着呢,怎么样?总算有点像样了吧,咱去大公司上班,而且当的还是主管人员,不能再趴在小毛驴身上骑啊骑的,太掉价了,成功人士嘛得有成功人士的样子,赶紧上来,别磨蹭,再磨就迟到了。"

夏栀坐上了副座系好了安全带,丁皓哲指了指车上的两个肉包与一盒牛奶。"知道你还没吃早餐,给你顺便捎带的。"

夏栀不客气地拿起肉包啃了起来,边吃边东瞄瞄西瞅瞅,觉得这车还挺不错的。"看来我也得赶紧去学车啊,以前都没时间去学,以后应该有时间了,晚上又不用我们值班,对了,你的驾驶证是几时考的,以前有开吗?"

"我啊,五年前考的,但是没车,没办法练啊,这不,除了昨天买车的时候试驾了一会了,这是我第一次正式上路呢。"

夏栀一时说不出话来,憋了好一会儿,弱弱地说:"我能下车吗?"

"不能,这会儿你再打车来不及了,你还是别讲话系着安全带乖乖地坐着,吃你的早餐,我紧张着呢。"

夏栀这下真闭嘴了,因为她也紧张,那些车祸现场的片段与影像就像旁边飞掠的树木与车辆一样从她的脑海里闪过,一紧张,手指一紧,盒装的牛奶从吸管里给挤出来,喷到了自己藏青色的套装之上。她惊叫了一声,把牛奶放在窗前平台上,赶紧翻包里的纸巾想去擦,却不想,手里吃了一半的肉包掉了下来,而牛奶一不小心碰倒弄翻在地,瞬间,崭新的"土豪金"地垫上布满了肉屑与葱花,还有乳白色的牛奶。

她一下子吓着了,呆呆地看着丁皓哲,丁皓哲那个心疼,鬼哭狼嚎。"夏栀啊,我的车跟你什么仇什么怨啊,就算你跟我有仇也不能对我的车使啊,它是无辜的啊,这是我的新车啊,比我老婆还亲啊,你怎么虐待它啊,再嫉妒也不能做伤害别人的事情啊,你怎么可以这样啊!"

夏栀手足无措地看着这一切:"我……"

到了公司楼下,停好车,两个人出来,到了公司大门口,一想到自己将在这幢大楼里工作,两个人真的是无比兴奋。只见大楼上面还有着闪亮的条幅:热烈祝贺果莱(澳洲)制衣有限公司成立了舒棉内衣子公司。

两个人相视一笑,虽然夏栀的衣服上还有牛奶的渍印,但是这丝毫不影响她的好心情。两个人往里面走,一个保安拦住了他们,丁皓哲牛气哄哄地说:"我可是舒棉电商部的副经理丁皓哲,她啊,是舒棉电商部的总经理夏栀。"

保安正在犹豫,何望德的助理往这边走来,手里拿着两个工作证类的东西,看到他们非常热情地招呼着:"夏总,还有丁总,你们都来啦,这是你们的工作证,你们再自己贴上照片就行了,凭这证入内,保安就不会拦你们了,请跟我来。"

两个人把证挂在脖子上,便跟李助理过去,丁皓哲对保安作了个鬼脸,保安憨厚地笑笑。

他们随李助理来到一个办公室,办公室里面桌椅齐全,共有五张桌子,还有复印机、饮水机、空调等各种设备,一应俱全。李助理指着那个位置最好,也最气派的桌子说:"这是夏总的办公桌。"

丁皓哲看了看旁边,是四张一样的双排的桌子与椅子。"那我的位置呢,不会给我留了间独立的办公室吧。"说到这里,他又乐了,敢情比夏栀的待遇还好啊,这老板真有眼光啊,真会识才。

李助理笑着指了指那四张桌子:"这里的,你随便挑哈,你喜欢坐哪里就坐哪里。"

丁皓哲呆了呆:"可,可我是副经理啊,怎么跟其他手下一样的待遇啊。"

李助理没有理他。"以后业务忙起来,人手不够的话你们随时向我汇报,我会相应地添加相关人员,过两天会有一个客服人员过来,帮你们的忙,目前也就这样了,你们原先的工作继续做,备货的问题不用你们操心,会有专门的仓管员来做,前期你们跟订单核对一下就行,还有什么问题随时跟我沟通即可。"

然后他指了指桌子旁边的走道,示意他们跟上来,原来里面还很大,他边走边说:"这个地方啊,其实很大,隔了开来,小部分当你们的办公室,里面就是个大仓库。我们已经按你们提出的要求分好类了,以后客户下单,可以直接拿着单子进仓库配货,由你们检查无误后,由他们打包发货。"

这确实令他俩轻松不少,以后体力活都不用干了,丁皓哲心里高兴着,这时夏栀感觉肚子有点不舒服,丁皓哲也注意到她的脸色有点不好看,跟在后面的李助理轻声地说:"怎么了?"

夏栀想了想:"是不是你给我的肉包与牛奶有问题?"

丁皓哲直摇头:"不可能啊,我也吃了好几个肉包,也喝了跟你一样的牛奶,没问题啊。"

夏栀这会儿想起了自己一起床就拿冰箱里的矿泉水喝。"坏了,空腹喝了冰水,怎么现在才反应起来,该死。"

这时,李助理问道:"怎么了?"

夏栀扯开嘴角笑:"没,没什么。"

于是他们继续走进办公室里的仓库,只见里面所有的东西,都摆得整整齐齐,比夏栀之前的摆放整齐多了,而且分类标识也非常仔细,而这时,里面还有一男一女站起身来。"李助理,您好。"

男的大概二十五岁左右,长得挺壮实,干点体力活应该不成问题,而女孩有点瘦,也不过是二十出头,大嘴巴,笑起来有点甜。

爱如夏花

李助理笑着说:"我给你们介绍一下,这是我们舒棉公司的夏总,这是副总丁皓哲,这是仓库保管员张莉莉与赵东,以后你们啊,要听从夏总的工作安排。"

两个人甜甜地说了声:"夏总好,丁总好,有事情只管吩咐。"

这是两个人第一次听到别人这么毕恭毕敬地称呼他们,心里非常受用,但是夏栀的肚子却越来越抗议,她真是感觉自己憋不住了。"李助理,卫生间在哪里?"

李助理愣了一下,然后笑呵呵地说:"办公室出来,往右拐最里面就是。"

"好好,我先去方便方便。"

这时张莉莉与赵东笑了,夏栀有点无地自容,想不到自己这个大领导,竟然第一次跟手下见面就出洋相,威望何在啊,不过现在实在也顾不得威望了,如果憋不住了那真的就成了全公司的笑话了,都说丑事传千里,这是最真的真理。

夏栀急急往外跑,李助理叫道:"九点半在五楼会议厅还有个会议啊,跟公司的上层人员见个面,并汇报一下舒棉内衣的情况啊。"

夏栀大声地应了一下,便跑出去找卫生间。

夏栀如厕过后,感觉肚子稍稍好点,看来再也不能喝该死的冰水了,肠胃伤不起啊,身体是革命的本钱,一定不能垮啊,但是一想到接下来还有个会议,头就有点大了,身边又没带任何药品,万一在会议上又闹肚子疼怎么办?这可是我在果莱公司的第一次见面会啊,在手下面前出点洋相也就算了,如果在高层面前闹出这样的笑话,那么会直接影响到舒棉的声誉啊,这就不是丢不丢脸的问题了。

回到办公室,却不见了丁皓哲,这人现在去哪儿了啊,她看看时间,离开会还有半个小时,赶紧坐下来,从包里拿出一堆资料,一定要把自己弄好的资料给捋捋顺,第一次开会,在这么多的高管面前,难免会紧张,最重要的是,却出了这要命的事,不能给别人留下太差的印象啊。

但是,没看一会儿,肚子又开始难受,她叫道:"莉莉,莉莉——"

莉莉应声而来:"我在呢,夏经理,你怎么了?脸色很不好啊。"

"早上喝冰水给喝伤了,你那里有没有午时茶、蒙脱石散,或者暖宝宝贴这类的东西?"

"我是没有,不过我知道哪里有,你等着啊,我马上去拿几包过来。"说着张莉莉便一阵风般地消失了。看来还是老职员好啊,熟门熟路,完全比自己都火烧眉毛了,却一筹莫展好多了。

只是丁皓哲那家伙哪去了啊,姐最手忙脚乱的时候,他还在玩失踪,闹的是哪一出啊,以前不靠谱也就算了,毕竟只是网店合伙人,不是正规军,现在性质不一样了啊,我们都是为别人打工,关键时刻还掉链子,我又闹肚子,猪一样的队友。

夏栀越想越火,拿起手机打丁皓哲的电话,旁边却响起了音乐声,离她最近的那张桌子上一个手机在使劲地响着,敢情连手机也没带啊,不会是跟自己一样闹肚子跑卫生间了吧。

正在焦头烂额时,张莉莉又风风火火地跑了过来,手里拿着一堆东西。"夏经理,午时茶、思密达,还有暖宝宝都有!"

"太好了!"夏栀先拿暖宝宝,准备贴在肚脐眼上,张莉莉说:"我给你泡药吧。"

于是拿起夏栀桌子上的杯子,给她先泡了午时茶,夏栀这会儿已贴好暖宝宝,不一会儿,就觉得肚子一阵温热,不适感没那么明显了,这会儿,张莉莉已把药泡好。"给,夏经理,等凉一点就喝了吧。"

夏栀边给药吹着气,边小口地喝着。"真是谢谢你了,莉莉,你可是帮我

爱如夏花

大忙了。"

莉莉甜甜地笑:"这是应该的,谁没个突发事件呢。"

这时,丁皓哲却像龙卷风一样地刮了进来,夏栀还没有来得及开口痛骂他一顿,只听他上气不接下气地喘着,把手里的东西递给了夏栀。"止泻药——赶——紧。"

夏栀愣愣了地看着他,"你——刚才跑出去给我买药了?"

"是啊,我跑了好几条街才找到一个药店,你赶紧喝了吧。"

夏栀一时没答话,想不到丁皓哲也挺够哥们的嘛,知道我肚子疼,二话不说就跑去买药了,她为刚才对他的猜测感到羞愧。

张莉莉笑着说:"我已经给夏经理拿了药了,留着下次备用吧。"

说着扑哧一笑然后往里面的仓库走,丁皓哲瞪大了眼睛:"有了啊,不早说。"

夏栀边继续喝边笑着说:"她也是刚刚拿过来的,我赶紧喝了,我们要抓紧了,你把你准备讲的资料也整理出来,我们马上就要去会议室了,第一次尤其重要,直接关系到我们以后在果莱的地位,我们可不能给自己丢脸。"

"好好。"

夏栀喝完,再加上暖宝宝的温热作用,感觉好多了,心里祈祷了一下,开会的时候可千万别再闹肚子了,便把手头的资料整理一下,拿了自己带过来的iPad,两个人便往会议室去。

去早了几分钟,还没人,但很快,人便差不多齐了,大家都很准时,没一个人迟到,包括何望德与李助理也来了,再加上夏栀他们俩,一共有二十几号人,看上去都是各部门的领导人物。夏栀心里一阵紧张,告诉自己,现在自己也是高管,谁怕谁啊,千万要镇定啊。

何望德笑着向大家介绍他们俩："我给大家介绍一下我们新公司舒棉内衣的主要负责人员,这位是夏栀夏经理,虽然很年轻,但是做电商的时间却不短,舒棉是她起家的,到现在这个规模,跟她的每一分努力都分不开,能让舒棉成为我们的子品牌,也是我们的荣幸。"这时一阵掌声响起,夏栀站起身,向大家点点头。

何望德又指了指丁皓哲。"这是丁皓哲,主管网站设计还有业务销售,也是个人才,他们两个人啊,都是青年才俊呀,潜力无限。"

丁皓哲站起身,鞠了个躬。"我们都比较年轻,而且刚来公司,所以有很多不懂的地方还要向各位老前辈请教,有些不足之处请各位前辈们不吝赐教。"

这时,一个三十多岁,穿着土黄色衬衫的平头男人发话了。"我觉得舒棉这个名字不大好,舒棉舒棉,刚看到这两个字我咋感觉这么眼熟啊,然后想起给老婆买的卫生巾上看过这两个字。"

大家一阵哄笑,年纪大的人也忍俊不禁,丁皓哲傻了,夏栀也犯傻了,何望德发话了:"这个名字有什么不好,这商标都已注册好了,之前夏栀注册的,况且成立这个公司的时候已在工商部门作了登记,名字改不了了。"

老总一发话,底下顿时鸦雀无声,不过还有一部分抿着嘴巴笑,看来有一部分人从心底里都看不起这个公司,只是一个破网店,怎么能进入他们的公司呢。

夏栀觉得自己必须得说话了,她打开了iPad,进入自己的网店,投影于大屏之上。"是这样的,当初创立这个品牌的时候,我也想过,因为我们这个是内衣品牌,贴身的衣物最讲究的是什么,第一个便是舒适,其次才是美观,品位,或者其他,我们的内衣接触皮肤的部分尽可能采用百分之百的纯棉成分,为什么说尽可能,比如说内裤是需要弹性的,除了裆部,会添加部分的氨纶或莱卡等弹性材料,不过,我们会保证我们棉质的成分,达到百分之九十七,达到AB类标准。这之前,我们跟生产厂方是签过合同的,加入公司之后,我们会有专门的检测机构来检测,而且定期由工商部门检测,包括甲醛等成分,不合格的产品我们会退货并停止合作。我们会把合格的检测证书放于网站上,这使客人更放心于他们的选择。现在大家最注重的是什么,是健康吧。还有为了满足各个客户对内衣质地柔软度的要求,除了天然棉之外,还有竹纤维与莫代尔的,供用户自由选择。当然,现在舒棉是果莱的下属公司了,所以对产品的要求也比以前高了,除了舒适之外,品位与美观是并列的,设计方面,会有专门的设计师跟我沟通之后,向供货厂方提供整改意见,而成熟并有实力的供货方会成为专供厂方,没有能力的只能逐步淘汰出去。"

她停顿了一下,然后手挪动着iPad。"各位请看,这是我们的网店,你们看看我们的用户评价,除了因为一些尺码上的差异,当然,尺码不合我们都是包退包换的,所以这并不影响他们对我们产品的满意度,而且对我们的质量与款式都是非常认同的,好评率达到百分之九十九,做到这点,并不容易吧,目前在申请天猫认证中。当然,我们的目标不仅仅是淘宝,还有京东、当当、亚马逊等,但前期的精力暂时放在已成熟并拥有的客户上,人员配备成熟了,我们还会跟美团、大众点评等APP合作,这是我们的合作策略,到时候,我们还需要技术部、营销部的支持与配合,我们最大的希望便是把这个品牌,乃至整个果莱品牌都做大做好。"

丁皓哲没想到平时不大吱声的夏栀还讲得挺好的,而且还有理有据,他不禁第一个鼓掌。他的带头鼓掌引来了热烈的掌声,连何望德现在都非常欣赏这个女孩,打合约金的时候,他还有点犹豫,不知道这三百万会不会打了水漂,而现在他觉得自己当时的决定真没有错。

"夏经理,真是女中豪杰呀。"

"嗯,后起之秀呀,前途不可估量,比我们这些老家伙好多了。"

"对,信息敏锐,看来,只有紧跟着最新消费模式的新生代才是以后市场的主宰啊。"

这时,大家纷纷说着好话,连那个嫌舒棉名字不好的也没吱声,何望德也笑了。"马上给配备相应的人员,至少把你的办公室先坐满,把你们的员工培训好,以后网店客服,供货合作什么的,交代给他们做就行了,你们啊,主要负责开拓市场,还给你们安排公务用车。"

夏栀与丁皓哲相视一笑,何望德继续说:"不过,我对你们也是有要求的,三个月内,平均的业务量要达到目标。"

丁皓哲说:"这没问题,我们一定会努力的,不负厚望。"

何望德点了点头。

19
丑闻阴谋

餐厅里,丁莫伟正在陪妻子柔柔吃西餐。

丁莫伟动着刀叉,把一块牛排放入口中,看了一眼同样专注地吃着的柔柔,边轻描淡写地说:"你还记得萧静吗?"

爱如夏花

柔柔正在用餐的手停顿了一下,抬头看丁莫伟。"怎么了?"

"他结婚了,你应该知道吧。"

"噢,真的吗?挺好的。"柔柔看上去好像并没多意外,这令丁莫伟有点不爽,看来,她是知道的,她应该有关注他的信息。

"是啊,女方是果莱公司老董的独家女,挺门当户对的,而且听说长得也挺漂亮,身材超级好。"

柔柔"噢"了一声,不再说话,因为她不知道该怎么回答。在丁莫伟面前,她从来不敢提萧静,她知道他特别不喜欢他,但她并不清楚是什么原因,而他今天突然在自己的面前提起,她真的有点心惊胆战的,怕自己说错了什么。

其实丁莫伟对她还算是不错的,但是他大多时候非常阴沉,把自己独自锁在书房里,不许任何人来打扰。有一次,她做了甜品给他补补身子,便端进了虚掩着的书房,叫他先吃了吧要凉了,结果他大吼一声,滚!她吓得差点摔了碗,那次之后,只要他进书房就把门给锁上,她也不敢再去打扰了,甚至夜深了,看他还在那里,都不敢叫他去睡觉。

自己总是傻傻地在床上等着他来,甚至等睡着了。有时候,她真的感觉自己一点儿都不了解这个男人,有时候他看上去对自己很体贴,但是总觉得他的心其实离自己很远,他纵然躺在她的身边,她却感觉到遥远的距离,那种距离感令她怀疑他是不是爱她,而她用尽全力也无法跨越。她不知道这是为什么,这种爱跟她当初对萧静的爱不一样,或者婚姻与恋爱本来就是两个不同的概念吧,她这么安慰着自己。当她感觉到迷惑与失望的时候,丁莫伟却又突然热情起来,那种热情伴着灼热的爱,又令她欣喜地发现,她喜欢的那个丁莫伟,还有爱着她的那个丁莫伟回来了。

而对萧静,她已无任何想法,毕竟,分手已这么多年,而现在,她是丁家的太太,她不能对不起丁莫伟,就算精神出轨也不行。

这会儿,听说萧静已结婚,倒也在心里为他祝福,他娶一个门当户对的富家女倒也是意料之中的事,或者比娶自己好吧。柔柔有点自嘲地想。

"你,都没点想法?"

"我——"柔柔这会儿拉回了思绪,笑了,"我还能有什么想法,祝福他呗,遇上了属于他自己的缘分,并终成眷属。"

柔柔这会儿的反应与说的话倒是令丁莫伟满意多了,这时,他的手机响了起来,拿起一看,是小宁打过来的。"丁总,我有重要的情报要告诉您,关于何亚娴与萧南的,真是太劲爆了,您完全意想不到哈哈!"

丁莫伟看看对面的柔柔,不动声色。"行,等会儿我去找你。"

打完电话,他便加快了用餐的速度。"柔柔,真对不起,今天恐怕不能陪你看电影了,小宁找我有重要的事跟我商量,等会儿我把你先送回家。要不,你自己看,我事情办完了,如果早的话来接你。"

柔柔有点失望,他已好久没陪自己看电影了,一直答应,但总是一直拖,好不容易今天去看了,想不到临时又有事去不了,不过她还是很体谅地说:"你有事就去吧,不用管我,一个人我也不想去看电影,等下去做一下美容好了,你别老是累着自己。"

"也好,吃完了我送你去美容院吧。"

柔柔点了点头。

丁莫伟来到公司,小宁手里拿着一个档案袋,在公司的楼下不停地来回踱步等着他,表情里带着抑制不住的兴奋,看到丁莫伟来了赶紧迎了上去,丁莫伟自顾进去,小宁紧跟在后面,两个人进入公司,并一同进了丁莫伟的办公室。

"丁总,您果然是神人啊,明察秋毫,实在太厉害了,那个萧南跟何亚娴真的有一腿,而且这腿还很有深度啊,真的是太刺激了!"

爱如夏花

他边说边解开手里的档案袋,拿出了一堆资料。"这次雇的人员很给力,跑到何亚娴留学的墨尔本做的调查,还向何亚娴的同学与室友打探了她跟萧南之间的关系,最重要的是,还找出了他们俩的微博,何亚娴的微博关于他们两个人的全删光了,萧南的虽然许久没更新了,但是里面却有些两个人的照片,简直太有料了。"

丁莫伟翻看着手里的资料,除了他们两个人的亲昵照之外,还有萧南的微博复印件,萧南在微博里的名字叫"南在天涯",估计连何亚娴也不知道他有这么一个微博,因为萧南的微博下面,鲜有人在下面互动,更不见有亲昵的互动,只是当丁莫伟看到最后发的那个帖子时,眼神噌地发亮了。

只见上面这么写着:亲爱的,以后,我们便是三个人的世界了,我一定要好好改变自己,努力赚钱,让你们过上幸福的生活。爱你。

看来,何亚娴完全不知道他的微博啊,否则一定会想办法把这些资料给去除掉,而茫茫网络世界,一个没什么粉丝的普通微博湮没于网络之中,谁会去关注呢,可能连萧南都没有放在心上。

"太棒了!这是怎么找到的!"丁莫伟太兴奋了,看来,何亚娴竟然怀了萧南的孩子哈哈,然后弃了萧南,嫁了萧静,哈哈,这么劲爆好玩的事情,竟然发生在萧家,这不是给了我丁莫伟一举击垮萧家的武器吗?

"小宁啊,你这次表现得太棒了,这个月就给你加薪。"

"谢谢,谢谢丁总,这还是丁总您的眼力好,我才能挖出来这么多的东西。"小宁乐呵呵地说。

"这么说,何亚娴怀孕了,或者说,曾经怀孕过,孩子是萧南的,之后又嫁了萧静……对了,我们再看看何亚娴婚礼时的婚纱照,穿的是不是束腰紧身的,看萧南发的那条微博,如果孩子还在的话,何亚娴现在至少有三个月的身孕了,穿着紧身束腰的婚纱,不可能一点都看不出来。"

"对,丁总您说得对极了。"

于是,丁莫伟马上打开电脑,找到那个视频,只见何亚娴穿着洁白的婚纱,小蛮腰却盈盈一握,没任何怀孕与发福的痕迹,全程看上去,也没看出她在婚礼上有肠胃不适或反胃的各种怀孕症状,孕期的第三个月,应该是最不舒服的时候,他看过姐姐怀孕时的各种不适,有的人可能没有这么重的反应,但至少也不会太舒服。

"这个何亚娴也够绝情的,说变就变了,如果我猜得没错的话,她为了撇清与萧南的关系,孩子也不要了。"小宁有点恨恨地说。

丁莫伟呵了一声:"你看萧南之前写的微博,充满着颓废、无望、与伤感,后来跟何亚娴好上了,状况便好多了。但是从那些照片的室内背景可以看出,萧南的生活条件并不好,而且各种杂乱,状态也很不好,根本不是一个公子哥儿应该有的生活品位,这也是他离家出走多年所付出的代价,而何亚娴对他的底细根本毫不知情,便以为他不过是个穷小子罢了,和他根本只是玩玩的,只是不想玩过了火,而萧南却对她动了真情。他恨她这么绝情,为了报复,于是,干脆恢复了萧家大少爷的身份,所以,何亚娴当时才那么震惊。"

"对对,丁总您分析得太准确了。"

"那么,我们就帮助这个可怜的男人一把吧,把这个女人的丑恶嘴脸暴露出来哈哈,他也用不着费什么心机了,说不定还对我们感激不尽呢哈哈,小宁你赶紧去联系狗仔记者,还有订阅量好的所有本地媒体公众号,还有一些八卦大V,把萧家的丑闻直接炒红哈哈,有这些资料,想不红都难哈哈哈,萧家兄弟,还有萧家媳妇马上就要成为网络红人了哈哈,萧氏集团,看它还怎么上市!"

小宁"嗯嗯"点头,拿着这些资料走人,丁莫伟的嘴角露出了胜利的笑,心想:萧静,你真是捡到宝了,现在,看你能横到几时!

爱如夏花

萧静走入公司大楼,总觉得气氛有点不对,虽然员工们也在跟他打招呼,但是总觉得有点古怪,又说不出来哪里不对劲,想想估计是自己多心了吧。

他来到自己的办公室,先给自己泡了一杯茶,自从米娜调到别的办公室后,泡茶这事,都得自己来,男助理不是把茶叶放多了,就是放少了,这点,他有点怀念米娜的好。

男助理从外头进来,来到萧静的面前,看着萧静,欲言又止,萧静觉得有点奇怪,很少见他这副模样。"怎么了郑东,有什么事么?"

郑东还没回答,萧静的手机响了起来,却是一个死党打过来的。"阿静啊,你是不是得罪什么人了啊,到处都在黑你啊。"

"黑我什么啊,莫名其妙。"

"唉大哥这事电话里说不清楚,你开微信,我把网上的那些链接与刷屏的截图发你看。"

萧静挂掉手机,这时微信提示响起,死党发过来的链接光看标题都差点把萧静给气崩了:萧家私乱大揭秘如大片,儿媳妇弃胎甩男友嫁于萧家二公子,不想前男友竟是离家多年的萧家大公子!他点开里面的链接,还有各种照片,包括萧南与何亚娴在墨尔本时亲昵的照片,还有自己婚礼时的照片。

他岔了一口气,差点晕了过去,郑东小心翼翼地说:"萧总,您没事吧?"

"律——律师——给我叫律师,马上起诉这些造谣的!"

"萧总,起诉不过来……好多个媒体号都在转,包括微博的,转发人次都好几千了……"

萧静深吸了一口气,努力让自己保持理智。"马上联合律师、相关技术部门,还有报告公安网络信息部门,必须给我查出来谁是始作俑者!"

"好的,萧总。"

于是,丁莫伟马上打开电脑,找到那个视频,只见何亚娴穿着洁白的婚纱,小蛮腰却盈盈一握,没任何怀孕与发福的痕迹,全程看上去,也没看出她在婚礼上有肠胃不适或反胃的各种怀孕症状,孕期的第三个月,应该是最不舒服的时候,他看过姐姐怀孕时的各种不适,有的人可能没有这么重的反应,但至少也不会太舒服。

"这个何亚娴也够绝情的,说变就变了,如果我猜得没错的话,她为了撇清与萧南的关系,孩子也不要了。"小宁有点恨恨地说。

丁莫伟呵了一声:"你看萧南之前写的微博,充满着颓废、无望,与伤感,后来跟何亚娴好上了,状况便好多了。但是从那些照片的室内背景可以看出,萧南的生活条件并不好,而且各种杂乱,状态也很不好,根本不是一个公子哥儿应该有的生活品位,这也是他离家出走多年所付出的代价,而何亚娴对他的底细根本毫不知情,便以为他不过是个穷小子罢了,和他根本只是玩玩的,只是不想玩过了火,而萧南却对她动了真情。他恨她这么绝情,为了报复,于是,干脆恢复了萧家大少爷的身份,所以,何亚娴当时才那么震惊。"

"对对,丁总您分析得太准确了。"

"那么,我们就帮助这个可怜的男人一把吧,把这个女人的丑恶嘴脸暴露出来哈哈,他也用不着费什么心机了,说不定还对我们感激不尽呢哈哈,小宁你赶紧去联系狗仔记者,还有订阅量好的所有本地媒体公众号,还有一些八卦大V,把萧家的丑闻直接炒红哈哈,有这些资料,想不红都难哈哈哈,萧家兄弟,还有萧家媳妇马上就要成为网络红人了哈哈,萧氏集团,看它还怎么上市!"

小宁"嗯嗯"点头,拿着这些资料走人,丁莫伟的嘴角露出了胜利的笑,心想:萧静,你真是捡到宝了,现在,看你能横到几时!

爱如夏花

萧静走入公司大楼,总觉得气氛有点不对,虽然员工们也在跟他打招呼,但是总觉得有点古怪,又说不出来哪里不对劲,想想估计是自己多心了吧。

他来到自己的办公室,先给自己泡了一杯茶,自从米娜调到别的办公室后,泡茶这事,都得自己来,男助理不是把茶叶放多了,就是放少了,这点,他有点怀念米娜的好。

男助理从外头进来,来到萧静的面前,看着萧静,欲言又止,萧静觉得有点奇怪,很少见他这副模样。"怎么了郑东,有什么事么?"

郑东还没回答,萧静的手机响了起来,却是一个死党打过来的。"阿静啊,你是不是得罪什么人了啊,到处都在黑你啊。"

"黑我什么啊,莫名其妙。"

"唉大哥这事电话里说不清楚,你开微信,我把网上的那些链接与刷屏的截图发你看。"

萧静挂掉手机,这时微信提示响起,死党发过来的链接光看标题都差点把萧静给气崩了:萧家私乱大揭秘如大片,儿媳妇弃胎甩男友嫁于萧家二公子,不想前男友竟是离家多年的萧家大公子!他点开里面的链接,还有各种照片,包括萧南与何亚娴在墨尔本时亲昵的照片,还有自己婚礼时的照片。

他岔了一口气,差点晕了过去,郑东小心翼翼地说:"萧总,您没事吧?"

"律——律师——给我叫律师,马上起诉这些造谣的!"

"萧总,起诉不过来……好多个媒体号都在转,包括微博的,转发人次都好几千了……"

萧静深吸了一口气,努力让自己保持理智。"马上联合律师、相关技术部门,还有报గ公安网络信息部门,必须给我查出来谁是始作俑者!"

"好的,萧总。"

郑东便出了办公室，冲动过后，萧静一个人开始冷静下来，仔细想了想，再次点开那些图片与内容，还看了看下面的评论，确实，何亚娴与萧南在一起的照片真的是笑得很开心，却不知道是不是PS的，倒是没有明显的PS痕迹。想起萧南之前对他所说的话，想起米娜之前对他的警告，再想到何亚娴总是遮遮掩掩对自己有所隐瞒，他还真是谁都没信。何亚娴说萧南是恶棍，萧南说何亚娴是见异思迁、心狠手辣的女人，他手头也并没有证据来证明谁说的是实情，谁在撒谎。

现在，联合这些"造谣帖"，似乎一下子都想通了：原来萧南说的都是真的，而且他还帮何亚娴刻意隐瞒了她的"恶行"。何亚娴啊何亚娴，你竟然会做这样的事，怪不得之后又没跟我共度新婚夜，还特意避开了我，到娘家去住。

萧静拿起何亚娴送的杯子，狠狠地摔在地上，现在，她的一切都令他感到反胃与愤怒，原来自己才是最傻的人。萧静在心中说道：何亚娴啊何亚娴，你耍了我兄弟，然后又来欺骗我，你这女人太可恶了！天下没有不透风的墙，现在让小人钻了空子，还用丑闻趁机扳倒我萧氏集团，门都没有，如果上面的东西是造谣，那么必须要造谣者承担后果，如果是真的，那么出卖别人的隐私来炒作，也可以起诉，不管这背后的小人是谁，我都会把你们给揪出来！

这时郑东跑了过来："萧总不好了，老爷子不知道怎么回事，也知道了，晕过去了，刚叫了救护车。"

萧静心想坏了，他有刷微博的习惯了，二话没说赶紧跑了出去。

萧南慢腾腾地来公司上班，反正对于他来说，来跟不来没什么区别，萧静也只给他做一些非常轻松的事情。

他一到公司门口，就被焦灼不安地等着他来的米娜给拦截了，萧南看着米娜那副怪表情,感觉很好笑。"姑娘,你不会想我了吧。"

米娜焦虑地叹了口气:"出事了,萧南,这事连你老爸都知道了,气得晕过去了,送医院了。"

"什么事啊,竟然会把这么皮糙肉厚的老头子给气晕过去?"说实在的,萧南对父亲一直抱有成见,没办法有好感,现在虽然回来了,但是他基本不对父亲说话,顶多打一声招呼,若不是他当初的相逼,还有奶奶的事情,小爱与奶奶可能都不会那么早死。

米娜看了看周围,只见一些同事聚在一起正看着他们,看到米娜转过来,便装作若无其事的样子。

"你不先去看老爷子吗?"

"先告诉我什么事啊,老爷子不是在医院吗?有医生照顾着,我又不是医生。"

米娜叹了一口气,拿自己的手机点开信息给他看,萧南看着,脸都白了。"这是怎么回事,萧静呢?"

"也去医院了。"

他便跑了出去,往医院赶,到了急救室门口,看到萧太太在哭哭啼啼的,在哭着这是前世作的什么孽啊,怎么会让我的两个儿子碰到这样的女人,都是我太草率了等等,而萧静坐在一旁沉默不语。

萧南看了看他们:"妈,阿静,爸没事吧?"

"不知道呢,你奶奶走了后,他心脏一直不怎么好,现在……唉,这难道是因果报应?"萧太太又抹眼泪了。

萧南看着一直默然不语的萧静,有点艰难地说:"阿静,对不起。那些照片,可能是从我的微博上找的,我也没想到,平时根本就没人看的,结果成了被别人利用的工具,我刚才在路上全部删除了,唉,但是都已经这样了。"

萧静不语,良久才说:"这不怪你,有人一心想搞垮我们,总是会想出办法的。这事,之前你也提醒过我,是我没相信你……"

萧太太也说:"是啊,这事不怪阿南,阿南也是受害者,想不到这个女人这么势利这么狠毒,害死了我的亲孙子,呜……"

说着又哭了,这时何亚娴也跑过来,活脱脱一个做错了事的小媳妇。"妈,萧静,哥。"

萧太太骂道:"你还有脸叫我妈,滚远点,别在这里出现,把老萧气得半死!是不是还想气死我!"萧太太差点背过气去。

何亚娴看着萧静,一副可怜巴巴的样子。"萧静……"

萧静没正眼看她。"你还是先回去,我怕爸一醒来看到你会直接气死。我们之间的事情,以后再解决。"

"我……"

这时,医生出来了,拿掉口罩:"病人已脱离危险,不过心脏不好,以后一定要保持情绪稳定,不能再让他受气了,如果这次不是抢救得及时,情况真的很危险。"

"谢谢医生,辛苦了。"几个人忙不迭地道谢。

萧静看着呆呆的何亚娴:"还待在这里干什么,走吧,是不是我爸没死很不甘心?"

"萧静……"

此时,她无法再说什么,只能默默地走开。当初,她只想到自己嫁给萧家后的美好未来,根本无法预料到自己会落到如此的下场,成为众矢之的,成为一个极不要脸的女人,现在她还有什么脸留在萧家。

她失魂落魄地从医院里走出来,她感觉到这背后一定有一双黑手,在操纵着一切,故意置她何亚娴于死地。她心想:到底是谁这么用心险恶,把我逼到这个地步,我何亚娴跟他何怨何仇啊,现在,大家都知道了,知道我

爱如夏花

是这么一个不要脸的女人,萧静会原谅我吗?就算他原谅我,他父母也不会啊,现在只指望着我在他们的面前消失得干干净净。

萧静刚才说我们的事情以后再解决,这是什么意思,要怎么解决?

何亚娴想起萧静那寒如冰霜的目光,想想都不寒而栗,她预感到她已不可能体体面面地做萧家的媳妇,简直是痴心妄想!一切都完了。

何亚娴无比沮丧与绝望,心想:到底是谁会这么做!竟然把我与萧南之间的秘密知道得这么清楚,并调查得这么仔细,我何亚娴到底招了谁惹了谁啊,会让那个人这么对我?难道是萧南?萧南不想看到我幸福,所以,才会使出这么一招?但是,如果他想说早就说了,在当时婚礼上就可以说,那么,婚都会结不成!为何等到现在弄这么一出?而且之后他也完全可以直接向萧家的人说出真相!

她在脑海里一个一个地想,但是又一个一个地否定,也想到过米娜,想到在墨尔本跟她关系恶劣的同学,但还是摇了摇头,她们并不至于会恨她到这个程度,最后脑海里跳出来一个名字,那便是:夏栀。

这下,仿佛一切都得到了解释,她恶狠狠地在心里叫道:夏栀,如果这一切真是你搞的鬼,我一定不会放过你的!

何亚娴沮丧地回到家,坐在沙发上一动不动,似乎七魂六魄皆失,何太太看到何亚娴状态这么不对劲,关切地问:"怎么了,小娴,是不是哪里不舒服?"

她并不知道这件事情,而且,作为继女,知道了又如何,是自己的女儿还能骂骂,但作为后妈,骂也骂不得,更别说打,否则就说你是虐待继女,是狠毒的后妈。自古以来,仿佛后妈都是很狠毒的,至少被写童话的作家给写毒了。

这时候,家里的电话响起,何太太接了起来,是何望德,只听他怒气冲冲地说:"何亚娴在不在家?"

何太太应了声在呀,然后那边就直接挂掉了电话,何太太都没有明白怎么回事,听口气好像很生气的样子,这父女俩今天好像都有点奇怪啊。没一会儿,何望德便回来了,他回到家对着何亚娴压抑着声音问:"外面闹得沸沸扬扬的事是不是真的?"何亚娴站起身,低着头像一个做错了事情的孩子,这令何望德满身的气血全往脑门冲。

"啪"的一声脆响,甩手给了何亚娴一个耳光,何亚娴被甩到了沙发上捂着脸蛋呜呜地哭。

何太太吓傻了,赶紧拦住了何望德。"老何,你这是干什么啊,她是你女儿啊,有什么话不能好好讲啊,非要动手打。"

何望德吼道:"我没有这样的女儿!快气死我了,何家的脸全让她给丢光了!"

何太太看看何亚娴,又看看自己的爱人:"到底发生了什么事?"

"你问她!干出这么伤风败俗的事!"何望德指着自己的女儿,手都在颤抖。

何亚娴所有的委屈都爆发了,心想:别人那样待我也罢了,自己唯一的亲人也这么对我。"我只想追求自己的幸福,追求自己想要的婚姻,有错吗?为什么这种事情你们男人可以为所欲为,什么都可以,女人就不可以!"

何亚娴捂着被打肿的脸,拿了茶几上的手机就冲了出去,何太太在后面叫道:"喂,亚娴,你去哪里啊,你的包都没有带出去啊!"

眼看着她跑远了,何太太叹了一口气:"老何啊,从来没见过你打女儿,再说她都这么大了,自己知道分寸,她现在身无分文地跑出去,万一出事怎么办?"

何太太边说着边拿自己的手机打电话。"喂,小钟,是你刚才送何董回来的吧,赶紧注意一下,有没有看到小娴,看到的话一定要跟在后面盯着啊。"

何望德刚才在气头上发了这么大的火,这时也有点后悔了,毕竟何亚娴是自己唯一的亲骨肉,她一个女孩子家,就这么跑出去了,万一出事了怎么办,现在女孩子遭遇不测的事这么多,如果有个三长两短,他怎么活。但是,一想刚才的事,他火又上来了,现在倒成了他果莱公司特意把萧氏集团搞臭一样,很多人跑到果莱公司官方微博上骂,甚至电商的生意也受到了影响,电商部反映,今天有上千条旺旺信息都是来好奇地问这件私事的,或跑来骂人的,而不是来买东西的。这件事,客服反映过来,令夏栀与丁皓哲都感到好无语,没办法回答,他们也只能报告李助理,而李助理,也只能如实禀报何望德,因为除了网络销售这一块外,他们还有很多的宣传与销售渠道,实体销售部也没好多少,围着一堆来指指点点的人,不可能瞒着何望德。

何望德一开始还不相信,这写的是谁啊,看到上面的照片就蒙了,再看内容,气得大叫,肯定是谁造谣,要追究责任!便打电话给萧明清,因为这事闹得无人不知了,萧家不可能不知道,希望他们能明辨是非,不会听信谣言,却不想萧明清已气晕送医院了,这时他开始怀疑谣言的真实性了。

气呼呼地回家质问何亚娴,想不到何亚娴竟然毫不否认!他差点跟萧明清一样,气得进医院!

而这会儿打了女儿一巴掌,她又身无分文地跑出去,万一出事怎么办,心里已经在后悔,甚至开始担心女儿。何望德现在冷静下来想想:就算这事是真的,这到底是谁暴露隐私,来挑拨我与萧家的关系啊。我何望德一定不会放过他的!

20
投奔情敌

这一整天,夏栀与丁皓哲都不敢开旺旺了,因为一打开立马就会被那些好奇心很强的网友们信息轰炸,一些老客户也加入了八卦的行列,夏栀真的很头痛,本来得知萧静就这样被骗婚了以后,心情就不好,她以为他能幸福,却不知道陷入了一个圈套,可是这一切是他自愿选择的,甚至为了何亚娴,他果断跟自己作了了断,所以即便这样,她又能如何。

自己选的路,含着泪也要走完。

丁皓哲看着她,叹了口气:"别憋着一张苦瓜脸,他们之间闹成这样,一定会离婚的,你想想,萧明清,那么爱面子的人,连老母亲嫁人都不行,况且大儿子被这个女人甩了,而二儿子又娶了她,萧家怎么可能容得下她?肯定会把她扫地出门,你高兴才对啊,这表示,你又有机会了。"

夏栀心里明白,纵然萧静与何亚娴离了婚,跟自己又有何关。"就算离了婚,也没我的事,我跟萧静不可能再续前缘,所以我既不高兴也不难过,只是觉得有点心疼。"

听着这话丁皓哲也有点心疼了。这段时间的天天相守，他不知不觉地对她产生了点奇妙的情愫，这种情愫连自己都说不清道不明，若隐若现，似有似无，说来就来了，却又不敢有丝毫的表露，因为夏栀还是喜欢着萧静，根本就容不下他。

"你呀，算了，今天我们放一天假吧，我看也没什么生意了，这么一搅，什么都黄了，对了，萧氏集团不是将要上市了吗？就算正常上市，他们的股价肯定就难涨了。突然出现这件事，我看八成是竞争对手所为，仇家啊。"

夏栀想了想，也觉得有道理，有时候，丁皓哲确实比自己的脑子要活。

"竞争对手这么可怕，那萧氏集团不是要遭殃了？"夏栀非常担忧。

"唉，你跟萧家一毛钱关系都没有，你操哪门子心啊，你还是操心自己吧，我们现在业绩可能会出现大滑坡，头个月就出现这种状况，我们怎么面对何望德，他对我们的能力会怎么想，估计这个月的奖金都没有了，而且头三个月的业绩承诺估计都难以达到。"

"可是这种意外我们也没有想到啊，而且是全公司都会受到影响，不仅仅是我们这个部门，这种事情又不是我们所能左右的。"

"唉，等风声过了之后吧，现在的网民啊都是一阵热的，像发烧一下，喂一勺美林就退烧，把这事给忘干净了，该咋的还是咋的。"

夏栀当然是希望如此，她可不想她干劲十足地加入果莱公司，好不容易申请上了天猫，并申请了相当有名气的活动，跟其他电商也都在合作洽谈中，然后就遭遇了滑铁卢事件，她觉得只有自己做好，才能对得起何望德对他们的信任，否则像她那个小店确实也没有资格去申请天猫与大的活动，从长远发展来说，她的选择是正确的，凭她的一己之力，赚钱是没问题，但想做大，还是很有难度。

这段时间，夏栀一有空便拖着丁皓哲去看房子，之所以拖着他，是想多一个人出主意。终于搞定了房子，一百五十来万的小户型，这个小区是夏栀以前梦寐以求的,每次经过那里,看到郁郁葱葱的树林,春天时开满了郁金香,初夏里爬满了红蔷薇的围墙,盛夏时开着洁白的栀子花,她都要停下来,贪婪地看一眼,深深地呼吸着幽甜的花香,心想着,我几时才能买得起这样的楼盘,住得起这里的房子,春夏秋冬,都繁花似锦,绿荫如缎,这辈子还有机会吗？对那时的她来说,是那样的可望而不可即,而现在,她终于实现了自己的梦想。

虽然房子不大,两室一厅,并且是已装修好的,没有完全按自己的设想所构造,但是她已经满足了。她其实挺害怕空旷的感觉,因为只有自己一个人,也不喜欢装修房子时各种烦琐的事,她也没有这个精力,不如买个现成的,然后摆些自己喜欢的东西。布置完后,端着一杯茶,推开窗,看看满眼的绿意与繁花,一切岁月静好的模样,她心里便充盈着满满的欢喜。

虽然一个人的世界难免有点缺憾,但是既然爱的人不能一起,还不如独自生活,这种缺憾也可以说是一种可贵的自由。

而且,自从加入果莱后,她终于有属于自己的时间了,而不是24小时随时准备着工作,暗无天日。现在网店会有值班的客服,用不着她来亲自上阵,开网店这么多年,真的失去了很多东西,包括朋友。因为别人约她的时候她总是忙忙忙,怕错过生意,那时候,她是那么在意自己能赚多少钱啊,哪怕多赚几块钱也好,为了那几块钱,哪怕跟朋友们都渐渐疏远,因为她知道,她得养好这个店,否则连房租都付不起。面对生存的窘迫,她别无选择。

而有些东西,真的是一旦失去了,便回不来了。夏栀叹了一口气。

为舒棉,她真的是付出了太多了,幸好,它现在扎好根,在茁壮成长。

夏栀莫名其妙就想了这么多,她看了看时间,然后查阅了一下电脑里的订单。"今天真是惨淡的一天啊,行了下班了,希望那些人明天就退烧。"

丁皓哲也叹了口气,两个人便一同出去。自从丁皓哲买了车后,两个

爱如夏花

人都是一同下班，丁皓哲把夏栀给捎回去，夏栀说："等我考上了驾照，就自己买车子开。"

"就你那德性，我看一年半载都难考上，现在难考得很。"

"切，对我这么没信心。"

到了车子旁边，夏栀突然想到了什么。"今天比平时要早，我还是去旁边逛逛买点东西。"

"行，那你去吧，我就不陪你了，天天看着你，人都看腻烦了。"

"切，你以为我不腻你啊，滚好不送。"

夏栀跟丁皓哲扬了扬手，便走人行道，走着走着，总感觉背后有什么人跟着，回头一看，又没看到谁盯着她，或者是幻觉吧，她想，难道是有点钱后，神经都开始过敏了，特别爱命，总是怕谁会惦记着自己的钱。夏栀自嘲地想。

逛了一会儿，她总觉得应该吃点东西再购物，因为肚子已经在抗议了，于是便在一家牛排馆点了份牛排，边玩着手机边等着上菜。

这时，一个戴着鸭舌帽与墨镜的女人坐在了她的对面，她正想说，您是不是坐错位置了，却发现，这人不就是何亚娴吗？

只见何亚娴摘掉眼镜，眼睛里满是怒火，夏栀都感觉到一股灼热的气流扑面而来，她愕然："何亚娴，刚才是你一直跟踪着我？"

"是又怎么样？"

夏栀有点不明白，她怎么跟踪我，还找我？"你……需要我帮忙吗？"

本来她想说你找我干什么，但是想想她现在的处境，估计被萧家赶出门后，连娘家都回不了，倒也是蛮凄凉的，跟自己以前的处境有点相似。

"你个——贱人！"何亚娴压抑着声音，却压抑不了内心的愤怒，"这一切是不是你搞的鬼！是不是因为我抢走了萧静，你怀恨在心，不仅骗取了我爸的信任，打入我们果莱公司，这样都还不甘心，又搞诡计，让萧家把我赶走！是不是？"

最后三个字，何亚娴几乎是吼着说的，旁边有人看了过来，夏栀叹了口气，低声地说："你还没吃饭吧，我给你点份牛排。"

"我不稀罕你的牛排！我要你承认你的卑劣作为！我这就把萧静叫过来，我们当面对质。"

夏栀看看周围，似乎好奇的人们都拿着手机蠢蠢欲动了，估计很快她们吵架的视频就要流传于各个微信群里了。"你要问清楚是吧？服务员，有包厢吧，我们换位置。"

"不行，我就要在这里，当着这么多人的面，让大家知道，你这个贱人是怎么拆散我的家庭，又拆散我与娘家人的关系！"

说着，她便打电话给了萧静："萧静，你马上来太子牛排馆，我抓住了败我名声的贱人。"

这下，夏栀真的是无言以对了，何亚娴真的是疯了，疯了的人不对证就可以孤注一掷，她以为这是一根唯一可以拯救自己的稻草，却不知道，如果错了会加速灭亡，永远不再有翻身的机会。

于是夏栀不再言语，坐下来，一心解决刚上来的牛排，等萧静来。

现在，她说再多也无济于事，何亚娴不会相信自己的，与其这样，她先把自己喂饱再说，等下吵架也有力气。今天，注定不会是个平和的日子，其实早上就有预兆，但是令她预料不到的是，何亚娴竟然会把这事跟她联想在一起，并以为自己是幕后黑手。夏栀心想：我何时能有这等能耐啊，有的话早就自己办公司了，还替你老爸打工啊，何亚娴啊何亚娴，你真是被愤怒冲昏了头脑，太高估我夏栀了。说实在的，这样的事情，我夏栀还不屑去做！

于是夏栀边吃一口牛排，边瞄一眼何亚娴，其实何亚娴一直没吃饭，出来的时候，没带钱包，就拿了手机，去商场刷支付宝钱包买了帽子与墨镜乔装了一下，她现在是"名人"了，不想被围观，只能选择乔装打扮低调出行。

爱如夏花

因为她也不知道夏栀住在哪里,只能选择躲在公司周边候着,她只想要她好看:今天你让我倒尽霉,我也要扒开你美丽的画皮,看看里面有多么丑!

何亚娴这会儿实在太饿了,不小心喉咙里发出咕噜的吞咽声,夏栀也听到了。而旁边有些人似乎有心看热闹,一直坐在那里,吃完了还再点上一点小玩意,有意无意地望向这里,并窃窃私语,估计何亚娴是被人认出来了,何亚娴自己也意识到了,赶紧又戴上墨镜。夏栀心里想,看来,不成名都不行了,躲是躲不过去的,与其这样,还是坦然地接受吧。

夏栀吃完牛排,看萧静还没来,又点了鸡米花与薯条来吃,看着何亚娴说:"要不你也来点,咱吃饱了一起吵架,吵也吵得公平点,免得你输了说我欺负你。"

何亚娴"哼"了一声,没有理她,这时她突然站了起来。"阿静,在这里啊,你终于来了……"突然便梨花带雨般地哭了,这一哭,别说萧静,连夏栀也有点愣了,这演的又是哪一出啊,刚刚还气势汹汹的,马上就改变风格了?没有预报便风云变幻啊。

萧静看到夏栀,愣了一下,他估计也没想到夏栀竟然会在这里,何亚娴所说的败她名声的贱人便是她?他看着夏栀,她似乎比以前精神面貌还好一些,干净清爽,长胖了点,而且比以前懂得打扮自己了。

萧静瞄了一下周围,他的出场似乎让观众更嗨了,有意无意地在拍照,他皱了皱眉头,对何亚娴说:"别闹了,我们回去再说。"

"不!我就不回去,你老婆这么被欺负也不帮我,今天不撕下这个贱人的脸皮,我就不走了。"

说着,她又一屁股坐了下来,萧静无可奈何了,有时候,他都怀疑何亚娴是不是有点人格分裂,看上去分明是那么知书达礼的一个人,事实上却那么爱耍小姐脾气。

这时,他便对服务员耳语了几句,于是便换到了包厢,并且他也点了自己的餐。

何亚娴瞪大了眼睛:"你竟然还有心思吃饭?"

他瞟了她一眼:"要不然呢?我不喜欢饿着的感觉。"

何亚娴一屁股坐了下来,又气闷得紧,照她的预想,应该痛扁夏栀一顿,往她脸蛋上扫几个巴掌然后推倒再踩上几脚,让她喊爹哭娘地求饶,再让她把赔礼道歉的视频发到网上才解恨。而现在,为什么气氛变得这么奇怪,根本不是自己想要的那种感觉啊,把萧静约过来是一起撕人的,现在怎么变成了一起来吃饭的啊,而且还就只有自己一个人在饿着肚子,他们在忙着吃东西!

她看了一眼萧静,又不敢多说,因为这事毕竟是她理亏在先,必须得看萧静的脸色,看他依旧头也不抬专心致志地吃着,仿佛把她们两个都当作了空气。何亚娴心想:凭什么就我一个人饿肚子啊,这会儿她真是饿晕了,于是大叫一声服务员,给我来份七成熟的T骨牛排。

萧静看了她一眼:"你原来也没吃,怪不得说话都有气无力的。"

"我……"

"行了,民以食为天,吃饭时间不要说话,大家都吃饱了再好好说说这是什么情况。"

这期间,他没有正眼看过一次夏栀,夏栀也没有说话,心里只是觉得有点心酸,唉,就算何亚娴做了什么错事,那毕竟都是婚前的事,萧静对她是有感情的,爱一个人,不是什么都可以原谅吗?而不爱的人,做什么都不是。这便是爱情,根本无道理可循,萧静,也是能原谅她的吧。

越想越觉得酸楚,默默地把薯条一根一根地往嘴巴里塞。

还好点了几样这么经吃的小东西,否则,尴尬的三人关系中,她真不知道此刻她应该做什么了。

爱如夏花

这气氛,诡异得只有刀叉碰触盘碗,还有轻声咀嚼的声音,何亚娴看看夏栀,又看看萧静,一口一口狠狠地吃着,她越来越发现,这两个人之间比自己更有默契,仿佛他们才是一对,而自己倒像个无聊的灯泡。

终于,萧静食用完毕,用餐巾纸擦了擦嘴角,然后放了下来,看了一下夏栀,又把视线转向了何亚娴。何亚娴真的是饿晕了,连餐包都不放过,全部吃完,平时她对这种小餐包从来都不屑一顾,沾都不会去沾。

夏栀也已经把面前的鸡米花与薯条全部干掉,她感觉到,一场滑稽的审判真的要开始了。

果不其然,何亚娴再也按捺不住了。"姓夏的,你跟你妈联合起来打入何家的产业,然后再把我从萧家赶出来,让我爸都把我给赶出来,然后你们一家人理所当然地霸占着何家的产业,再把肮脏的手伸向萧家,你这女人真的太卑鄙无耻了,什么贬义词都形容不了你的十分之一,你以为你们能骗得过我?可怜我与我爸,根本就没有想到你们会做出如此肮脏的事情!"

萧静看看何亚娴,又看看夏栀,真没听懂何亚娴的话。什么叫打入何家的产业,又跟她妈?萧静对夏栀已在果莱公司上班的事并不知情,更不知道何亚娴的继母是夏栀的亲妈,所以,听蒙了。

"你们之间?说明白点,没听懂。"

何亚娴只好把夏栀跟继母的关系,还有夏栀被父亲的公司重用成了公司一员的事告诉了萧静,萧静有点震惊,想不到这段时间夏栀身上竟然会发生这么多的事。突然想起了那天他们在吃烤串的时候,夏栀突然冲出来护着何木,他后来知道何木只是何亚娴继母的儿子,跟何亚娴并没有血缘关系。现在想来,原来,何木是夏栀的亲弟弟啊,她认出了自己的弟弟,所以举止才那么反常。只是,据他所知,何望德是一个泾渭非常分明的人,如果没有好处,对他公司没有利益,他绝不会把夏栀的网店收购过来,并把她聘用。因为,他跟自己的父亲萧明清太像了,就如他们之间的联姻,如果彼此没有好处,他们也不可能会撮合自己与何亚娴的婚事。所以,这令萧静对夏栀的能力刮目相看。但是,她会如何亚娴说的那样吗?

只见夏栀冷冷地说:"何亚娴,你错了,最重要的错误在于你把你的时间都花在嫉妒上面,而不是用脑子,我不知道你为什么会嫉妒我这么一个什么都没有的人,就因为我跟萧静吃过一次烤串?好吧,我不狡辩,我只说理由。第一,你别把我跟你的继母说得这么亲密,因为迄今为止,我们一次都没有聊过,因为我压根就不想见她。所以,联合起来把你怎么样,是一件非常荒唐的事,这只是你的嫉妒在作祟,因为你嫉妒我是她的亲生女儿,而你不是;第二,何总之所以收购我的网店并聘用我,是很多股东及管理人员共同商议的决定,因为他们觉得我的加入,会使公司的业务拓展能力变得更广更深远,而不是他的个人决定,他只是提议,并没有决定权;第三,我根本就不知道你的那些破事,包括你跟萧南的,我更没有去过什么什么尔本,除了中国之外,我任何国家都没有去过,长这么大连个签证都没有,更不可能知道你的什么什么尔——"

萧静接口说:"是墨尔本。"

"噢,是墨尔本发生的事,我不是神通广大的人,没什么交际圈,更没有在外国的朋友,怎么会知道那些事啊,而且知道得这么详细,连照片都有,这是专业侦探干的吧?我可没钱请,你爸给我的收购款,我分了三分之一给我的搭档丁皓哲,然后在紫海花苑里买了套小户型,你们也知道那里的房价,其他的全部给了我爸,装修他家的破房子,现在只等着发工资用了,哪有这闲钱与闲心,忙都忙死了。之前网店忙,24小时不停转,进你爸的公司后是轻松了不少,但是也闲不下来,一有空就去看房子,才把房子买下来,然后花了不少工夫装扮,哪有空闲管你们的破事啊,我一个国门都没出过的人,怎么可能把你们的事调查得这么仔细,而且能联合这么多的媒体炒热,我真没这能力,放点脑子进去吧。"

爱如夏花

何亚娴一时哑口无言,觉得也是,像她这种什么都不懂的穷人家的孩子,怎么会调查到墨尔本的事,但还是不甘心。"别狡辩了!没人信你的鬼话!除了你之外,那还会有谁啊。"

夏栀看了看萧静,想起了丁皓哲之前说过的话。"你们公司不是将要上市吗?我觉得最大的可能性是你的商业对手,才会在这非常敏感的时期兴风作浪,意欲使上市不那么顺利,或者说股价上不去。"

这点,萧静也有想过,但是目前还没有查出来,他也不好下定论,他也不会相信这事跟夏栀有关,因为夏栀确实如她说的没有那么神通广大,想让诸多的媒体在同一时间把这件事炒火,有这个能力的人,就会有一定的势力跟各方面都有一定的关系,绝非夏栀这样的泛泛之辈。

"这事绝非那么简单,背后一定有推手,势力并不小,她——"萧静看了一眼夏栀,"没有这个能力。"

何亚娴抱着胳膊嘟着嘴,似乎把自己做的那些丑事全部都忘光了。"不管是谁,我都不会放过他的!"

萧静冷冷地说:"这不是你能力范围内的事,我会调查出来的,若不是你干的那些破事,怎么会让人给抓住把柄,趁机大肆宣扬。"

说完,他便站起了身,何亚娴赶紧抓住了他的衣襟。"带我一起回家吧,我好想回家,我被我爸赶出来了,呜……"

说着,眼泪又掉了出来,但是萧静却丝毫不为所动拿掉了她的手,连夏栀都觉得何亚娴也真可怜,而萧静却这么无动于衷,真怀疑他那颗心的质地,不知道是花岗岩做的,还是金属做的。

"我妈把我那套婚房的钥匙给换了,就是不想你进来,否则她也会气病的,我们之间是不可能有以后了。"

其实,萧静还真感谢背后操作这事的人,让他彻底知道了真相,并且他可以名正言顺地提出离婚,原本他根本就不能提,想都不敢想,怕影响到上市,而现在,他萧家是受害者,是被同情者,跟何亚娴离婚,便是众望所归的事,是顺从民心的事,对他公司反而有好处。

他走出牛排馆的时候,在心里冷笑,不好意思,那些想搞垮我萧氏集团的人,让你们失望了,是你们的阴谋让萧氏集团能更茁壮地成长。

何亚娴就这么被甩了,她坐在那里,这会儿,是真哭了,痛哭流涕伤心欲绝的那种,完全没了梨花带雨的味道,根本是滂沱大雨啊,这雨水浇得她的俏脸该肿的肿了,该红的也红了,夏栀都没法抛下她一个人自顾走掉,她可没萧静那么冷血,叹了口气,在旁边给她递着纸巾。

何亚娴哭够了,脸上的妆也全花了,她可怜巴巴地看着夏栀。"我现在无依无靠,连个住的地方都没有,你不是刚买了房子吗？能不能让我住几天？"

刚刚还对自己恨之入骨气势汹汹的女人竟然对她提了这个要求,夏栀瞪大眼睛,张了张嘴巴:"这个……"

夏栀没有想到自己还真的把何亚娴当只流浪狗一样地从街上拎回了家,她真的没法拒绝一个被所有人抛弃的女子的求助,就算她不是何亚娴,而是别的女人,可能她也拒绝不了。况且怎么说,她也是自己老板何望德的闺女,如果不帮助她,她现在这种状况出了事怎么办,她不能见死不救。

何亚娴进了房子,开始嫌弃了。"虽然布置得挺有格调的,但是真的好小啊,你啊应该买个真皮沙发,布艺的特容易脏又显得没档次,最好是欧式的那种,茶几也太一般了,一看就是几百块钱的淘宝货,没一点特色,哇,这小飘窗不错,不过这垫子也太俗套了,太花了太花了,换一套蕾丝边颜色淡一点的才好看。"

夏栀快要哭了,原来她是想收留一个无家可回的可怜妞,结果请来了一个点评大师,里里外外给她的新房评头论足了一番。反正她爱评就评

爱如夏花

吧,夏栀没放心上,现在愁的是她睡哪,她家里目前只有一张床,因为只有两个房间,一个用来做书房,一个做卧室,除了卧室能睡的便是沙发了。

"你如果不介意的话,就在沙发上将就几晚吧。"

何亚娴像是没听见,继续往房间里走。"这是书房吧,简约了点,不过这电脑桌真不好看,款式老,胡桃色的还特别土气。"然后又继续往卧室里走,"哇,欧式实木的公主床,是我的最爱啦,终于有一件我喜欢的了。"

然后"噌"的一声扑了上去,翻过身来,脸朝天,闭上眼睛,一副很沉醉的样子。"今天发生的事实在太多了,累死我了,我要先睡觉了,你出去把门给我带上吧。"

夏栀不由得张大嘴巴:"我——"

"走吧走吧,这床我要定了,我才不要睡那种沙发呢,我这身子骨哪受得了那种廉价的东西,现在我只想好好睡一觉,把不愉快的事情都忘掉,明天的太阳依然会升起的。"

真是一个乐观的姑娘啊,这会儿夏栀还真没什么好说的,自己的床被人抢了,只能睡沙发了,还能怎么样,跟她理论,并把她赶出去吗?只要她没有觉得这房子是用她老爸的钱买的,然后把自己的房子也霸占了,就谢天谢地了。

这会儿她突然想到了什么,何亚娴赖着自己,除了被萧家的人赶出来之外,肯定跟娘家也闹翻了,看她什么东西都没带,就像是吵架的时候离家出走的,何董一定是挺担心的吧,毕竟,他就这么一个亲生孩子。

于是她带上门,去客厅角落悄悄给何董打了个电话,只听到何望德很不耐烦的一声"喂",夏栀压低声音说:"何董,我是夏栀,你女儿在我这里。"

何望德一时没听明白,他气得真是头发都快全白了,女儿干出这样的事,然后又闹离家出走,公司受到前所未有的影响,这边又怕何亚娴会出什么事,而重要的是,小钟跟着她居然都跟丢了,这会儿,他正冲着小钟大发脾气。"你说什么,什么事赶紧说。"

"是这样的,何亚娴在我这里,她可能暂时住我这,您就放心吧,我会照顾好她的。"

何望德这会儿听明白了,喜出望外。"真的啊夏栀,她状态好吗?"

"还行吧,就是看样子挺累的,不过好像还挺乐观的,说什么明天的太阳依然会升起。"重复这句话的时候,夏栀其实很想笑。

"唉,这孩子,夏栀这次真的太感谢你了。"

"不用客气,我先挂了,免得让她听见。"

"好好好。"

那边的何望德终于吁了口气,对何太太还有小钟、何木说:"唉,何亚娴现在暂住在夏栀家里呢。"

何太太有点不可思议地看着他:"夏栀?小娴不是一直对她挺不友好的吗?"

"我哪里搞得清你们这些女人的事,一会儿恨得咬牙切齿就差一口吞,一会儿又亲爱的又是好闺蜜。"何望德更没有想到何亚娴刚见到夏栀的时候,连杀了她的心都有,现在却突然住在夏栀的家里。

何太太却有点担心了,按理说,继女与女儿关系变好,这是好事,但是转变得太为突然,以一位母亲特有的敏感,感觉不合常理,万一何亚娴又搞出什么幺蛾子伤害到夏栀怎么办?

她把儿子何木悄悄地叫到了一边,希望他以探望姐姐(何亚娴)的名义,去找夏栀,仔细观察一下何亚娴有什么地方不对劲,毕竟何亚娴现在走投无路,他去探望姐姐也是情理之中的事。

何木在脑子里搜索着这个名字,他在老爸的公司里碰见过夏栀,心想着这女孩怎么这么面熟,后来才知道原来是姐姐的情敌,打入内部了,这不是引狼入室吗?但是,何亚娴对这事也无奈,他也懒得管,况且他对夏栀并没有特别的反感,至少她曾出手救过自己。

何木对夏栀是自己亲姐的事一点儿都不知情,感觉有点莫名其妙,老妈到底在关心谁,不讲清楚就不去。

何太太终于把夏栀是自己的亲生女儿并是何木亲姐的事和盘托出,何木这才恍然大悟,想明白了为什么那天夏栀突然冲出来保护自己,看自己的眼神也怪怪的,特别和善,看来那天她就认出自己了,而自己却没有认出她,只怪自己离开的时候太小了,对姐姐的印象淡薄。

只是想不到她跟何亚娴会喜欢上同一个人,世上男人这么多,何苦执着于这一个,何木叹道。

面对两个姐姐,说实在的,他有点心虚。记得小时候,何亚娴对他并不友好,总是看不起他,甚至挖苦取笑于他,并且戒备心强,总觉得他们母子俩是来抢爸爸的,来霸占她家东西的。后来有一次她被一群路边的不良少年欺负,他挺身而出,为此挨了不少的拳头,那次之后他们的关系才慢慢变好。

虽然何亚娴有点自私,脾气有点蛮横,但是那次之后对他还不错,所以他从心里也接受了这个姐姐,或者说何亚娴也接受了这个无血缘关系的弟弟。

而夏栀的情况,何太太只要通过丁皓哲这个"特务"就能知道,所以对于她的新住址,自然是来得毫不费力。

而此时的夏栀躺在沙发上还不能好好睡觉,听着何亚娴在叫着:"夏栀,你的毛巾我怎么用啊,万一你有个什么传染病,我不就遭殃了啊。"夏栀心里暗暗骂道:你才传染病呢,你全家都是!不对,不能捎带上那个女人与何木,好吧,你才各种传染病!

夏栀压着性子给她找了条新毛巾,但是牙刷却没有多余的,于是在桌子上放了一百块,没好气地说:"牙刷没有了,想要自己去下面的超市买,小区向右拐就有个便利店,要么就不刷,你自己看着办。"

"怎么可以不刷牙啊,这多不卫生啊,哼,我买就我买,你买的肯定不好!"

这会儿她也无奈了,便捡起钱很不情愿地往外边走,当她走了出去带上了门,夏栀又有点不放心了,她又没这里的钥匙,万一没回来怎么办?或者走丢了怎么办,自己怎么对何董交代?算了,到时候打电话问一下呗。

她看看时间,算了算何亚娴到了那边,挑好东西再回来,应该会在二十分钟至半个小时之内,如果半个小时没回来,再去找她吧,这么大个人了,总不会把自己走丢了吧。

夏栀自我安慰地想着,拿手机一边浏览着网上的动态,看这件事件发酵得怎么样了,一边在等着何亚娴回来。这时,门铃响了,她差点跳了起来,何亚娴记性不错啊,能找到自己的房子。

"挺快的嘛——"话还没说完,却发现门口站着的并非何亚娴,而是何木,夏栀几乎是脱口而出,"夏——"然后把"木"字活生生地吞了下去。

何木看着自己的姐姐,五味杂陈,一时间也不知道该说什么样的话,是需要认亲,还是直接装作不知道。"您——好,我姐呢?"

最终,他还是吐出这几个字,夏栀愣了一下,随即意会过来,何木口中的"我姐"指的是何亚娴,而非她。呵,也是,他可能根本不知道我是他的亲姐,而且在他的印象中,我不过是个喜欢夺人所爱的坏女人罢了。

夏栀这么想着倒也没那么紧张了。"她去超市买点日用品去了——我不知道她喜欢什么,而且她的品位比我高很多,所以我怕我买了也是白买,就让她自己去了……"

夏栀自言自语般地解释道,她不想让何木觉得自己以一个主人的身份,让客人买这些东西,这也太欠缺人情味了吧。

爱如夏花

何木"噢"了一下,不知道该进去,还是该走。

"要不,你进来坐下吧,她应该很快就会回来了。"

何木点了点头,便进来了,他环视着四周,这房子虽然小,但布置得挺有格调的,也很温馨,能住上这样的小区,看来夏栀比他想象中混得要好,却不知道她是刚刚过上安稳点的幸福日子,然而没经历过人间冷暖的何木怎么能体会呢。

夏栀泡了杯茶给他,放在茶几上,何木一时间也不知道说什么,其实他很想知道,他跟母亲离开了之后,他们俩是怎么过来的,而父亲现在又在哪里,做着什么事。

"你——过得好吗?"

何木还是唐突地冒出了这么一句话,夏栀不知道他这话什么意思,便回了句:"嗯,还不错吧。"

"那——那就好。"

一时间,空气又异常沉默,何木还是忍不住又冒了一句:"爸过得好吗?"

这会儿,夏栀明白了,原来他已经知道了他自己的身世。"还行吧,他另外成家了,在工地做事,肺不怎么好。"

"噢。"其实何木知道,夏栀这里的房子是新买的,她之所以不跟他们住在一起,而是独自买房子,可能是并不喜欢那个家。

"那他们住在哪里?"

"就是原来的房子,我出钱给他们重新装修了一番,也算是仁至义尽了。"夏栀说得轻描淡写,似乎跟父亲的新家有疏离感,这种疏离感能反映出她内心的孤独,可以想象,母亲走了,父亲又另娶他人,身份极为尴尬的夏栀之后的日子是怎么过的。

"你之前一直开网店?"

"嗯,高中毕业后就开始折腾了,文凭太低,打工没人要,幸好,做这个生意不需要文凭。"

何木叹了口气,然后夏栀又问起他的情况,何木如实回答,两个人有一句没一句地聊着,差点把何亚娴给忘了。

21
惊吓一场

而此时的何亚娴,推着一大堆的东西去收银台,结账的时候,才发现自己身上只有一百块钱,远远超出了预算。要不打电话给夏栀让她过来补钱,但是压根没她的号码,问萧静要,又不能让他知道自己住夏栀家呢,问老爸,刚刚吵过架,丢不起这个脸,最最重要的是,她最后发现,手机压根就忘了带出来! 放在枕头边了!

想了想,最终还是忍痛割爱,把一些零食给退了回去,退啊退,一直退到一百块以内,收银员有点不耐烦了,没好气地说:"下次没带够钱就不要拿那么多东西,省得麻烦。"

何亚娴听这话就不高兴了。"就这么屁大点的便利店,嘚瑟个啥,我爸

爱如夏花

都能把这店给买了去。"

收银员今天貌似心情也不好,被何亚娴折腾了一番,现在又听到这种趾高气昂的话,也不示弱。"你怎么不把你爸给带来买买买啊?在这里逞什么能装什么牛啊?"

"你——"何亚娴还是第一次碰到敢跟她顶嘴的服务员,气炸了,今天都什么日子啊,被婆家赶出来,被娘家赶,不得不投奔情敌家,出来买个东西,连个服务员都来凶我,何亚娴真是满肚子的怒气无处撒,这会儿干脆就跟这个服务员杠上了,不发下威还真把我何亚娴当蚂蚁了,谁都想来踩一下。

她把原先放回袋子里的东西往柜子上一扔,然后从旁边搬了条凳子往那一坐。"你经理是谁,把他叫出来,我要投诉!"

这个收银员这回有点无语了,另外一个服务员过来说好话,但何亚娴哪肯就此罢休,她郁闷了一整天了,好不容易找到一个发泄的出口,哪能就此放过啊,至少也要出出心里的恶气才行。

这时,另外的客人嚷嚷了:"我们要结账啊,还结不结啊?我们等着回去的啊。"

大家开始吵起来,这时候,一个戴眼镜的小青年从门口进来,看着这情景,弄清了原因之后,笑着对何亚娴说:"美女,你长得这么漂亮,一看就是有修养的人,何必跟乡下来的打工姑娘怄气呢,你说对不?"

这话说得倒是合何亚娴的胃口,何亚娴瞄了他一眼,对他产生了点好感,但没有吱声,小青年指着袋子外面放的一堆东西继续说:"这姑娘是因为钱没带够是吧,都算上不算上,我来买单。"

收银员看了看何亚娴,真怕她向经理告状让自己丢了工作,低低地说:"刚才是我态度不好,我向您道歉。"

旁边也有人应和着,何亚娴想着自己在超市闹事也确实有失脸面,也对,跟一个打工妹有什么好怄气的,而且现在这个帅哥又给了自己一个台阶下,这收银员又道歉了,如果自己再继续闹的话,倒显得自己小家子气,很没有修养。

"好吧,这次就饶了你,反正也没下次了,至于那些东西就算了,我可不想欠陌生人人情。"说着,她把自己买了单的东西放进袋子里走人。

走回到小区,她就蒙了,每幢房子看起来都一模一样,间隔都一样,甚至连绿化带的植物与花卉都一模一样,紫的、白的、蓝的,各色绣球花开得正艳,栀子花也在盛开着,跟夏梔过来的时候,她只管跟在后面,脑子里装满了兵荒马乱的一天,压根就没有去看周边的情况,更记不得夏梔进的是哪一幢楼,甚至都不知道夏梔住的是哪一套,只记得夏梔按电梯的时候,按的好像是12楼。

这回,何亚娴待在那里完全蒙了,心想:该死,居然忘了把手机给带出来,我现在该怎么回去啊。好不容易赖着脸皮有个投奔的地方,现在居然就迷路了!

正当何亚娴迷茫地看着各幢完全一样的大楼不知所措的时候,身后响起一个温柔的男声:"怎么了姑娘,你也住在这里?"

何亚娴回头一看,正是在便利店给她解围的那个青年,看来跟他还挺有缘分的啊。

"我——投奔朋友家,但是,我却找不到她家了,手机又忘了带出来。"

"这样啊。"青年想了想,"我也住在这里,如果不介意的话,可以到我家坐坐,你朋友可能一时半会儿也找不到你,这样吧,回去我打电话给物业,你把你朋友的名字报过来,我让物业查查在哪幢楼。对了,你朋友是业主,还是租的?"

"她是业主。"

"那就没问题了,只要是业主都能查得到,有登记的。"

何亚娴跟他走了几步,还是有点犹豫。"这样好吗?我怕我朋友出来找我的时候会找不到。"

"放心吧,我一定会帮你找到她的,我跟物业主管熟,那些保安就没准了,不知道能不能查得到。"

何亚娴听他这么说,便点了点头,跟着他上了楼。

夏栀一看时间,半个多小时过去了,感觉到有点不妙,赶紧打何亚娴的电话,却听见响亮的"死了都要爱"从她的卧室里传了出来,她进房间,最后是在被子底下看到何亚娴那歇斯底里吼着死活都要爱的手机。

何木有点担忧地说:"她不会找不到你的房子了吧,我过来的时候,也找了好久,如果不知道是几号楼,真的很难找得到。"

"那我们下去找找她吧。"

于是夏栀拿了何亚娴的手机,两个人便下了楼,在小区里面分头找,找了两个回合也没见到何亚娴的人影,便去了那家便利店,她从何亚娴的手机里翻出她的照片,递给一个服务员看。"请问,刚才有没有看到这个女孩在这里买东西?"

服务员一眼认了出来,何亚娴才在这里闹过事,印象特别深,刚才他们几个同事都还聚在一起,抱怨着怎么会遇到这样的女人,真是倒了霉了。

"是来过啊,还把我们这里给吵翻了,不过后来拿着东西就走了。"夏栀跟何木面面相觑,还在这里吵过架,她可真有闲情逸致啊。

夏栀有点尴尬地笑笑:"能不能问一下,她离开大概有多久了?"

"十几分钟的样子吧。"

"好的谢谢了。"

看来,何亚娴并没有离开小区,她应该是回小区了,只是找不到自己的房子了,但是这里的房子这么多,并且每幢都好几套,该怎么找啊,出了超市,回小区的路上,夏栀就觉得头大。

"我们在小区里面再找一找吧,说不定她这会儿意识到找不到地方,就在小区里转着圈,或者找到了,你不在家又只能出来了,如果找不到我们再想办法。"

"好吧,只能这样了。"

两个人只能继续边叫着何亚娴的名字,边找着。

何亚娴紧跟在男人的后面,这回她多了一个心眼,看他走的是几号楼,然后跟着他进了电梯,又注意了下他按的是什么楼层,进房间的时候,她也注意了一下房间号,现在坏人这么多,不得不防着一点,万一是个变态狂也好逃出来。

进了客厅,何亚娴环视了一下,这户型跟夏栀是一模一样的,地中海风格,看上去挺有格调的,至少比那丫头花里胡哨的要中看多了。"对了,还不知道怎么称呼你呢。"

那青年这会儿倒是显得有点腼腆,并没有原先在超市里表现得那么落落大方。"你叫我小豪吧。"

何亚娴饶有兴趣地看着他,感觉这个男人也真有意思,心想:难道也是个富二代?紫海花苑虽然比不起我家的别墅,但是也算是个不错的楼盘,能买得起这里的房子,经济背景也不会太差。

"这房子挺新的,你,一个人住?"

"嗯,装修好才两年,这本来是我父母给我买的婚房,后来结婚的前几天,她难割旧爱,和前男友又好上了……"

何亚娴摇着头:"可怜的孩子,这房子是她喜欢的风格吧?"

"对。"

她站起身,客厅的壁柜立着各种动漫与游戏的模型,客厅里还扔着各种相关书籍。"我看你是太爱玩游戏了吧,爱它甚于你女友,所以你女友才跑的吧。"

"呵呵,以前其实偶尔玩玩没上瘾,是女朋友跑了之后,无所寄托,才迷上了,对了,你想喝点什么,咖啡有,酒也有。"

一听酒何亚娴就有劲了,她酒量好,所以并不担心醉倒在陌生人的家里,而且最近烦心事太多了,真的想一醉方休,跟认识的人,你还没办法吐苦水,说了还怕被鄙视,跟陌生人,有时候,反而更有倾诉欲,什么都可以说,苦水吐完了,拍拍屁股走人,心里的垃圾也倒掉了。

"好,那就来瓶酒吧。"

"看来姑娘烦心事也多啊。"

"岂止啊,比你那事还复杂唉。"

"我还不知道怎么称呼你呢。"

"叫我小娴就行,其实啊,最近是我一个朋友遇上了烦心事,我跟她特别要好,她烦我也跟着烦……"

小豪拿了酒杯开了一瓶红酒,两个人便边喝边聊,何亚娴也全然忘了去找夏栀,投奔于她的那码事,她想:待哪里不是待啊,与其待在情敌那里,还不如跟一个小帅哥待一块,还能谈谈心,喝喝酒,比那小丫头片子有情调多了,我才不会跟她谈什么心呢。

而夏栀与何木这会儿还真是心急火燎的,特别是夏栀,肠子都悔青了,天啊,自己都答应何董要好好照顾何亚娴,现在,她居然走丢了,还连个人影都找不着,回想着最近各大网站新闻,一些女孩失踪并被杀害的事,心里更是焦虑,万一何亚娴被坏人骗走了,有个三长两短的话,自己该怎么向何董交代啊。

夏栀在心中念道:何亚娴啊何亚娴你可千万不能出事啊,你有事的话我就惨了。她想打电话告诉萧静，至少何亚娴现在还是他的老婆，人都丢了，他不能不管不问啊，至少也先通知一下他，实在不行就直接报警吧。

何木却制止了夏栀："我们还是先查清楚吧，这个小区也算是中高档了，安保设施应该比较齐全，应该有监控的，对，我们瞎找什么呢，去查下监控不就明白了，走，我们先去查一下，我姐姐是不是还在里面，这么大个活人，还真怕走丢了，只要她没离开小区，那么应该就不会有什么问题。"

夏栀因为刚搬进来，对这个小区物业方面还搞不清楚状况，只能求救保安，两个人向保安部说明了情况，其中貌似保安队长的人说："行，我把这个时段小区里各个监控都调出来让你们看看，不过不会很清楚的，毕竟是晚上，对了，那女孩穿什么颜色的衣服？"

"白色。"

"白色的倒是比较显眼，我调出来你们注意观察，看到人时说一声。"

于是两个人盯着屏幕，眼睛都不敢眨一下，有的监控画面压根就没出现何亚娴，不过其中一个倒是有了，大约一个小时前何亚娴是出了小区，二十分钟之后，她手里多了一袋东西，但是却待在那里发呆，左看右看，很迷茫的样子，应该是找不到房子了，不一会儿，一个男人过来搭讪，两个人在说着什么，然后往里面走去，监控里便看不到了。

夏栀指着说："保安大叔，这个男人你认识吗？"

保安大叔把视频倒退过来，定格在两个人出现的画面，另外两个保安也探过头来，其中一个说："这个男的我认识，应该是7号楼1105室的业主，住在这里也有两年了，要不，你们就去7号楼1105室看看，那女孩是不是在那里。"

另外一个热心肠的大块头保安拍着胸膛说："要不我陪你们过去，我手上可是有真家伙，万一那小子欺负那女孩的话，我就揍得他满地找牙。"

"我也去我也去。"

爱如夏花

保安队长皱着眉头,训了他们一顿:"你们去可以,但别给我惹事,不能动手打人听到了吗?"

"知道知道。"

夏栀看到有两个保安一起陪他们过去,更是高兴。"真的太感谢你们了。"

于是一行四人,两个保安在前面带路,夏栀与何木跟在后面。夏栀倒是对这几个热心并有责任心的保安产生了好感,更加觉得自己买这里的房子并没有选错。

而此时,何亚娴与小豪还在你一杯我一杯地不醉不休,小豪把何亚娴当时丢在那里多的零食也买了,这些零食刚好可以当下酒菜,两个人吃吃喝喝不亦乐乎,干掉一瓶红酒还不过瘾,然后小豪又把一箱啤酒给提出来,干脆放开来喝,乱七八糟地说着一些不知道是发生在自己身上还是同学身上或者是朋友亲戚身上的事。

两个人喝着酒,一会儿哭一会儿笑,已完全失去了正常的状态,讲累了,居然还划起了拳,何亚娴觉得好玩,也跟着学猜拳,正当他们喝得热火朝天并鬼哭狼嚎的时候,门铃响了起来,小豪大叫"谁啊",然后趔趔趄趄去开门。

看到门口站着两个保安,笑道:"怎么了兄弟,要不要喝几杯?"

大块头保安往里面试探:"你这里是不是还有个女孩?叫什么什么娴的。"

夏栀在后头轻声地接口:"何亚娴。"

"对,何亚娴。"

"女孩?没有啊。"小豪一口否认。

这会儿两个保安对视了一眼,正想着对策的时候,那边有个女声在叫:"谁啊,大半夜的轰出去,赶紧给我过来陪姐喝酒。"

听这声音,正是何亚娴无疑,何木直接闯了进来,夏栀与保安紧随其后。小豪叫道:"你们干吗啊,私闯民宅,我告发你们啊。"

何木一眼就看到何亚娴歪倒在沙发上,衣冠有点不整,脸蛋绯红,酒气冲天,地上丢着很多酒瓶子。"姐,你这是在干什么啊?是不是那小子欺负你了?刚才还想瞒着我们说你不在。"

小豪说:"你们认识的啊,我没有瞒着你们啊,就是想跟你们开个玩笑,人家这么成熟性感怎么会是女孩呢,当然是女人,还是女神,女神你说是吧。"

何亚娴这会儿终于认出何木与夏栀。"你们怎么来了,阿木,来来来,陪姐喝一杯,要不我们也一起划拳吧,我刚学会了划拳,可有意思了,我教你啊,老婆是家情人是花,工资给家奖金送花,病了回家好了看花,离不了的是家忘不了的是花,常回家看看别忘了浇花。还有个更有意思,日照香炉生紫烟,遥看羊肉挂眼前,哈喇子流下三千尺,一摸口袋没带钱。哈哈哈,哈哈哈,好玩吧。"

几个人一时无语,你看看我,我看看你,大块头保安拍了拍何木的肩膀:"小伙子,人我们是给你找着了,但下次可别再给我们找事了,混口饭吃不容易的。"

何木跟夏栀连忙向他们道歉:"不好意思给你们添麻烦了,下次保证不再有了。"

两个保安摆了摆手便走了,何木拉着何亚娴的手就走,何亚娴不肯走大叫道:"干吗呀,我连喝酒的自由都没有了?"

"行了,别再丢脸了。"

何亚娴一听这话不高兴了,甩掉了何木的手。"丢脸,嫌我给你丢脸?连你都嫌弃我?要不是我爸当初把你跟你妈像两条流浪狗一样地捡回来,你们都不知道是不是饿死了!还让你们过着这么好的日子,你们非但不知足不感恩,居然还嫌我给你丢脸?"

何亚娴酒量好,所以虽然喝得很多,但是脑子还没完全糊掉,逻辑能力还是比较强,所以骂人骂得还头头是道,她指了指夏栀,再指了指何木。"现在你们一家人终于团聚了是吧,一定要把我给赶出家门,这样我爸的公司就成了你们一家人的了是吧,别以为我不知道,我清醒着呢!我何亚娴能看透一切的鬼怪魑魅!反正你们都不是好货,你们瞒得过我爸也骗不了我!我看——呃——我之所以走到这地步,完全是被你们给暗算了!"何亚娴几乎是在吼,"阴谋,阴谋!全是阴谋诡计!我爸这个笨蛋怎么就着了你们的道!"

这时的何亚娴已完全失去了理智,头发散乱,情绪激动得像个疯子一般,何木都被骂呆了,半天没反应,他完全没想到自己与母亲在何亚娴的心目中竟然会是这样的。

小豪叫道:"哇,原来你朋友的事就是你自己的事哇,我早就猜到了,没事,你家不收留你,你老公不要你,我收留你!"

夏栀感觉自己的脑子简直是炸了,这还不够乱的吗,偏偏又不知道从哪里冒出这么个没脑的家伙来添乱,她叹了一口气:"何亚娴,你跟这个人认识一天都不到吧,我看一共就两小时,难道你就真决定住在他家睡在他家吗?而这种才认识了一两个小时的陌生人真的比跟你一起生活了二十年的弟弟还好?如果你真这么决定,我们也尊重你的决定,你留下来,我们走,不过,你单独住在一个陌生男人家里,萧静会怎么想我就不知道了,何木,我们走吧。"

最后一句话把何亚娴镇住了,她想:天啊,我是萧静的老婆啊,差点忘了自己的身份了,我怎么可以随便住在一个陌生男人的家里呢!何木这会儿也添油加醋了。"我也只能告诉姐夫了,如果他不介意,我们也没什么好介意的,毕竟,跟你一起生活的人是他。"说着,便掏出手机开始按号。

"不不不!"何亚娴跳过去阻止了弟弟,"我——我这不是喝多了嘛。"

她很应景地打了嗝:"我马上跟你们走啊,这就走这就走。"

说着便趔趔趄趄地往外走,何木与夏栀怕她摔倒,便一左一右扶着她,那边小豪大叫:"喂,怎么这就走了,我们还没有聊够也没有喝完啊,我还有更好玩的猜拳游戏要教你啊。"

何亚娴转过头边走边回应:"有空我找你喝啊。"

"别找错地方啊,我这里是紫海花苑7号楼1105室啊。"

"好好好,下次一定找你喝,咱不醉不休不醉不休……"何木与夏栀无语地互相对视,然后直接就架着她出去了。

回到住处,夏栀都快累趴下了,这个何亚娴真不是省油的灯啊,怎么这么爱折腾呢,夏栀已悲哀地觉察到自己这几天是不会有好日子过了,真不知道她会在自己这里待上几天。

萧静似乎都不想管她,可能是对她彻底心灰意冷了,是真的不想再跟她一起过下去吧。但是,自己却不能不管,毕竟她是自己老板的女儿,而且还是何木的姐姐,毕竟她是主动跑到这里来的,又不能赶她走。如果她没要求住在自己这里,自己估计请也请不来,但是她既然来了,自己就得负责,而她现在的处境,也真的挺尴尬,被夫家赶出来,跟娘家又吵翻,她在这里又没有很要好的朋友,而这事一出,就算有朋友大家都想跟她撇清关系了,人就是这样,谁都不想惹上不必要的麻烦,她是不得已,才投靠自己的吧。

唉,好吧,忍吧,希望她能恢复跟她父亲的关系,至少还有娘家可以留。

夏栀侍候她睡下,何木也告辞了。"姐,辛苦你了。"听到"姐"字,夏栀还是愣了一下,毕竟,这声"姐"可能于何木来说不过是对比他大的女子的称呼,但是于她来说,却是那样不同凡响,何木继续说:"你冰箱里好像也没什么东西了,我明天买一堆放进去,免得小娴姐没东西吃,我也会尽量劝她早点回家的,不给你添麻烦。"

夏栀想了想,明天她要上班,还真没时间侍候她吃喝拉撒,便点了点头:"也好。"

这会儿,看看时间,她真的是非常困了,也不知道明天能不能起得来,而何亚娴喝成这个样子,估计能睡到中午,夏栀再次看着她,睡着的何亚娴看上去还是挺可人的,那么妩媚动人,怪不得萧静当初会选择她,而不是自己。

她把何亚娴的被子盖好,这时候床边的手机有信息提示音,她把手机拿起来,放到床头柜上,又想了想,她现在这个状态,万一有谁急着找她怎么办,会不会是何董来关心她?犹豫了一会儿,还是拿起她的手机,点开来看,却是萧静的信息,上面只有五个字:我们离婚吧。

瞬间,夏栀不知道是悲还是喜,萧静还是决定要跟何亚娴离婚。可是,她能趁着他人之危,落井下石吗?何亚娴毕竟是何木的姐姐,何家有恩于弟弟与母亲,她能不顾一切地为了爱而投奔于萧静的怀抱吗?

而萧静这个时间发来短信,想必他也是一直想着这个问题,是考虑了一个晚上的结果。若不是还有点感情,他们三个人谈判的时候就应该提出来,而何亚娴都这样了,如果再看到这样的短信,夏栀真担心她会承受不了闹着寻死觅活,万一从这里跳楼怎么办?

别人会怎么想,那自己真是跳进黄河都洗不清了,况且何董能承受这样的打击吗?夏栀越想越不安,萧静啊萧静,何亚娴现在都这样了,你就不能缓一缓啊,至少也要等她状态好一点再说吧。思考良久,她还是决定把这条短信删掉。

确实,万一何亚娴在自己家要死要活的,自己哪里承受得了。

她轻轻地叹了口气,把手机放了回去,关上了房间里的灯,只有空调微弱地响着,一切回归沉寂与黑暗,犹如她此刻的心境。

她走出房间，回到沙发上，抱着毯子躺了下来，她的手机有亮光闪起，如璀璨之星光，划亮了黑暗中的客厅，她的眼睛一时没适应这种光亮，眯着眼点开来，是萧静发过来的：如果我结束错误的一切，我们能不能再继续？

夏栀久久地拿着手机，手指却是僵硬的，她无法作任何的回复。

在一起能怎样，不在一起，又能怎么样。倘若何亚娴跟她没有任何关系，也许她能义无反顾，这辈子为爱癫狂一次，也算是不负青春，但是……

虽然那一夜，如昨夜般清晰明亮，虽然他的眼眉在昏明反复的记忆中，立体得仿佛伸手便可触及，甚至能感受到温度与鼻息，如同近在眼前。

最终，夏栀还是长长地叹了一口气，把手机关机，然后拉上毯子，闭上眼睛。

22
揪出推手

萧静回到自家的别墅里，他并没有去婚房，因为婚房现在于他而言，是一种讽刺，是嘲笑，他不想去那个时刻提醒着自己被愚弄的地方。

况且，父亲现在的身体状态也不大好，母亲也受了刺激，再加上这几天

爱如夏花

累得免疫力下降,犯上了重感冒还发着烧,他必须得照顾他们。

何亚娴啊何亚娴,你真是个呼风唤雨的人物,把我们全家人都整了个遍,没一个人能幸免,萧家怎么可能再容得下你。

父母睡下之后,萧静一个人在阳台上喝着闷酒,想了很多很多,想起跟夏栀之间"不打不相识"的初相见,想起他们之间后来发生的一切,包括奶奶的事,再想起他跟何亚娴之间的交往,想起那意乱情迷的一夜,到现在闹成这样。所有的一切,他都细细地想了一遍,他跟何亚娴的婚是离定了,没有任何挽留的余地,但是他不能确定,夏栀还能接受自己吗?

给她们各发了一条短信之后,他便时不时地看着手机,但是何亚娴既没有打电话过来吵闹,夏栀也没有任何回复的信息,心里闷得慌。

不管怎么样,也不管能不能追回夏栀,都得离,也只有离了,家人才会安心,他也才有资格去追求自己喜欢,或者说,爱的人。

是她令他变得勇往直前,无所畏惧。现在,他终于可以做这样的人了,不是吗?

这时身后有人往这边走来,还打着瞌睡。"呵——是阿静啊,怎么这么迟了还不睡觉?保重吧,二老都病了,你可不能再闹出什么病来,否则我可真吃不消。"

是萧南,他也往阳台的栏杆上靠。"这里的夜色可真好啊,早知道咱家换了个这么高档又漂亮的别墅,我也早点回家了,不跟自己过不去了哈哈,住那些破地方被蚊子都咬死了。"

萧南的语气中带着无限的嘲弄,对自己的嘲弄。"我觉得我真不如那个创业成功的丫头,叫什么栀来着,对,夏栀,她像小草一样柔弱但很坚韧,而我呢,却如家花一样,没有细心的呵护,再也开不出花来,这是多么的讽刺啊。"

萧南怎么一下子又提到夏栀了,但是萧静没有问原因,良久,他说:"你还爱着何亚娴吗？"

萧南愣了一下，随即笑了："人啊，是一种很奇怪的动物，你当时死去活来觉得离了她就活不了，但是一旦走出来，你就发现爱情真的就是瞎子遇上了聋子，苍蝇沾上了粪便，再臭不可闻，当时也觉得美味无比。好吧，这比喻打得是不那么高雅，不过话糙理不糙，当你恢复了嗅觉，你还觉得依旧美味无比吗？"

萧静无语地笑笑，看来，萧南是真的走出来了，可能是何亚娴伤他伤得太深了，以至于变得如此理智，理智得近乎残忍。

萧南也拿起阳台桌子上的酒杯，给自己倒了一杯酒。"我觉得吧，有人在背后操纵着这个事件，目的是想搞垮我们萧家并影响上市，我现在觉得，这事，于你而言，并不一定就是坏事。"

萧静挑了下眉毛，眉目之间装着疑问，但是却没有说话，萧南继续说："你想，你原来是不敢跟何亚娴离婚的是吧，就算是公司顺利上市，为了公司的名声，为了不影响股价，你可能也会继续忍，可能在你们生了孩子之后，你都不会离，当然，有了孩子离婚就更难了，而现在不一样了，我们两兄弟是受害者，而何亚娴是万人所指的坏人，网民们最不缺的就是同情心，你看看那些事件评论就知道，除了嘲笑我们之外，还有相当一部分人是同情我们，觉得我们被那样的一个贱人给愚弄了，所以此时提出离婚，那不是顺应人心么，非但没人骂你薄情或见异思迁什么的，刚结婚就要离，拿婚姻当儿戏等等，反而会觉得你做得好，是个大男人，拿得起放得下。最重要的是，可以摆脱这个原本就是父母安排的婚姻。"

其实这事萧静也已想到了，想不到两兄弟想到一块去了，现在再细想，确实如此，这事，倒真是成了可以摆脱何亚娴最好的理由了，否则为了萧氏集团，他真的没办法跟何亚娴提离婚。

萧南继续说："兄弟，这辈子苦短，就这么一世，多做点自己喜欢的事吧。还有这件事的幕后黑手,找到了没有?"

萧静坐到桌子前,盯着杯子里红色透亮的液体。"不出意外的话,明天就能知晓。"

这一天,萧静无心做事,他都在等,等一个结果。

这时,郑东匆匆地跑进来。"萧总,我们已查出了最早散发那条消息的机构,是一个专业的推手机构,也是我们本地的,现在我已经联系我们律师,如果他们不告知指使他们推送消息的人并删除此类新闻,公开赔礼道歉,我们就让律师发诉讼函。"

萧静点了点头:"好,让我们的律师跟他们谈谈,对了,消息就不要删了,放着好了,反正过段时间就没人关注了。"

郑东愣了一下,但还是点了点头:"也好,那我跟律师一同过去,一有消息,我就打电话给你。"

萧静目送着郑东离开,然后拿起电话。"一切照常运作,准备上市前的一切操作,不能有丝毫差错,上市当月,所有的员工一个月发两个月的薪水,作为共同努力的奖励,还有三年以上的老员工,再每人奖励一部高档的国产手机,咱不崇洋媚外,只用中国的好产品。公司能有今天,也是大家一起努力的结果。"

萧静这一举,一箭双雕,上市是好事,对员工的奖励更得员工的心,他们更会齐心协力努力工作,让公司上一个台阶,同时也体现出他这个老板,是个很厚道的、能体恤员工的好老板,虽然会花一笔不少的钱,但是有的人的名声是光靠钱也买不来的,而有的人却能轻易买到,是因为他没有恶劣的前科,并有厚积薄发的能力,所以他能轻而易举得到。

所以,关于何亚娴之事,就算他提出离婚,至少员工们也不会觉得他这个人薄情。他在乎的,是他所看得到的人对他的看法,这比一些看不到的人瞎议论更重要。

夏栀去上班的时候,把备用钥匙放在了饭桌上,想着何亚娴可能会出门,回来就开不了门,还留了纸条:厨房炖锅里有八宝粥在热着,冰箱里还有几片烤面包放着,可以当早餐。然后便匆匆跑去上班了,丁皓哲今天已早早在楼下等着。

他一眼就看到夏栀无精打采的样子。"怎么了,像霜打的茄子似的。"

"没睡几个小时啊,何亚娴昨晚睡我家,各种折腾,然后我在沙发上将就了一夜,根本没睡好,不知道她在这里住多久唉。"

丁皓哲瞪大了眼睛:"她,居然投奔你?"

"她在国外生活的时间长,在这里认识的朋友不多,便投奔我来了。"

"她没有悄悄在你的水杯中下毒?"

"不至于吧,她这个人是偏激了点,但没有坏到那个程度。"

"害人之人不可有,防人之心不可无,你得多一点心眼,对了,我给你买了你爱吃的糯米饭与豆腐脑,趁热吃了吧。"

"我早上吃过了出来的。"

"必须得吃,不能浪费我的粮食!"

夏栀这回无语了,最近丁皓哲对自己好得有点反常,不像以前那样了,她隐隐觉得有点不安,所以,尽量不想麻烦丁皓哲,是因为不想让自己心里有所负担。

她边解开袋子,糯米饭上面的油条屑与葱花确实诱人,而且早上的粥烧得也不多,她怕何亚娴不够吃,便只吃了一小碗,这会儿还是能吃得下去的。"下次还是不要给我带了,我新买了个炖锅,自己烧点营养粥,睡前放一把各种杂粮,第二天起床就可以吃了,方便又健康,老吃外面的东西也不卫生。"

爱如夏花

"这敢情好啊,几时我也去你家吃早餐啊,噢,平时也起不了那么早,不过双休没问题啊。"

"得,周一至周五都在同一办公室了,双休还碰头?人啊,看都看腻歪了,而且双休我要补懒觉的,不喜欢被人打扰。"

"那就平时早上吧。"

"那更不行,你大早上的就出现在我家,别人怎么想啊。"

"大不了以为咱俩同居呗。"

"去,谁跟你同居呢。"

这时,夏栀的脑子突然冒出一个主意,如果把丁皓哲当作自己的男朋友,萧静是不是会就此而退呢?可是,自己真的忍心看着他黯然神伤吗?

他真的会难过吗?就如当初他结婚时,自己不吃不眠还发了烧。

夏栀自嘲道,还是等他跟何亚娴的问题解决了再说吧,你若盛开,蝴蝶自来。属于自己的,逃都逃不开,不属于自己的,再努力都徒劳。

或者萧静恢复自由身之后,便发现值得他爱的女子很多,并不独独只有自己一个。

或者之后,他依旧会选择门当户对的女子,跟她夏栀无任何关联。

好吧,认真吃自己的,想这么多干吗,又不能当饭。

萧静盯着电脑屏幕,静心浏览着何亚娴丑闻事件,发现今天的热度比起昨天已有所下降,因为另一起明星离婚事件占据了头条位置。一个事件,总是会被另一件事所覆盖,别说网民们喜新厌旧,是因为现在是信息时代,任何爆炸性的新闻、不公平事件,特别是涉及生命的,只要传播率高,都会引起网民的高度重视,然后成了热门事件,所以不断涌起的新热门事件很快就会取代"旧闻",哪怕这"旧闻"仅仅是发生在昨天。

这时,一股浓浓的咖啡味传了过来,不知何时,桌子上竟然多了一杯咖啡,他抬起头,看到了米娜。米娜笑笑:"我给萧主任(萧南)现磨了咖啡,顺便给你也弄了一杯,知道你喜欢巴西咖啡的味道。"

米娜真的是个不错的女孩,想想之前对她的误解甚至把她调了出去,而且还对她言语中伤,想不到她还是对自己关怀备至,心里真的满是歉意。

"米娜,对不起,之前真的对不起,你是第一个想告诉我真相的人,但是我却刚愎自用,误解并伤害了你。"

米娜笑笑:"这不奇怪,换成是我,可能我也会像你那样做的,好了,我要回自己的办公室了。"

萧静欲言又止:"米娜——"

米娜停下了脚步:"怎么了?"

"我哥——经历过的事情太多,他所受的苦,我没办法体会到,他跟何亚娴之前的事情,我也是最近才知道,对于给他造成的伤害,我也只能说声抱歉了。米娜,你说我这辈子亏欠的人是不是太多了,以为自己很成功,事业稳步发展中,婚姻也圆满了,想不到——真是人算不如天算。"

"你并没有亏欠谁,人非圣贤,有的东西是我们不能自主的,也是无法控制的,这并不能怪你。"

萧静叹了一口气,这时,他的手机响了起来,那边传来了郑东兴奋的声音:"找出那个人了萧总。"

萧静冷静地说:"谁?"

这时,他放下了手机,神情漠然,米娜正欲离去,萧静说:"你知道,曝出我哥与何亚娴隐私的人是谁吗?"

米娜愣了一下,怎么问我,难道我认识这个人?

她迷惑地摇了摇头,萧静缓缓吐出三个字:"丁——莫——伟——"

丁莫伟在一个办公室里来回地踱步,旁边几台电脑同时开着,几个人

爱如夏花

都埋在电脑前面,他叫道:"给我继续刷,都快沉下去了,给我编点料出来,把那两兄弟给黑死!都什么玩意,都偏向他们了,你们就说他们怎么花心,玩了多少个姑娘,对了,还有虐待宠物!对,最好是虐狗!让爱狗人士们骂死他们!"

有个戴眼镜的男员工说:"丁总,这好像是造谣了……"

丁莫伟冷冷地说:"造谣又怎么了,就是要造他们的谣!"

大家噤如寒蝉,再也不敢吭声了,这时丁莫伟的助理小宁匆匆跑过来,轻声地对着丁莫伟说:"丁总,有两个公安过来,我把他们请到你办公室了。"

丁莫伟不言语,便往外走,里面有人抱怨了:"我还是赶紧删了吧,免得被请去喝茶,丢了工作事小,被抓进去关上几天老子的名声就扫地了,搞不定上头条了上哪里去找媳妇啊。"

"是啊,我们才拿几个钱,用不着把人格都拼上去了!才不想冒这个险。"

"对对对!估计老板都要去喝茶了,他还能顾得上我们吗,况且,萧家兄弟都长这么帅,我才不忍心泼他们脏水。"一个女孩嘟囔道。

"啧啧,真是个看脸的世界啊……我也删我也删,都找上门了还撑个屁啊,昨天到现在老子都没睡好,做梦都梦到警察叔叔来约我……"

丁莫伟回到自己的办公室,看到两个穿着警服的人坐在那里等他,面前各放着一杯茶,他便迎了过去,装作很轻松地笑笑:"警察同志,您好您好,这么热的天,是什么风把你们给吹过来啦?"

两个警察站起了身,为首的警察说:"知道我们为什么找你吗?"

丁莫伟一脸的无辜:"我哪里知道呀,我们公司可是合法经营的,不做任何违法的事,这是我们的宗旨。"

"有人报案了,经我们网络信息部的查证幕后指使者便是你。你涉嫌扩散他人隐私,以书面、口头等形式宣传,捏造事实丑化他人人格,并用侮辱、诽谤等形式损害他人名誉,并造成了一定影响。"

看来,被查出来了,要是强行狡辩,可能会惹火这两位,丁莫伟便连声道歉:"对不起对不起啊,给你们造成麻烦了,我也是一时糊涂,觉得这事特别好玩,唉,我真的太三八了,可是我真的没有任何恶意啊警察同志,下次我保证不再犯了。"

"可是报案的单位说,你跟他们单位是竞争行业,你这种行为属于不正当的竞争行为,如果事实是这样的话,这事就没有侵犯别人的隐私权那么简单了。"

丁莫伟心想坏了,想不到这事会搬起石头砸自己的脚,如果这事情惹大了对自己真没有好处,萧静现在会放过自己吗?

"这不可能啊,我们是正规的企业,怎么会做那些下三滥的事呢。"

"这事,你还是跟受害人解释吧,今天我们过来,是让你把所散发的帖子给删掉,并且必须得出道歉声明,至于报案人能不能原谅你,看他们了,侵犯隐私是民事行为,如果后果不恶劣,也就拿治安条例来处理,所以自己争取取得受害人的谅解吧,如果你态度好,我看这事还能小事化了,不好的话,估计会起诉到法院,因为涉及不正当竞争,我们走了,你好自为之。"

说着,他们便要走,丁莫伟在后头说:"您放心,我一定会删帖并道歉的!"

他们走了后,小宁看着丁莫伟随即变得铁青的脸色,小心翼翼地说:"丁总,我们接下来该怎么办?"

丁莫伟憋了半晌,然后吼道:"还能怎么办!都被拖出来了还能怎么办?按他们说的做!删!"

丁莫伟没想到这么快就被查出来了,他真不知道自己会走到这一步,走到要去跟萧静谈和这一步。不过于他来说,他娶了萧静的前女友,又毁掉了他现在的婚姻,还把萧明清气病了,这三点,已经令他很痛快了。但是,这种痛快还是不足以令他解恨,因为失去姐姐的痛,只有令整个萧氏倾巢倒下,才能给萧明清致命一击,才能令他感到真正的痛快。

但是,事已至此,他只有先退一步,等这件事先平息了再继续暗中找出萧家的命门,只有再次寻求机会,他才会有更大的力量反击。

但是他并不知道,他所要毁掉的萧静的婚姻,正是萧静自己想要放弃的东西,是他助了萧静一臂之力。

他带着小宁来找萧静,而萧静正在办公室,萧南也在,还有公司的法律顾问。米娜在旁边泡着茶,萧静正在给哥哥与律师解释着这个丁莫伟是何方人士,米娜插上了一句话:"绝对是阴险毒辣、不择手段,比灰太狼还光头强的人物!"

这时,丁莫伟与小宁刚好来到了门口,门是虚掩的,开着比较大的一条缝,所以清楚地听到了这句话,他除了压着情绪还有得选择吗,今天,只能装孙子。

丁莫伟咳了一声,敲了敲门,米娜便去看,一看,正是丁莫伟。这个丁莫伟肯定听到自己刚才所说的话了,不过米娜才不后悔呢,因为她觉得自己形容得太贴切了,一点都没有虚夸。

"哟,原来是丁大老板,真是有失远迎啊,请问来咱这个小公司有何贵干呀?"米娜一点都不客气,语气里明显带着嘲弄。

丁莫伟一看到这个小职员居然都敢这么对待自己,换成在别的地方,都想揍她一顿了,但是现在就算是有这个想法,也不敢在这里发作。

"我是来找萧总的,请问萧总在吗?"

萧静不亢不卑地说:"这不是丁大老板吗?什么风把您给吹过来了,难道是我们生生把您给念过来了,我们刚好正谈着您呢,您就来了,真令敝公司蓬荜生辉啊。"

丁莫伟有点尴尬,萧南发话了:"原来这就是传说中的丁莫伟老板呀,看起来不是挺年轻的嘛,长得也有点像那个叫什么的明星来着,香港还是台湾的演员,老是打那个口香糖广告的,什么两颗一起吃才有味道啥啥啥的。"

米娜接口说:"彭于晏。"

"对对,叫彭于晏,想不到年纪轻轻,玩起手段来能这么阴,现在的年轻人啊,怎么说你们呢,唉。"萧南唉声叹气的,一副恨铁不成钢的样子。

丁莫伟的脸蛋抽搐了一下,小宁看着自己的老板这么被奚落,忍不下去了。"你们不要欺人太甚,要不是你们害了丁姐——"

丁莫伟吼道:"住口。"

小宁的这话说得萧静与萧南几个人对视了一下,他们同时在想,什么丁姐?害了丁姐?什么意思?但是,丁莫伟这么忌讳,就算问估计也问不出来。

萧静觉得这样对待丁莫伟也不好,毕竟他是来谈判的,便对他们说:"既然来了,我们就坐下来好好谈吧,米娜,你去泡两杯茶过来,我来介绍一下,这位你们应该认识的吧,我哥,也就是你们事件的男主角,相信你们对他的照片研究得很透彻,不用我介绍都能认得出来,还有这位,是我们的律师,姓郑。"

一直还没发话的郑律师礼貌地点了点头,算是打过照面了。

丁莫伟与小宁便也坐了下来,萧静盯着丁莫伟的眼睛,目光如炬。"我们之间仿佛不像是竞争对手那么简单,丁莫伟,我是不是做过什么对不起你的事情,以至于用尽心机想置我于死地,或者说我们萧家做了什么对不起你的事情,令你这么恨我们萧氏集团,总是处心积虑,想扳倒我们萧氏集团。如果有,你能不能告诉我们,让我们知道自己做错了什么,我们想办法去弥补,我真的想不通,你为什么要这么对我们,所幸,你的阴谋计划一点一点地破灭了。"

小宁又一次冲口而出:"你们都不是——"

这回又被丁莫伟打断:"行了,这里没你说话的份,你还是先出去。"

小宁一脸的憋屈,但又无可奈何,只得出门在外面转悠。米娜也出了办公室,看见他"哼"了一声,只管走,小宁"呸"了一句,继续转悠。

现在,只剩下萧静、萧南、丁莫伟、郑律师四个人。

丁莫伟咳了一声:"今天,我是过来向你们道歉的,对我所做的一切说声对不起,不应该揭露你们个人的隐私,这是一种侵犯他人人格尊严的事,对此,希望你们能原谅我的鲁莽行为。"

萧静与萧南一时沉默,这会儿,郑律师发话了:"你跟萧家集团属于同一个行业,可以说属于商业竞争对手,而你的行为刻意丑化了我们萧氏集团的主要领导人,对我们公司造成了一定的影响,而且我们现在正处于上市的敏感期,对我们的股价也或有可能造成影响,而这种损失,将由你们公司来承担。"

郑律师看向萧静,请示他的意见。而萧静心里是痛快的:丁莫伟啊丁莫伟,你处心积虑地想害我,毁了我一次又一次还不够,又来毁我的婚姻,商业上不是我的对手,就玩这种下三滥的把戏。现在,你终于有把柄落在我的手里,我怎么会轻易放过你,一次一次被你当软柿子捏,如果真能一次一次被你牵着走,一次一次原谅你,我自己都看不起自己。呵呵,你还真把我当纸老虎了。

萧静点了点头:"自己作的孽,就由自己来负责吧。"

萧南叹了口气:"其实,我们兄弟俩都应该感谢你的,是你让我们认清了那个女人的真面目,使我们有理由脱离她的魔掌,也使我们兄弟俩冰释前嫌。本来,我弟对我还存有看法的,现在他终于知道谁才是骗了他的人了。真的,我觉得这事挺好的,要不,萧静,这事就算了吧,毕竟他也算是帮了我们。"

听到这话差点令丁莫伟气炸了,他心想:我辛辛苦苦花巨资做的这次丑闻炒作,竟然还成全了你们的好事!现在,我还得过来负荆请罪!

萧静淡淡一笑:"哥,你这就不懂了,商业是残酷的战争,不是有菩萨心肠就能够把生意做得风生水起,你对别人有善心,别人并不一定这样对你。你若一味宽恕,那么他便得寸进尺忘乎所以,都不知道自己是谁了,雷锋同志说得好啊,对朋友啊就像春风般的温暖,对敌人啊,就得像秋风扫落叶一般啊。"

丁莫伟眉毛一挑:"你们是打算就这件事跟我干到底是吧?"

萧静点了点头,对敌人,他已宽容得够多,现在看着这个曾经毁了自己爱情,又毁了自己婚姻的男人,不是他想特意借此报复,或者说借此给这个男人一个有力的教训,而是这个男人根本就不想放过自己,这次再原谅他,那么下次他攻击得就更为猛烈,他必须得为他自己卑劣的行为买单!所以,他萧静若再次退出,息事宁人,那么他都不把自己当男人了。

"既然你们已这样决定,那还有什么好谈的。"丁莫伟霍地站起身,愤怒地离开。

萧南看看弟弟,又看看郑律师:"你们真的打算起诉他?"

郑律师耸了耸肩:"其实,损失这种东西,说大可大,说小可小,公司现在还没上市,不能判断,如果跟别的新股溢价率差不多,其实也没损失可鉴定的。关于非正常竞争的行为鉴定,有一条是通过提出或散布不符合实际的情况、掩盖真正的事实,以及其他行为来伤害甚至于危害竞争伙伴的良好信誉或信贷能力。这条倒是符合,这点我们倒是可以向法院起诉他,而且他方贿赂了有关媒体之事,这事牵扯起来是挺麻烦的,如果你们真想给他以教训,我会尽我所能收集证据。"

爱如夏花

萧静想了想,点了点头:"那就麻烦郑律师了。"

"不必客气。"

这会儿萧南一直没说话,因为他总觉得还有什么事情有点不合情理。"萧静,你之前跟丁莫伟是不是还有什么过节?"

"之前?什么意思?"

萧静自然是联想到丁莫伟抢走柔柔的事,但是这件事萧南并不知情,他也没说,也不想说。

"就是什么丁姐,丁莫伟的助理好几次想说的,但是又被他给吼了下去了。我觉得,一定跟这个有关,丁莫伟才对我们这样处心积虑。"

"丁姐?会不会是丁莫伟的姐姐,他难道还有个姐姐?这事真不知道啊,而且好像我们还对不起她?不会吧?"萧静沉思着,细细想来,刚才丁莫伟与他助理之间的话,确实有点蹊跷,"这事,先找人调查一下,郑律师,你先去收集证据吧。"

郑律师点了点头,便告辞了。

郑律师走之后,萧南便也回去了,调查丁姐的事就由萧南来负责。

23
迁 怒

何亚娴一觉醒来,发现自己躺在陌生的床上,片刻的迷惑之后,继而想起昨天的事来,还有之前的所有事,简直可以说用惊心动魄来形容,又如烈酒般浇灼着她的心扉。她那么不安,甚至背负着各种骂名,她也是服了自己,而现在所有的忐忑不安已公之于太阳底下,也好,她也不用再背负心理负担了,不用再躲着藏着掖着总是说着一大堆的谎言来掩盖一次又一次的谎言,再也不用活得这么累。

事已至此,何亚娴也不想去弥补与挽救,该放手的还是放手吧,她不可能继续在萧家待下去了,两兄弟不容她,公公婆婆也容不得她,她如果还是硬贴过去,那不是自找抽吗。她想想,还是忍不了别人对她的任意践踏。

何亚娴此时从来没像现在这般想透彻,好吧,自己作的孽含泪也要自个吞下去,只是她就这样被扫地出门了,什么都没有得到,而且把萧静让给另一个女人,她又不甘心起来。

爱如夏花

此时她闻到一股豆香味,感到饥肠辘辘,她起身松了松筋骨,来到客厅,餐桌上放着夏栀写的纸条与钥匙。她毫不在意地冷笑,看来这个没血缘关系的妹妹还真是够贴心的。

她找了一会儿牙刷没找到,记得昨天明明买了的呀,算了,还是先漱下口了事,肚子实在饿也顾不上那么多了。她打开冰箱,从里面取出了面包与一罐花生,然后去厨房打了八宝粥来,八宝粥已熬得非常香浓,锅旁边有个白糖罐,于是放了一勺白糖搅拌一下,吃了起来。

她正在吃着,门铃响起,她拿着面包起身看了下猫眼,却是小豪,想想他们昨天那么疯狂地聊天喝酒吐苦水,确实令她的心里舒畅了不少,于是便打开门。小豪手里拎着一袋东西,看到何亚娴非常高兴。"嘿嘿你果然在这里呀,这是你的东西,昨天你落在我那里了。"

何亚娴想起了昨天她去超市买的那袋东西原来落在他那里,怪不得没找到。

想想昨天,自己一定是喝多了,说了很多不该说的话,何亚娴有点不好意思。"谢谢了,要不进来坐坐?"

"不了,我还要去上班的,对了,把你的手机给下我。"

何亚娴愣了一下,还是给了他手机。小豪飞速地按了一串数字保存。"好了,以后有什么不开心的事或者很开心的事情,都可以找我,随时奉陪哈。"

说着便风一般地消失了,何亚娴狠狠地咬了一口面包,摇了摇头,关上了门。

这边还在吃,手机就传来提示音,打开一看,小豪在添加她的微信,何亚娴想了想,好吧,自己现在这么惨,连投靠情敌的事都能做得出来,就不能多交一个朋友吗?于是便通过了验证,随即小豪一个吐舌头的表情。"神仙姐姐,现在不怕你往哪里逃了嘿,我忙去喽。"

神仙姐姐？何亚娴愣了一下，又好气又好笑，这个小豪还挺好玩的，行，就当调剂品吧，反正自己现在是四面楚歌，谁都嫌弃，连老爸都能赶自己走，这个时候，难得有这么一个人知道自己一堆丑事还愿意跟自己交朋友，就珍惜吧。

这时，手机响了起来，是何太太打过来的。"小娴，你现在在哪里呢？"

"我——我还在夏栀家呢，她上班去了。"

"噢，那好那好。"听到何亚娴跟夏栀能和平相处，何太太特别高兴，"你爸今天出差了，要好几天，你还是回来吧，这事情过去了就过去了，没什么大不了的，你永远是我们何家的孩子，萧家咱也不稀罕，何必非要热脸去贴冷屁股，咱家又不是穷得揭不开锅，靠他们来救济。如果你觉得幸福开心就继续待，但是不开心就回来吧，咱家想要吃好的就吃好的，想穿什么想玩什么全都消费得起，何必去看别人的脸色，不要跟自己过不去孩子，女人啊得自己珍惜自己。"

这番话说得何亚娴的眼泪都快掉下来了，想不到自己最落魄的时候，最会安慰自己的人竟然是继母。

而何望德的出差，也是借机给何亚娴一个回家的台阶，这是何太太跟他两个人商量后的决定。看来，家才是最温暖的港湾，自己无论做错了什么事，最终能无条件原谅的，也只有自己的爹娘，虽然这个娘并非亲生的。

何亚娴也知道，自己不会跟夏栀相处太久，毕竟她是打碎自己幸福的罪魁祸首之一，她怕一言不合，两个人就撕上了。趁老爸不在，回去也好。

不过刚起床就吃上了，牙都没刷脸都没洗，得把自己整理得光鲜一点出门，像继母说的那样，女人得自己对自己好。夏栀基本的化妆品应该有的吧，虽然不指望她会用大牌，何亚娴边吃着边想着，然后随手拿起餐桌上的一面小镜子，只见镜子里的女人蓬乱的头发，松肿的眼袋，周边还有黄褐斑，眼角有着淡黄色的眼屎，嘴角的皮肤松弛，自己都觉得倒胃口了，她把

爱如夏花

镜子往旁边一扔,继续吃,心里想:刚才那个小豪看到我这副模样居然都没有被吓死,还管我要微信号,重点是还管我叫神仙姐姐?唉,人的审美真的无下限啊。这小鲜肉不会喜欢上我了吧,去,他这种货色太多了,站大街上能一抓一大把,我怎么可能会看上他,我就爱萧南萧静那样的。

这时候,门铃响起,何亚娴心想:夏栀这个时间不是去上班了吗,况且她是有钥匙的,不用按门铃,准又是那个小毛头小豪。

唉,难道姐连素颜都这么有魅力?用得着看了又看吗,何亚娴这会儿又自信满满,差点把自己被萧家抛弃的事扔在脑后了。

何亚娴便去开门。"你怎么又——"

话没说完,看到眼前站着的竟然是萧静,而不是小豪。

想不到萧静能在自己处境最差的时候来看自己,看来他心里还是有自己的,终究是爱自己的,一想到这里,何亚娴就感动得泪汪汪了。

"萧静——"那一刻,她真的想扑在他怀里痛哭一场。

但是,萧静却没有任何体贴的举动,看到何亚娴感到非常意外。"你怎么在这里?夏栀在不在?"

原来他竟然是来找夏栀的,跟自己毫无关系,何亚娴一想到他竟然背着自己来找夏栀,都快气炸了。"你都可以来这里,我为什么就不能?"

萧静不再问了,而是转移话题。"夏栀到底在不在?夏栀——夏栀——"他便直接进了门,里面没任何响应,便对何亚娴冷冷地说:"你不会绑架了她吧?"

凭何亚娴这冲动的个性,萧静还真怀疑此时夏栀被她绑架了,而何亚娴一听就更来气,心想:凭什么觉得我应该就是犯罪分子,而夏栀就一定是受害者,就因为她有一副楚楚可怜的样子吗?

她便恨恨地说:"嗯,被我泡在浴缸里泡了一夜,可能变美人鱼了吧。"

萧静随即冲进各个房间到处找,房间里没有,找到卫生间,进卫生间一看,这么小的卫生间连个浴缸都没有啊怎么泡?

他不再理何亚娴,而是给夏栀打了个电话,而此时的夏栀刚好在开会,手机调成了静音,压根就没有听见。

他还真以为夏栀出事了,吼道:"何亚娴,我告诉你,如果夏栀少一根毫毛,我就要了你的命!"

说着,便甩门而出,何亚娴好不容易平静下来的心,哪经得起萧静这般的刺激,心想:我的命还比不上那臭丫头的一根毫毛?天啊,萧静,原来我在你的心目中连一个屁都不值,原来你在乎的人只有夏栀!只有夏栀!只有夏栀!不是我不是我不是我!

她心里积压的怒火一下子被引爆了,拿起手上的碗便往门口砸去,然后越想越气:我们还没有离婚,你就只关心那个臭丫头了,你把我何亚娴当什么了啊。

何亚娴越想越火,更是把火气撒在夏栀的头上:"好,夏栀,我让你得意!让你得意让你得意!"

于是她把夏栀家里能摔的东西全部摔光,末了,抹了抹额头的汗,准备走,走到门口,想到了什么,抓起桌子上的钥匙,掂了掂,然后扔进了门口的垃圾桶。

关上门时,还不忘在门上踢了一脚:"贱人!"

萧静直奔果莱公司,但他得知夏栀在上班呢,并没有出事,便退出来了,在未经过她同意之前,他不想擅自在果莱跟她见面,并且知道何亚娴撒了这样的大谎,对何亚娴更是无比厌恶了。

他想不通,世界上竟然还有这样的女人,偏偏让他萧静遇上了,所谓的红颜祸水也不过如此,红颜他还没感受到,却被泼了一锅又一锅的祸水。

夏栀其实一整天都在惦记着何亚娴,怕她饿着,下班回家的时候,顺道

爱如夏花

去菜市买了几个菜还有一堆水果,想亲自做饭给她吃,只是当她打开房门的时候,瞬间石化了。

我这是走错房间了吗?这都什么情况,跟地震过一样,然后重新退出来,盯着门上的门牌号,没错啊,这就是我的房子啊,可是……这时,她的脑子里突然冒出何亚娴跟人打斗的场景,但是柔弱的何亚娴最终打不过,然后被绑了起来,嘴巴被贴了一个黑胶布,瞪着被揍得红肿的眼睛,蓬乱的头发,然后被人背出了房子。

可是,这是大白天啊!夏栀闭上眼睛使劲甩了甩脑袋,把这可怕的想法给甩出去,不至于啊。但是,还是担心何亚娴的安危,找了一圈没找到她,便给何亚娴打电话,何亚娴正舒舒服服地躺在家里的大床上抱着iPad看大片,听到手机响了,看了一眼是夏栀,她才不会接情敌的电话呢,干脆就把手机给关机了。

夏栀一看,刚还能打通的现在关机了,完了,肯定出事了,于是便给何木打电话,何木也在家里,一接这电话,听她那心急火燎的声音,有点莫名其妙。"你说的是小娴姐吗?她回家了啊,在她自己房间里追着剧呢。"

"你确定?"

"是啊,中午就回来了。"

看来何亚娴压根就没出事啊,而家里成这个样子,这可是她一个多月的心血啊,而且也花了不少的钱啊!

夏栀压着一肚子的火:"你去问她,我家里是怎么回事?是不是她砸的?"

"她?砸了?砸了什么?"

夏栀几乎是吼着:"你问她就知道了!"

何木看她发那么大的火,再也不敢问了,拿着手机赶紧往楼上跑,打开何亚娴的房门。"姐,你把夏栀姐的家给砸了?"

何亚娴毫不掩饰:"当然,谁叫她老勾引萧静!那是她罪有应得,报应哈哈!"

"你——"何木一时不知道说什么,对着手机尴尬地说,"夏桅姐,对——对不起——"

夏桅瞬间便明白了,果然是何亚娴干的好事,心想:我看你走投无路,好心收留你,你竟然不识好歹,还把我的家也砸了,如果到了这一步,我夏桅还碍着你父亲的情分任你宰割,那我就不姓夏了!

她狠狠地按掉手机,然后火速出门。

不多时,便出现在何亚娴的家门口,何木去开的门,夏桅闯了进去,大吼:"何亚娴,你给我滚出来!"

何太太闻声也从房间里出来,看到夏桅这模样,忙问:"夏桅,怎么了?"

何木叹了口气,轻声地说:"小娴姐把夏桅姐的家都砸烂了……"

"这孩子,原来不是好好的么,怎么能做这样的事情啊!"

夏桅四下找何亚娴,终于找到了何亚娴的房间,把她从床上给拖了下来,何亚娴"哇哇"地跳起来叫,两个人便撕上了。"你干吗呀,你这是私闯民宅犯法的知道吗,换在美国,我都可以把你枪毙了!"

"我这叫私闯民宅,那你破坏我家里的东西算什么,损坏人家私人财产,难道就不犯法吗?"

何太太与何木也追过来,赶紧把这两人给拉开,何太太叹了口气:"小娴,你再怎么闹也不应该把人家的家给砸了啊!况且人家是好心收留你。"

何亚娴指着夏桅:"她抢我男人,弄得我有家回不了,去哪里都成了笑话,我不应该给她一点教训吗?"

夏桅气得发抖:"我根本就没抢你男人,是你自己弄出一堆乱七八糟的事,自己作的孽还想让别人替你背黑锅,要不是看在你老爸的面子上,我早就扫你几个耳光了!"

爱如夏花

"你敢?"何亚娴又冲上去,被何木死死拉住。"姐,别闹了行吧!"

"你们都嫌我都嫌我!好了,现在你们一家人都齐了,就我一个外人了是吧,我爸现在又不在家,敢情要合起来欺负我了。"说着眼泪就啪嗒啪嗒掉出来,在那里不停地哭起来。

都说可怜之人必有可恨之处,夏栀、何太太、何木一时无语了,何太太把夏栀与何木拉到楼下,对夏栀说:"好了夏栀,别再刺激她了,这事是她做得过分,但是,她现在确实是挺可怜唉,都这样了,刚刚萧太太打电话过来让他们必须要去办离婚手续,我都没敢跟她讲,怕她受不了刺激。何木,你跟你夏栀姐一起去家里看看,什么东西坏了,你们一起去添置。等一下。"

说着,她回房间,拿了一张卡。"刷我的卡就行,反正我的钱也是留给你们俩的,不过这笔钱是替小娴帮你还的,并不是送你的,你不要有什么想法,如果不够的话告诉我一声,我再补。"

"这——"夏栀有点不想收。

何木一把拿了过来:"难得老妈这么大方,走吧,姐,回去先收拾一下,看看有什么需要的一定不要客气啊,顺便我也想换掉我的手机——"

夏栀瞪大眼睛看着他,何太太挥挥手:"去去去,换就换吧,你的就给换手机,其他就别想了!"

接下来的这几天,夏栀、丁皓哲与何木三个人便凑一块,给夏栀添置被何亚娴砸的家具与各种小物件,丁皓哲直接称呼何木为小舅子,吁长问短,特别关照。夏栀几时享受过这样的待遇,夏栀真怀疑,丁皓哲不过打着自己的幌子献殷勤,压根就是跟自己没关系,反倒像是对何木有意思。

比如说此时三个人都累了,坐在商场的甜点室里享受着饮料,丁皓哲把自己的饮料给了何木。"我这杯刚好可以喝,你那杯太烫了!"

夏栀终于忍不住了:"丁皓哲,敢情你看上我弟了啊,我告诉你,我弟性取向特别正常,别打他的坏主意!门都没有!"

丁皓哲这才发现,自己的马屁真是拍错了地方,引起夏栀误会了,他想解释,何木把自己的那杯调了回来。"就是,别以我姐的名义打我的主意,我是'直男'!门都没有!姐,我们去那边逛逛。"

何木拉着夏栀,手里拿着饮料便往一边走去,完全无视丁皓哲,丁皓哲张了张嘴,说不出话来,真想刮自己一个耳光,你喜欢人家就不能正儿八经地喜欢吗?现在好了,大家都以为你是"弯"的了!

何木跟夏栀走在一块,何木轻声地说:"丁皓哲其实挺喜欢你的,就是嘴太笨了,脑子太傻。"

"你觉得这么傻的人,你姐会看上吗?"

"咳,那倒是,以姐的聪明才智,也只有萧静能配得上。唉,不过姐,我觉得萧静这个人还没有丁皓哲有人情味,小娴姐虽说做了对不起他的事情,但是他也就这么一脚踢开了,是不是太不近人情了?"

"嘿嘿,换成你被老婆顶一个大绿帽试试,而且还是你兄弟给的绿帽。"

"但那也是之前的事啊。"

"别忘了,男人啊,永远是死要面子的动物。"

说着,她便撇下何木快步地走,何木指了指自己的鼻子:"敢情,我真不是男人啊?"

在一张粉红色的公主床上,何亚娴从睡梦中醒来,蓬松的头发有几分凌乱,她打了个哈欠,关掉空调,拉开窗帘与窗户,被外面热烈的阳光蜇了一下,该死的,这个夏天几时才能过去,她厌恶这炎热的感觉,皮肤上始终有一种腻腻的黏稠感。

这时,敲门声起,她懒散地打开,一看是萧静,条件反射般地一声尖叫,往里面跑,因为自己现在这个乱糟糟的样子,是不能让萧静看见的。

爱如夏花

随即想到那天她在夏栀家的时候,他不是见过这样的自己吗?更想起那天他因为夏栀而说的那些伤害她的话,可以用刻骨铭心四个字来形容,怎么能忘。

随即冷了下来:"你找我干什么?"

萧静把手里的一个档案袋递给了何亚娴。"这是离婚协议,你看看内容,好歹我们结婚个把月,所以我也不想太亏待你,会分你部分钱,你仔细看看再考虑下吧,没异议就签了,明天我来接你,一起去民政局把手续给办了,当然如果你不签也没有关系,我会起诉离婚,恐怕到时候,上头条的又是我们了,这事又得红火一次,你到哪里都会有人找你签名。"

说着,他掉头便走了。

何亚娴跺着脚,把档案袋扔在地上。"萧静,你这个冷血动物!你这个无情无义的负心汉!"

萧静的态度是坚决的,这个婚是必须要离的,既然离定了,那么一定要在公司上市前离掉,这是萧明清的意见,姜永远是老的辣,萧静也同意,是的,只有把这个婚离了,那么他萧静才会有资格,才会有底气去追求自己喜欢的女人。

24
一些内情

萧静一回到公司,萧南便去找他了,他看着萧静,欲言又止。"阿静……那个丁莫伟,我们还是不告他了吧。"

萧静挑眉疑惑地看着萧南:"怎么了?"

萧南叹了口气:"我想,关于丁莫伟的姐姐,你印象应该比我更深。"

"丁莫伟的姐姐?"萧静还是没想起来,因为记忆中真没这样的人物,也不知道丁莫伟有什么姐姐,他姐姐跟我们又有什么关系。

"唉,这个,真是老爸作的孽,让我们给背上了,你记不记得老爸以前有个相好的,闹得最厉害的那个,而且还大了肚子,有一天,她还找上门来了,那天我不在,但是你跟妈,还有爸都在,她就那样从窗口跳了下来……"

萧静瞪大了眼睛,脑海里回忆起十五年前的事,那件事,他怎么可能忘得掉,那是他第一次体验到生与死的距离,一个活生生的人,奋然一跃,便阴阳两隔,不再有气息,不再有生命,不再有七情六欲,不再流泪,不再微笑,冰冷如石膏,只有血从她的身体边缘蔓延开来,一种触目惊心的美,不忍再看。

他还记得她有好几个月的身孕,凸起的腹部,已显怀。

他还记得那一天之后,家里的气氛显得很沉闷,父亲有好一段时间没回家,母亲整天以泪洗面,不再关心他与萧南的冷暖,连烧的菜不是烧焦了就是盐放多了。这件事,对他们一家人打击都很大,萧静那段时间甚至害怕在家里,总觉得有婴儿的哭声在房子里回荡着。后来,他们卖了那套房子,搬进了新家之后,关于父亲的情人跳楼的阴影,才慢慢地淡去,而父母之间的关系,也才慢慢好转,而萧明清也终于收了心,不再拈花惹草。

萧静回忆着这一切,长长吸了一口冷气:"你是说——十五年前跳楼的,是丁莫伟的姐姐?"

萧南点点头:"是的,这件事对丁莫伟的打击很大,他们自幼父母遭车祸身亡,由他们的叔叔抚养成人,姐姐一走,可以说是失去他至亲的人,所以他把怨恨都发泄到我们萧家了,唉,这事,除了他姐,他才是最大的受害者。"

萧静终于想起,死者家属过来闹事的时候,萧明清开了一张巨额的支票作为赔偿金,那时候的那个数字真算不少,可以说是萧明清几年来所有的公司盈利,出于对丁姐的愧疚,把手头能周转的资金全部赔了出去,萧太太也沉默没有异议。毕竟,这是两条人命,家属也接受了这个赔偿条件,拿了支票走人,只有一个年龄跟他相仿的少年站在那里,大家都哭哭啼啼不知道真心还是假意地伤心离去时,他还站在那里,死死地盯着萧家的每一个人,眼神里满是怨恨。

看得萧静毛骨悚然,心里非常害怕,躲到了萧南的身后,但还是忍不住地偷偷看他,直至那少年离去。

现在想来,原来那个满眼怨恨的少年便是丁莫伟,但是他不知道的是,丁莫伟的叔叔也是靠这笔赔偿金生意才有所壮大,并供丁莫伟念完大学,然后让他回公司里当一把手。丁莫伟刻苦努力,成绩好,人又聪明,他对这个侄儿也非常满意。

怪不得丁莫伟时时会针对自己,现在想来,他针对的并不仅仅是自己,还有自己的父亲、哥哥,乃至整个萧氏集团,他恨不得把整个萧家整垮,所以在各桩大事上时时跟自己竞争,虽然有时候他也会赢,但大多数还是萧氏集团的整个实力大于他的公司,使他积怨更深,所以他才会采取另外的报复方式。原本萧南并不在他的范畴之内,因为当他有能力去对付萧氏集团的时候,萧南已经离家出走,影都找不到,父子关系不和,沦落到出走的地步貌似都挺惨了,他就不再在萧南身上耗时间了,直接把心思用在萧静与萧明清身上,而对于萧明清,他觉得打倒他最好的办法,就是慢慢地折磨他至死,令他的公司倒闭,还有他的小儿子遭遇各种不顺。

柔柔便是他的一步棋,这一点,他确实成功了,不仅获得了她的心,还娶了她为妻。

有多大的恨才会跟自己这样步步为营,萧静这会儿终于明白了,那个眼神怨恨的少年,只是在一步一步将他的恨付诸现实。

确实,他实现了,但是怨恨终究会蒙蔽人的心神,使人失去心智,在邪路上越走越远,最终都不会有好的结果,没有一个心怀怨恨的人会活得快乐,会活得顺心。

萧静长长叹了口气:"跟律师讲一声,撤回对他的起诉,如果他能接受,我想我们几时去拜访他一下,跟他好好谈一谈,希望能解开他的心结,我不想让他继续走歪路,毕竟,丁姐的死给他造成的伤害太大了,而我们萧家每个人都有推卸不了的责任,如果——"他闭上眼睛,脑海里又浮现出那一幕。"如果——其实——当时我就发现她有跳楼的苗头,但是因为他们三个人吵架吵得太厉害心里害怕没有说,也没有阻止,也没办法阻止,我的力量太小了,我还是想,如果当时我能早点告诉正在吵架的爸妈,可能事情会变得不一样了……"

"唉,这样的事谁又能预料得到,你不用自责,我换成你估计也只会哭,不过丁莫伟真的挺可怕的,一个十来岁的男孩,遭受失去父母的打击不久,接着又遭遇失去亲姐的重创,如果没有及时的心理治疗,是很容易走极端的。"

萧静不再言语,他细细地想着与丁莫伟交战的那一切,原来都是十五年前的因,造成的现在的果。

或许真的是没有无缘无故的恨,只有无缘无故的爱罢。

柔柔烧好了菜,都是丁莫伟爱吃的,红烧排骨、油焖虾、清蒸八宝鱼、玉米青豆炒胡萝卜粒,再加一个香菇牛肉丸汤,看看时间,丁莫伟还没有回家,便打了个电话过去,那边说可能半个小时左右到家,让她先吃。

她还是决定等丁莫伟回家一起吃,于是起身打算打扫一下房子,扫到了书房里面,只是丁莫伟的笔记本处于待机状态,这么粗心,都开了一整天了吧,机子都烫得能滚熟鸡蛋了,于是柔柔准备关机,这时屏幕上出现一个文档,柔柔无意扫了一眼,感觉好像是小说,心想:丁莫伟还有这爱好?我怎么从来不知道啊,只知道他喜欢把自己一个人锁在书房里,都不让自己进,原来是写小说啊,这又不丢脸啊。

柔柔饶有兴趣地坐在那里看了起来,但是却越来越不对劲,因为里面有几个熟悉的名字,萧静,还有自己,这,更像是日志啊。

"萧静那个混蛋要起诉我!他敢!如果他敢这么做,我一定会让人做了他,我不怕鱼死网破!"

这几个字看得柔柔心惊胆战,这究竟是怎么一回事啊,她赶紧往上看了,才知道萧静为什么要起诉丁莫伟。她一下子瘫坐在椅子上,心里面想:

想不到丁莫伟是这么一个阴险可怕的人,他怎么会做出这样的事,而我却选择了跟他一起生活,难道,跟我在一起的原因,也只是为了报复萧静?我不过是丁莫伟的一步棋?他这么对待萧静,会不会也会这么对待我?

柔柔越想越心寒,越想越害怕,这时候,外面响起拧钥匙的声音还有开门声,柔柔赶紧关掉电脑走出书房,这时丁莫伟正在换鞋,看上去神情疲惫,柔柔接过他的包,放在柜子上,努力平复自己的情绪,轻声地说:"饿坏了吧?"

丁莫伟进来看着桌子上的菜:"你还没有吃?"

"嗯,等你一起。"

丁莫伟不再说话,便去打饭,两个人坐在一起,却没有说话声,只有筷子碰触碗盘的声音还有咀嚼声。

柔柔看着丁莫伟,神情里满是疲倦与无助,最近又消瘦了许多,突然感觉有点心疼,不管怎么样,既然这个男人选择了跟你结婚,这表示,他对你还是有感情的,没有人傻到把自己的一辈子都搭在阴谋之上,那么他碰到了困难,自己应该一起面对与解决才对,而不是选择逃避。

她终于还是张了口:"莫伟,最近你瘦了,是不是压力太大了?"

丁莫伟淡淡地说:"做事业的,都这样,没压力不成器。"

柔柔一时不知道该如何继续,停了一会儿。"我刚才打扫你书房的时候,看到你电脑没关……我不是故意看的……"

丁莫伟突然掀翻了桌子,盘碗砰砰响,碎了一地。"我告诉过你!不许进我的书房!你是聋了还是真没长脑子啊!"说着,他愤然走进自己的书房,"砰"的一声关上了门。

柔柔吓得脸色都白了,眼泪止不住地流,这是他第一次冲着自己动怒,他生气的样子如此可怕,这难道才是他的本来面目?或者他根本就不爱自己,自己根本就是他的棋子!

爱如夏花

她一边捡着瓷碗碎片一边流着泪,手被碎片一划,一道血口子,疼得忍不住地哭出声。

这时,一只浑厚的手按住了她的伤口,是丁莫伟满是歉意的脸。"对不起柔柔,我不该冲你发脾气的,是我错了,我是真的不想让你知道这件事,不想让你知道我跟萧家人过节的原因是不想把你给扯进去,不想让你觉得我们之间不过是个计划,我之所以选择跟你在一起,是因为我真的喜欢你,爱你,不想让你误解,我也不想让你知道我为什么会成为孤儿,过去太沉重,我自己都不想去想,不想去惦记,去恨,但是我却管不住我自己,我觉得我如果心安理得地活着,我姐会恨我的。"

说着说着他也忍不住地哽咽了。

柔柔抱着丁莫伟,抱着这个命运多舛的男人,也哭着说:"对不起,是我没替你分担痛苦与压力,没尽到一个妻子应该背负的责任。"

两个人哭成了一团。

何亚娴的手机铃声一次一次地响着,她看看是萧静打来的,不想接,也不想动,因为她知道他今天为什么来找自己。

这时,短信声响起,依旧是萧静发过来的:"带齐你的证件下来,给你20分钟的时间,如果20分钟不见你下来,我直接拖你下来。"

何亚娴把枕头扔到床下,大叫:"萧静,你怎么不去死!"

但是何亚娴又想了想:萧静这种人什么事情干不出来,他说到就会做到,到时候,我这副模样被拖出去那不是丢死人了,好吧,离就离,离了老娘还活不成吗?

她回了个短信:半个小时!老娘要打扮!

萧静便回了个"好",反正只要她乖乖下来,多等十分钟又如何,免得真的大动干戈,拉拉扯扯的事,其实他也做不出来。

何亚娴觉得,自己一定要打扮得漂漂亮亮,让萧静觉得跟自己离婚是件多么错误的事情!

于是她便开始挑衣服,但是穿了脱,脱了再换,似乎都没达到她所期待的效果,但最终还是选择了第一次跟萧静见面时的衣裳,然后化了一个漂亮的妆,走出房间的时候,又觉得这衣服选得不对,干吗要选跟他第一次见面的衣服啊,显得我有多稀罕他似的,于是又返回换了另外一件裙子。

此时的萧静不停地看着表,等得有点不耐烦了,终于何亚娴穿着白衣和短裙下来了。

萧静问:"你证件都带好了吗?"

何亚娴愣了下,然后翻包。"光顾着打扮,连钱包都忘了带了。"

萧静无语了:"钱包没关系,我会送你回来,但是证件一定要带,两个结婚证都在我这儿,户口本身份证都带上,有备无患。"

"那好吧,我再去拿,这么丢脸的事,我也不想去几趟。"

萧静只得再等,真怕错过了民政局的上班时间,何亚娴去父母的房间找户口本,找到后塞进了包里,何太太看到了便问道:"你这是干吗呀小娴。"

"离婚呗。"

"离婚——"何太太瞪大了眼睛,何亚娴也无暇跟她解释,便自顾走了,何太太跑在后面叫:"喂,你真的要去离婚啊?这不是小事啊?"

但是何亚娴随即坐上萧静的车走了,何太太叹了口气:"现在的人啊,婚姻就跟儿戏一样,也好,大家都解脱了,对了,他们一离婚,我家夏栀不是有机会了吗?"

萧静与何亚娴两个人进了民政局,何亚娴便有点后悔了,后悔是因为舍不得,她支支吾吾地说:"萧静——你真的这么讨厌我吗?"

"讨厌谈不上,但是我们真的不适合在一起,而且我们在一起,不仅我们痛苦,连其他人都痛苦,与其这样,放过大家,也是一桩善事,算是积德吧。"

何亚娴恨恨地说:"善事,我又不是十恶不赦的罪人。"

"十恶不赦谈不上,罪人是真的。"

"你——"何亚娴气得往里面走,好吧,与其天天受这个冷血男人的气,不如放自己一条生路,否则迟早会被气死。

两个人终于办好了手续,萧静真是感觉如释重负,无比轻松,这段狗血无比的婚姻终于结束了,两个人走出门口,何亚娴有点楚楚可怜地问:"我们现在不是夫妻了,但还可以是朋友吗?"

萧静愣了一下,但还是点了点头:"至少不会是仇人。"

"那送我回家吧,光想着拿证件,钱包又忘了带。"

萧静无语,拉开车门,作了一个请进的手势。

25
追　爱

关于萧静与何亚娴离婚的事,何木第一时间把这个消息透露给了丁皓哲,是看在他陪自己打了几次游戏的分上。

丁皓哲瞬间感觉自己有危机感了,不行,不能再这样止步不前了,一定要采取行动了。于是第二天,便在网上订了束活动价的香水百合,直送办公室,送花的人速度倒是很快,没多久就送上门了,让夏栀签了单。丁皓哲兴奋地挨过去:"这花可真香啊,漂亮吧?"

夏栀看了他一眼,一脸的郁闷:"这是哪个白痴送的啊,不知道我对花香过敏吗?"

然后拿着花捏着鼻子,走出办公室,把它扔到外面走廊的垃圾桶里。

丁皓哲呆呆地看着夏栀做完这一切,夏栀看他神情有点异常,奇怪地问:"怎么了丁皓哲,这花不会是你送的吧?"

丁皓哲赶紧挥了挥手:"怎么可能啊,我怎么会做出这么傻的事情啊,都什么年代了,还送花,真土啊。"

"就是。"

丁皓哲不敢再说话,回到自己的座位上去,这时候,来了一位穿着制服的工作人员,只见他手上拿着一束超大超美的蓝色花朵进来。"请问,夏栀小姐在吗?"

夏栀呆呆地说:"我是。"

"有人给你送的花,请签收。"

夏栀愣愣地签收完毕,好一会儿才回过神。"哇,这是传说中的蓝色妖姬吗?果真是美啊,这么多,难道有九十九朵?我得找个瓶子插起来。"

这回轮到丁皓哲发愣了:"你不是说对花香过敏的吗?"

"嗯,我只对太香又便宜的花过敏,对名贵的有免疫力,嗯,这花闻着真舒服。"

丁皓哲无力地呻吟:"夏栀啊夏栀,想不到你竟然是这么拜金这么媚俗的人!"

夏栀边把花给插上边瞄了他一眼:"我又不是仙女,干吗要脱俗?难道刚才香死人的百合真是你送的?"

丁皓哲无力地辩解:"不不不,我的品位哪能差到那程度呢。"

"我也觉得嘛,对了,这花到底是谁送的呢?"夏栀寻思着,她看了看丁皓哲,觉得第一束很符合他的品位,而这束花,凭她对他的了解,铁定不是他送的,他是舍不得花大钱买花的,难道是萧静?

一想到萧静,手机的短信便响了:夏栀,我送的花,喜欢吗?告诉你一个好消息,我自由了。

萧静!真的是萧静送的花!夏栀的心脏怦怦地跳了起来,她真怕自己好不容易平静的心又掀起波涛巨浪,萧静真的离婚了?要来追自己了吗?她承认,自己心里还有他,从不曾忘记跟他的一切,可是如果接受了他,自己怎么对得起何总,怎么对得起何亚娴,何木与母亲夹在其中也很难做人吧。

她长长叹了口气,对丁皓哲说:"皓哲,帮我把这束花也扔到外面的垃圾桶吧。"

丁皓哲乐得跳了起来:"好嘞,这种事情我最乐意帮忙了。"

不一会儿,他便回来了,手舞足蹈地说:"唉,花再多的钱,下场还不是一样,我觉得送花还不如送微信红包好,送花嘛,如果人家不收,只得扔了,这几百块就白花了,真是太浪费钱了,浪费是一种可耻的行为。送红包嘛,如果人家不接受,就不点,就算点了,还可以退,收与不收,都不吃亏。你说对吧夏栀。"

夏栀支着脑袋,似乎很认真地想了想,突然跑了出来,没一会儿抱着那束蓝色妖姬回来了。

丁皓哲完全蒙了:"你这是干什么啊?"

夏栀边把花插回瓶子里边说:"我觉得你说得对,浪费是一种可耻的行为。"

丁皓哲张了张嘴巴,完全说不出话来。

其实,夏栀何尝不知道丁皓哲是在追自己,但是她对他就是缺少一种感觉,一种能起电的、心神相投的酥麻感,这种感觉跟萧静能迅速产生,令她投入其中难以自拔,就算是一个眼神,都能令她遐想、怀念。但是跟丁皓哲却不行,就算怎么摩擦,她都觉得无法产生感觉,她想,这就是传说中的爱情吧,看不见摸不着,却实实在在不能违背自己的心愿。

否则会觉得既对不起自己,也对不起别人。

可是,现实,能容许她的爱情吗?

她苦笑着,回到家,饭毕收拾完之后,她决定,躺在沙发上看小说,看那种停不下来的小说,这样就不会想着现实里的一切了,无关乎自己,也便忘了诸多的烦恼。可是,她发现自己选错了类型,为什么男主角就那么像萧静呢,帅气、冷静、果断、霸道,还多金,也许是所有的女孩都有着一样的白马王子梦吧,而她所幸遇到了,但是却成了自己不敢去触及的痛。

为什么,这一生如此多的坎坷,孤独地打拼到现在,终于有点起色了,该实现的都实现了,到了谈恋爱的年纪,自己喜欢的人跟别人结婚了,好不容易等他放弃那段荒唐的婚姻,并决定跟她好好相爱,她却不能接受他的感情。

或者说,不幸的人,想得到的幸福也是比别人要难的吧。

她苦笑着自嘲,拿着书,收回思绪,努力不游离其外。

这时候,门铃响起,她看了看时间,并不晚,便去门口问道:"谁啊?"

透过猫眼,看到真是萧静,她朝思暮想的那张脸,她感觉自己腿都要软了。夏栀,一定要镇静,镇静,再镇静啊,不能一看到他就犯花痴,就算他是自己喜欢的人也要保持矜持!

她如此告诉自己,深吸了一口气,把自己说话的语气调至15摄氏度左右,不太热也不能太冷。"有什么事吗?"

"你先开门吧,我有事对你说。"

夏栀想了想,还是决定开门,说实在的,自从他结过婚之后,他们连一次完整的交谈都没有,虽然白天送了花,她还是不大确定他对自己的想法,他想追自己不会是自己想多了吧。

她缓缓地打开门,这时候,萧静的唇突然堵了上来,炙热却温柔。

夏栀毫无防备,被这一吻惊得束手无策,脑子一片空白,完全反应不过来,等她意识到这是怎么一回事想挣脱时,却被萧静紧紧地抱着,完全不能动弹。她知道拒绝也无济于事,而且他的怀抱那么温暖,那么熟悉,令她想起了在海边的那个清晨,他也是这么紧紧地抱着她。全世界仿佛就属于他们两个人。

而现在,他就站在她的家门口,跟她如此亲吻。

夏栀感觉自己快要化掉了,在他甜蜜的吻中,好久好久,也不知道过了多长时间,也不知道被多少个邻居看见,她感觉自己呼吸都困难了,萧静才放开她。

"让你不接我的电话,不回我的短信,还不想见我!现在知道后果了吧。"

夏栀羞红了脸:"被别人看到多难为情。"

萧静还是抱着她:"我不管,我就是想跟你在一起,就让我任性一回吧。"

夏栀用力推开了他,然后企图把门给关掉,萧静却再一次抱住她,下巴顶着她的脸颊。"现在好了,就我们两个人了,夏栀,我不想再捉迷藏了,不想再听谁的,应该跟谁好,不应该跟谁好,不想再活得那么累了,我爱你,我们在一起吧,我一定会给你我所有的爱,一定会让你幸福,好吗?"

幸福来得太突然,夏栀根本就没有任何思想准备,萧静的任性告白突然之间把她的想法全盘打乱了。

她真的要不顾一切,跟他在一起吗?何总怎么想,何亚娴肯定也会闹,除非她要放弃跟果莱公司的合作,她好不容易过上了正常的朝九晚五的生活,好不容易过着高层白领的风光日子,才多久,就要放弃吗?而且,合同也是有期限的,违了约,自己能还上这笔巨债吗?而这一切,她又怎么告诉萧静。

而萧静刚离婚,他不可能马上跟自己结婚,不可能马上给自己一个永久的承诺,而且承诺又有什么用,只要没结婚,一切都是变数,结婚了都能离,况且还没结婚。

"你会跟我结婚吗?"

夏梔还是问了这一句,因为她想知道萧静对自己明确的态度,如果只是恋爱,她真的要好好衡量。

"结婚?"萧静愣了一下,因为他真没有想过这个问题,因为他刚刚脱离苦海,怎么可能会马上又进去,况且,他跟夏梔现在就算是能继续,也是刚刚开始,不可能会那么快就走到那条道上。

"夏梔,你知道,我今天才离婚,如果刚离了就跟你结婚,别人怎么想,肯定认为我在婚内便出轨。而且那些想象力丰富的,还会以为上次何亚娴的那个事件,是我曝光出来的,不过是因为自己出了轨想甩了她搞出了这么一出戏。现在的网络,人多口杂,我不想别人抹黑我,毕竟公司马上就要上市,而我现在也是风口浪尖上的人物,目前不想惹是非,等稳定了再说。"

男人考虑的事情就是这么周到,他第一个考虑的首先是自己的事业。夏梔感到有点悲哀,而女人,难道就应该为了虚无缥缈的爱情牺牲自己的事业吗?为什么就不应该是男人牺牲?

"萧静,你容我考虑下,我们到底要不要在一起,我们之间的感情,并不

爱如夏花

是说在一起就能在一起那么简单,这其中牵扯的关系太多了,我不想因为我们而让其他的人受到伤害。"

"难道就要为了他们的感受而牺牲我们的感情吗?夏栀,你以前骂我懦弱,你骂得对,现在我终于可以挺直腰板不顾一切跟自己喜欢的人在一起了,请你别退缩了好吗?"

夏栀看着他,却沉默了,他怎么会明白自己的感受与处境呢。是的,他永远不会明白,自己是怎么艰难地一步一步走到今天的,没有人给自己铺路,也没有人告诉自己,你可以走多久。

"萧静,请你给我考虑的时间。"

"对了,你好像在何望德的公司里上班吧,只要你愿意,你来我们公司吧,电商那一块可以由你来负责,你这一方面在行,我也正需要你这样的人才。"

萧静想得倒是周到,可是,为了能跟萧静在一起,她真的能撇开果莱公司,撇开何家,进入萧氏集团,跟萧静恋爱,并跟他合作吗?

夏栀心里是万分纠结,她真不知道该如何面对这突如其来的爱情会带来的翻天覆地的巨变,如果进了萧氏集团,她是不是就成了萧静的附属物,而失去了实质性的发展空间?

说实在的,她真的难以割舍对舒棉品牌的感情,毕竟这是她花了几年时间辛辛苦苦创下的品牌,她熟悉内衣业与服装业,对萧氏所主营的家电行业却是非常外行,而且她根本就没有把握把一个她所不熟悉的产业做好,虽然电商的本质,并没有太多的区别。

萧静看着她,看出她内心的纠结,缓缓地说:"我不强迫你,我会给你时间考虑的,但是我希望,这一次,我们都不要再退缩了。对了,还有件事,公司将于后天正式在主板上市,后天晚上会有个庆贺晚宴,因为我跟何亚娴已正式离婚了,目前缺少女伴,所以你一定要来,我想——"他放低声音,深邃的眼睛看着夏栀。"你一定不会让我失望的吧,后天晚上七点准时,我来接你。"

说着,他在夏栀的脸蛋上亲了一下,便转身离去。

当他完全消失时,夏栀木木地关上门,还没从刚才的状态里清醒过来。

刚才这一切是梦吗,一定是的,梦里才会那么猝不及防地按着最完美的剧情发展,而且他那么霸道地亲了我,并霸道地主宰我的命运,我是言情小说看多了才做了这样的梦吧。

夏栀摸了摸自己的唇,那种炙热的余温还在,这不是梦,这是真实的!

不管怎么样,先参加完庆祝酒会再说吧,其他的要求她还需考虑,但是这个并不过分的要求,她拒绝不了。

而现在,她所面对的是,选一件什么样的衣裳去参加酒会比较好,好吧,这确实是件令人头疼的事。

丁皓哲得知夏栀与萧静两个人和好后,郁闷得无处发泄,心想:凭什么啊,为什么人家送的东西就是宝贝了,我连垫底的也算不上?只配装垃圾桶?还去参加什么酒会,这不明摆着你接受了萧静要跟他在一起吗?夏栀啊夏栀,为什么我平时对你的好你都视而不见,萧静一出现,你马上连最起码的原则与矜持都没有了!你太让我失望了!你对我当初的爱护哪里去了,为了不让我受到伤害,受了那么多的委屈。

为什么现在受委屈的只是我?

丁皓哲越来越郁闷,行了,不要生闷气了,自己抢不过别人还能怎么样,赚钱吧,钱赚得越多就越有底气。

于是他开了网约车软件,准备接单,自从买了车之后,他觉得最大的好处便是还可以赚赚外快,不用把无聊的时间耗在游戏上了。现在这个时代,只要你够勤快,都饿不死。

爱如夏花

今天他也不想跑很远的地方，便只接市内的单，很快就有单子了，他到了约定的地方，上来一女孩，瞄了一眼，感觉这女孩身材真棒并挺眼熟啊，再瞄一眼，噢天哪，这不是何果果吗？他看了看行程，是去迪娜酒吧，那是靠艳舞表演出名的酒吧。

"你是去那里上班？"

"是啊，讨生活啊不容易，你是——丁皓哲？"

何果果终于认出了丁皓哲，手把在车门上，一副准备跳车走人的姿势。丁皓哲扫了一眼，觉得好笑："行了，你别紧张，你骗我爸的那点钱，就当我献爱心，不过是我半个月的工资而已，就当白干半个月的活，我给我爸买了一家店面了，所以，这事就算是过了。"

何果果尴尬地笑笑，但是也淡定多了，她看了看这个车。"这车好像挺不错的，不少钱吧？"

"弄好也就二十来万吧，便宜着呢。"丁皓哲也没想到自己说话的口气变得如此显摆，不过在何果果面前，他觉得他必须显摆，才能解自己的心头恨。

"哇，丁皓哲，真看不出来，你是怎么发财的，这钱哪里来的呀？我们分手——也不久嘛，怎么一下子发了呀。"

"这钱嘛，是靠脑子赚的，我这个人赚钱是有原则的，不卖身，只卖脑嘿嘿。"

这话含沙射影的，但是何果果完全不介意，把屁股挪到他的后座，娇滴滴地说："皓哲——"

听得丁皓哲鸡皮疙瘩都出来了。"干吗？"

"我们——还能回去吗？"

"可以啊，不去那个什么什么酒吧了吗？不过回去要加钱，导航说了算。"

果果一时无语,停顿了一会儿。"哲哲——要不我们去宾馆?我愿意为您服务……"

"好啊,哪个宾馆,都快到了,如果再绕回去的话还是要加钱的,这个是软件自动计费的,你是这单结了再重新下单呢,还是直接改变路线?"

"你——"

这时,车子在酒吧门口停下,何果果气得"砰"的一声关上了车门,丁皓哲探出窗口,冲她喊:"记得给我好评噢,下次记得再选我的车啊!非常完美的服务么么哒!"

何果果回头"哼"了一声便进了酒吧,丁皓哲过了一把嘴瘾,心情好多了,做好了单子,便在路上转着圈,寻思着是要继续接单,还是回家睡大觉。

这时又想起了夏栀,这会儿,夏栀应该去参加那个恶心的酒会了,跟那个刚离了婚的男人搂搂抱抱地在恰恰恰吧。

越想着内心越纠结越是不甘心,不自觉便把车子开到维多利亚酒店的停车场,在车子里还是继续寻思着自己要不要去凑下热闹,但是没有邀请函,保安不让进的吧。不让进的话,那可是很丢脸的事。

要不,在这里等夏栀出来吧,不能让萧静那混蛋带她回家。

这时候,新进来一辆香槟色的BMW,停好后,出来盛装的一男一女,女的一下车便往包里摸了手机出来,边打电话边走,一张红色的纸从包里掉了出来却浑然不知,看着他们走远,丁皓哲悄悄跑过去,把那张纸给捡了起来。"好家伙,这不正是萧氏集团的酒会邀请票吗?真是天助我也,嘿嘿,我就要去当灯泡!"

丁皓哲重新回到了车上,捏着这张纸,还是有一点犹豫,因为除了夏栀,他一个人都不认识啊,夏栀有萧静,才懒得理他,进去只能被甩角落喝闷酒的份,蹭些糕点填填肚皮,仅此而已。

一想到这里,又有点气馁,提不起劲,把票随手放在了车窗前,发起了呆。

　　这时，又一辆车子开过来，停在他不远处的停车位里，丁皓哲无意中瞟了一眼，却吓了一跳，只见里面的男人拿着把闪闪发亮的匕首，迅速塞进了自己的包里，然后向四周扫视了一眼，丁皓哲赶紧伏下了身，幸好自己车窗贴着遮光膜，地下室又比较暗，不认真看，看不到车里的情况。这时，男子打开车门，从车里下来，手里也拿着一张票。

　　看样子，这男的也是去参加酒会的啊，但是，却带着武器上酒会？

　　谁会在包里藏着一把匕首参加酒会？除非他想干坏事吧。

　　丁皓哲越想越觉得这事情不对，本来他不想多管闲事，但是一想到夏栀也在里面，万一伤到她怎么办？

　　一想到这里，他便坐不住了，拿了票冲了出去。

26
又一次受伤

　　此时的夏栀穿着一件白色的及地纱质长裙，优雅无比。

　　正当她操心穿什么样的衣服参加晚会的时候，萧静让快递直送上门，夏梔真想不到,这尺寸像是定做的一样,而且恰好突出了她冰清玉洁般的气质,正当她纳闷的时候,萧静的微信发了过来:衣服收到了吧,合身吧,哈哈,那天抱你的时候,我顺便留意了你的尺寸。原来如此,想不到这家伙想得挺周到的,这倒真是令夏梔有点意外。

今天的夏梔香肩半露,头发高挽,走路时凌波微步,经过一番打扮之后,夏梔其实并不输于何亚娴,只是两个人的风格不同,何亚娴属于性感妩媚型,而夏梔却是人淡如菊,清新可人。

萧静看着她,怎么都看不够,酒会上跟谁应酬都带着她。"你知道吗?今天,你是最美丽的公主。"

夏梔调皮一笑:"难道不是灰姑娘?"

"只要是我的就行,不管你是灰姑娘还是公主。"

他带着夏梔见过萧明清与萧太太,两老只是微微点点头,既不热情也不排斥,在他们的心里,已经受够何亚娴带给他们的惊吓,所以只要不是何亚娴在这里出现,对他们来说,都无所谓。

萧南与米娜今天也在场,米娜打扮得很漂亮,一身粉红装,满满的少女感,她拉着夏梔左看右看。"哇,夏梔,平时看你没怎么打扮,一打扮想不到跟仙女一样,而且最重要的是还有王子给宠着。"

她瞄了一眼萧静,萧南一把拉过米娜。"去,难道就阿静是王子,我就不是了啊,你也有我宠着啊。"

萧南跟米娜这两个人,看来进展得不错啊,夏梔想到,如果能跟米娜成为妯娌,倒也是一件非常不错的事啊,她现在甚至对她与萧静的未来有所遐想了,如果他们能在一起,自己是不是真的会幸福?可是,她想要的是婚姻,实实在在的婚姻,萧静他又给不起。

这时,一个打扮得花枝招展的四十多岁的女人挽着她丈夫模样的男人过来。"哟,萧总,恭喜大集团上市,两个公子都在呀,这姑娘是谁呀萧总,何小姐都不会吃醋的嘛。"

萧南接口说:"他们不是离婚了嘛,夫人都没关注点八卦啊花边消息的?"

男人打着哈哈:"不好意思,最近我们太忙了,刚旅游回来,都没关注这些消息,想不到变化这么大。"

女人也附和:"现在的年轻人啊,高兴就好高兴就好,哟,赵太太也在那边,我们去打个招呼,你们忙。"

说着她便拉着男人走了,夏栀有点尴尬,其实这次过来,大家都用一种奇怪的目光似笑非笑地看着她,都在猜测她的身份,估计都在想,这么快就有候选人了,估计早就备着了吧。也是,才离婚没两天,就带着另外一个女人出席这么重要的场合,换谁都会这么想的。

夏栀就处于这么一种尴尬的境地,如果不是萧南米娜在场,还有萧静始终不离左右,大家都看在萧静的面子上不会当面说她什么,她真的不想在这里待下去。

那女人跟另外的女人围成一团,她们时不时往这边看并议论着什么,毫无疑问,夏栀与萧静之间的事成了讨论的重点。

萧静把夏栀的小脑袋转回来:"别管这些八婆,不必去理会,她们搓麻将搓腻了,一点消息都会激起她们唠嗑的兴趣,如果活在她们的口水里,早就被她们给淹死了。"

夏栀点了点头,其实她有点后悔今天或许不应该来。萧静太急了,这对他并没有好处,如果再过一段时间,可能别人也会自然而然地接受。这事总有个过程,没有个过程,一切都显得那么突兀,而夏栀恰恰就是突兀在风口浪尖之上,令她有一种高处不胜寒的感觉。

或者,幸福的感觉往往是抓不住的烟火,看上去很美,却不能任性纵容。

这时候舞曲开始,萧静邀请夏栀一起跳舞,这是他们第一次跳舞,刚开始有点生疏,磨合一会儿后,默契度渐渐地高了起来。这一切,仍然令夏栀想起灰姑娘的故事,甚至更像《爱丽丝梦游仙境》,这一切如梦境般的虚无缥缈,令她感觉这仿佛是最后的美梦,当梦境醒来,一切烟消云散,不复存在。

或者是这一曲终了,所有的人与物就如烟云般消散了。

夏栀闭上眼睛,真希望这一支舞永不结束,那么她就可以任性地搂着萧静,一次又一次在优美的旋律中变成翩跹相戏的蝴蝶。

她感觉萧静的脸靠得越来越近,近得令她迷醉,她微微张开眼,却看到一道闪闪的亮光往萧静身上扎去,她根本无暇去想,也不知道哪来的力气,用力把萧静甩到一边,用自己的身体迎了上去,丁皓哲撕心裂肺的声音在背后响起。

"夏栀小心——"

接着丁皓哲跟那个男人扭打在一起,保安跑了过来,一切都乱了。

而萧静根本就没反应过来是怎么回事,便看到夏栀后背插着一把匕首,血慢慢地从她的后背渗了出来。

他大吼道:"夏栀——快,送医院!"

这时,所有人的脸与表情,还有声音都在夏栀的面前变得虚无而模糊,不是应该要梦醒吗?为什么那么想睡……

夏栀做了一个漫长的梦,梦到自己跟一帮人在原始森林里走啊走,但是旁边的人却都不见了,也不知道他们去了哪里,又仿佛他们压根就没有出现过,她回过头,发现树丛里有一只老虎在盯着她,她不知道应该是跑,还是该镇定地走,因为她知道,她根本就跑不过一只老虎,于是假装镇定地走,并不清楚自己应该去哪里,只希望离这只老虎越远越好,但是老虎却一直不紧不慢地跟在身后,她快,它也快,她慢,它也慢,她急了,怎么样才能

爱如夏花

甩掉它,这时脚下被一些杂草一绊摔倒了,而那只老虎趁机张开大口扑了上来……

夏栀从疼痛中醒来,发现自己是趴着的,怎么都起不来,背部那个疼,想翻个身,却被制止了。"乖,别动。"

抬头,是萧静温柔又略带疼惜的脸,自己这是从漫长的睡梦中苏醒了吗?

这时,另一个声音响起,是丁皓哲,他把萧静推开。"你这害人精能不能离夏栀远一点啊,每次碰到你,她都没有好结果,你们命中相克你知道吗?她因为你受了多少次伤,挨了几次打,这次,她差点连命都丢了,萧静,求求你了,你放过夏栀吧。"

这时,一阵沉默,然后是萧静的声音:"好吧,那麻烦你照顾她,夏栀,谢谢你为我做的一切。"

说着,萧静便出了病房,走出病房的时候,他深深地看了夏栀一眼,夏栀也正看着他,他多么希望此刻躺在病床上的人是他,而不是这个傻丫头,可是想象跟现实成了两条平行线,不能交叉,他也无能为力。

他回想起自己跟夏栀的第一次相遇,也刚好让她受了伤,接着被何亚娴误会,打过一次,到现在夏栀的重伤,正如医生说的,就差那么两厘米,就伤至肺部了。

或许,正如丁皓哲所说,他们命里相克,终不能平安地在一起。

如果是这样,他真的打算放手吗,为了夏栀而放手。

他的心无比疼痛,他们好不容易能在一起,为什么又遭此磨难,难道命里注定,他们真不该在一起吗?

出了医院,风有点大,夹杂着丝丝的细雨,飘在脸上,凉凉的。灰蒙蒙的天,大团的云朵被风拉扯着走,仿佛急急地要躲避着什么。

夏天要过去了吗?

萧静无比忧伤地想。

他现在就是想要问那个混蛋，他原谅了他多少次，为什么他还是那么执迷不悔，为什么要伤害夏栀！

探望室里，丁莫伟看着他，目光涣散，双唇紧抿，然后低下了头。

萧静真想把这个人渣拖出来狂扁一顿，一定揍得他鼻青脸肿，头破血流方能解心头之恨。

"为什么，我多次饶恕了你，你还是紧咬着不放，我萧静并没有对不起你什么，也没做过对不起你的任何事！如果说伤害，应该找我父亲算账才是，还有，你姐就没有错吗，明知我父亲有老婆，还有两个孩子，为何还在执迷不悔，一心想拆散我们的家庭，并以死相逼，让我们一家人背负了这么多年的心理负担，为什么你就不能放过我们！你就掉进仇恨的坑里不能自拔，又伤害了无辜！"萧静晃着栏栅，对丁莫伟吼道，双眼像愤怒的狮子。

丁莫伟没有接话，许久才开口道："我并没想伤害她，是她为了保护你……"他看着萧静。"你知道，我昨天为什么这么冲动吗？"

萧静哪里知道，不语。

"柔柔走了，留下一封信就走了……"这时，他突然瞪大眼睛，声音变大，"你知道她为什么走吗？因为她怕我，怕我哪天会控制不了自己的情绪，打她骂她伤害她。她觉得我是个可怕的人！她不想心惊胆战地跟我这个有狂躁症的人生活在一起！她却不知道，我之所以努力地生活，是为了让我姐安息！让那些使她失去生命的人活得不再舒畅，我的小侄子还没来得及看这世界一眼，就没有了，而你呢，作为他同父异母的哥哥，却活得那么如鱼得水，我不甘心。那时候，我为了接近你，跟你上同一所大学，默默关注你所喜欢的女人，在她失落伤心的时候，我及时去安慰她，关爱她，这过程很漫长，但是我愿意等，终于等到她跟你分手，并成功得到了她的心，她的人,但是现在才发现,她根本就不爱我……"

说着,他便哭了。"什么愿意跟我分担痛苦,什么心疼我,都是假的,觉得我是个心态不正常的人才是真的,我为什么会变这样,还不是你们害的! 她喜欢的还是你! 而不是我! 萧静,是你毁了我的一切! 所以,我要你死!"丁莫伟又一次吼道。

"你听着,丁莫伟,毁掉你生活的人,是你自己! 是你的心魔! 不是别人! 你放不下你的恨,所以你不会快乐,也不能让你身边的人快乐,你连自己都不爱,有什么资格要求别人来爱你!"

丁莫伟颓然地低下了头,萧静愤然离去。

夏栀趴在床上,无力地呻吟:"为什么受伤的总是我——唉,萧静没受伤就好了。那个凶手抓到了吗? 你的手?"

夏栀这才发现丁皓哲的手缠着绷带,丁皓哲点了点头。"我没事,就划破了点皮而已,那凶手是萧静的商业对手,就是上次策划何亚娴丑闻的人,必须要让他关上几年!"

他的手纵然受伤了,还是给夏栀削苹果,把削好并切成小块的苹果用牙签戳好递给夏栀吃,夏栀不能转身,很痛苦,只能靠喂。她吃了一小口看着丁皓哲,心里有点歉意,想不到每次生病受伤陪在自己身边的人都是他,还害他也受了牵连。

或者,也只有他始终对自己不离不弃。

"丁皓哲——真的谢谢你。"

"怎么说咱们还是朋友与同事嘛,况且你还是我的上司,我不照顾你,谁来照顾你。"

夏栀想起了工作上的事情。"我可能这段时间上不了班了,很多事情都由你来处理,得辛苦一段日子了。"

"没事,就是这边你还需要人来照顾,要不,我让我爸来照顾你几天。"

"不不不,你哪能让你爸来照顾我,我跟你又没什么——你帮我找个护工就行。"

这时候,何太太与何木提着一篮水果与鲜花进来了,何太太一进房间就皱了皱眉头,因为除了夏栀之外,还有另外两个床位,每个病人都有几个家属在旁边慰问着。

"这么多人,怎么睡觉啊,何木,你去找赵主任,让他挪也要挪一个单人间的病房出来。"

"好好,我马上去。"何木放下水果,便去找人了。

何太太看着趴在床上,后背包扎得严严实实的夏栀,眼泪都掉出来了。"这是哪个混蛋干的,我的夏栀一生跟人无怨,小时候就特别善良,怎么会遭这样的罪……"说着,便哽咽了。

其实在心里,夏栀已经原谅了她,她那时远嫁海外,也没办法关照自己,现在能回来,总是想着帮自己,怎么说,她也算是在弥补对自己缺失的爱。

夏栀一时也不知道说什么。"小伤而已,医生说了,没伤及肺部。"

"呸,伤了胸肺那还了得,都伤成这样了,大热天的,伤口又难养。夏栀啊,我知道我的话你会听不进去,但是我还是要说,还是找个让你安心的男人吧,我知道你喜欢萧静,但是你跟他在一起,总是受伤——"

这时丁皓哲接过了她的话,涎着脸皮说:"何阿姨说得太对了,女人就要找个实实在在的,无论发生什么事情都会在她身边护着她的男人,比如我这样的,嘻嘻。"

何太太看了他一眼。"小丁确实是个不错的小伙子,就是嘴皮子滑了点,夏栀,你好好考虑一下。"

得到了未来丈母娘的赏识,丁皓哲更得意了,而且何木也是站在他这边的,至少搞定她的家人然后再围剿主力说不定事半功倍,而萧静呢,没人

爱如夏花

看好他,嘿嘿。

丁皓哲便非常殷勤地为心目中的丈母娘服务,又是递水果,又是泡茶,何太太想了想。"昨天到现在一直是你照顾夏栀?"

丁皓哲点了点头说:"这没什么,唉,是我不好,没能好好保护夏栀。"

何太太说道:"小丁,你看上去也够累的了,先回去歇歇吧,这边有我跟何木呢,明天周一你就安心去上班吧,夏栀这边我会照料她的。"

从昨晚一直到现在,丁皓哲都没好好睡过,眼圈都变黑了,眼睛里满是红血丝,夏栀做完了手术就睡着了,而丁皓哲与萧静都守在旁边,两个人就在床边打了一会儿盹,谁都没好好睡过。

萧静走了,而他撑到现在,这会儿感觉有点头重脚轻了,伤口也隐隐作痛,实在有点吃不消了。"那好吧,阿姨你要辛苦了,我先回去休息。有空了再来。"

何太太看着他的背影。"真是个不错的小伙,夏栀,你还不知道,若不是他的帮忙,可能你依旧对我成见很深,女人还是需要个踏实点的男人来依靠,而且你们又是工作上的搭档,好了好了,我也不多说了,说多了,你会觉得我烦。萧静这个人各方面的条件是好,但是家大业大,需要他操心的事多,不可能有很多的时间来陪你,况且何亚娴也是我的女儿,她跟老何要是知道你们在一起,真的是要不得安宁了,呀,我怎么又说上了,不说这个了,饿了吧,你想吃什么,我让司机去给你买……"

其实何太太所说的,夏栀都明白,如果他们在一起,母亲跟何木也很为难,或者她真的需要好好考虑她跟萧静之间的关系了。还没正式跟他在一起,这其中就发生了这么多的事,似乎所有的人都不看好他们之间的感情,上一辈往往比我们看得远,看得清,虽然当时感觉他们说的话不够中听,但之后,却往往应验了他们所给出意见的正确性。

这时,何木来了。"碰到赵主任了,他说下午会有个单间病房的病人出院,一出院就通知我们搬过去,姐,你怎么样?"

"没什么,挺好的,又可以躺着吃吃睡睡了。"

其实,夏栀想着也好,利用住院的这段时间,来理清她与萧静的关系,并冷处理他们之间的感情,也许反而是一件好事。人世间最大的抉择,有时候是在于你是选择长痛,还是选择短痛。

如果说,这真的是一种痛。

27
抉　择

萧静回到家,筋疲力尽,瘫在沙发上,什么都不想动。

萧太太想问那个受伤女孩的情况,就是夏栀。"那女孩现在怎么样,唉,会不会是何亚娴雇人干的?"

萧静有气无力地摇了摇头:"跟她没有关系,目前没生命危险了,我去房间了。"

他这会儿实在不想说话,便上了楼,萧太太想说,你还没有吃呢,但是看看他这么憔悴,可能最需要的是睡眠,叹了口气,便也由着他了。

爱如夏花

萧静躺在床上,想着昨晚发生的一切,再想着丁皓哲的话,或者真如丁皓哲说的那样,他跟夏栀命里相克,终不能在一起,如果一次次受伤的是自己多好,却偏偏是夏栀,令他怎么能面对这样的感情。

原以为他终于摆脱掉情感懦夫这称号,可以不违背自己的心愿不顾一切轰轰烈烈地去爱,去追逐了。生命如此之短,前半辈子他都循规蹈矩,在父母的安排之下,学习,工作,甚至结婚,而现在他以为自己终于能冲出枷锁,至少可以在自己的情感生活中任性一次,却为什么,给最心爱的女子带来了可怕的伤害,差点令她付出了生命的代价。

他起身,去卫生间冲了个澡,洗去身上昨天酒会上遗留的烟酒味与香水味,还有跑医院时淌的一身汗,洗完之后打开一瓶红酒狠狠地灌了半瓶,然后躺在床上沉沉地睡去。

也不知道过了多久,仿佛是一个世纪那么漫长,手机的音乐铃声坚持不懈地响着,把萧静给吵醒,他皱了皱眉头,看看天色,已经黑了,再看看手机,是个陌生号码,想了想,还是接了起来。

对方却是一个既熟悉又有点陌生的女人。"萧静吗?我是柔柔。"

柔柔?萧静有点意外,真不知道她打电话给自己干什么,丁莫伟不是说她已经离家出走了吗?若不是她这一出走,丁莫伟也不会这么冲动,伤害了夏栀。

萧静语气里透着无限的厌恶。"找我什么事?"

"真的对不起萧静,我们——能不能谈谈——我是说丁莫伟的事。"

萧静本想拒绝,但看看时间,肚子都饿得咕咕叫了,今天一整天没吃过东西了,顺便出去吃点东西也好。

于是便答应了。

萧静进了一家比较安静的餐厅包厢,点了一堆吃的,实在是太饿了。

边吃着边等柔柔,倒也没等多久,柔柔一脸憔悴地过来了,素颜,头发随意往脑后一扎,倒令萧静想起他们刚在一起的时候,柔柔就是这么一个简简单单的女孩,但是除了脸色比以前黯然之外,眼神里分明多了忧虑与不安。

而现在改变的不仅仅是她吧,时光流转,物是人非。

萧静现在看着这个曾经令他痛苦的女孩,倒是心如止水。

柔柔未说话,眼泪先流了出来。"萧静,对不起——我替丁莫伟向你道歉,没想到他会做出这么极端的事情。"

萧静看着她,想起了之前她对自己的背叛,而她现在对丁莫伟也是选择了放弃,现在他觉得,他跟柔柔真是同一类人,都是自私又怕事的懦夫,眼里只有自己,不懂得为对方付出。

"你为什么离开他?"

"我怕——对于一个在仇恨中成长的人,他的性格已经扭曲,我细细地回忆他跟我的所有时光,真的是越来越怀疑他跟我的婚姻都不过是一种阴谋,其实走了之后我又后悔了,我知道他是个很可怜的人,在他最需要我的时候,我却选择了逃避,选择了对他的放弃,昨晚在宾馆里,我一直没睡着,一直思考着这个问题,我是不是真的应该选择放弃,还是勇敢面对,其实我只是想安静地思考一下我跟他之间的未来,想不到一下子会刺激到他,做出了这样的事……"

萧静真的是无语了,也有点理解柔柔的想法,确实看表面,丁莫伟还算是个不错的人,但是了解到他这几年所做的一切龌龊事,确实很令人不齿,没人接受自己的爱人是一个人格不健全的人,从了解到接受,是一个非常艰难的过程,而柔柔正处于这样的一个过程之中,而之前,她对于他根本就是一无所知。

所以,短时间内难以接受,也在情理之中。

"给你打电话之前,我去看过丁莫伟,他其实心地不坏,经常带礼品去孤儿院看孩子们,也经常给他们捐款,只是父母与姐姐的死带给他太大的伤害,他把上天对他的所有不公都发泄在你们一家人身上,蒙蔽了心智,所以才一次次做出过激的事。而我也有过错,明知这种情况,却没有好好给他做心理上的疏导,也没有带他去看医生,却选择了暂时的逃避。我告诉他了,无论他判多少年,我会一直等着他,关于那个女孩,请你代表我们向她道歉,希望她能谅解,这是我们给她的赔偿款,请你代她收下。"

柔柔从包里拿出一张支票,放在桌子上,站起身,向萧静深深鞠了一躬,然后走了。

萧静感慨的是,柔柔终于成熟了,懂得去分担去面对一切的磨难了。但是,在心底里,他还是希望柔柔离开丁莫伟,因为如果以后丁莫伟依旧改不了他内心的阴暗,她会过得很苦,会毁了她。

他长长地叹了口气,拿起手机,想给夏栀打电话,但是按了无数遍终究还是没有拨出去,好吧,让米娜转交给她吧,于是收好支票起身离开。

28
相爱不如怀念

夏栀趴在病床上,现在她觉得自己是个幸福的人,自从换了单人房之后,真的舒服多了,不怕别人打搅了,母亲跟弟弟轮流来照顾她,还有丁皓哲,一有空就带夏栀喜欢吃的东西跑过来,怕她闷,给她带了一堆书,讲一堆的笑话。

但是夏栀的心里总是觉得空落落的,为什么这么多天了,萧静都不来看她,甚至连一个电话都没有。

他又一次打算放弃跟自己的感情吗?还是所有的甜言蜜语不过是随口说说,自由了之后,想找一个人替补一下缺失的空间而已。跟爱,没有任何关系。

夏栀发狠地想,如果在出院之前,萧静都不曾来看她,那么她就跟丁皓哲结婚。

赌气也好,不赌气也好,有时候,赌气不一定就是一件坏事,可能是阴差阳错就撞到了幸福,至少丁皓哲现在的表现令她欣慰,而母亲与何木都已把他当成一家人了。

她数着日子一天一天地过,在一阵初秋的雨后,天气蓦地转凉,季候的转变不过是一日之隔,爱情的变迁也不过是一念之间。

如果我们之间还有奇迹,萧静,我在有限的日子里等你。

夏栀并不知道,在萧静痛苦挣扎时,何太太找过他谈了一次话。

她甚至跪于萧静面前,求他放过夏栀,夏栀是她唯一的亲生女儿,她不想再担惊受怕,不想女儿再有任何的闪失,他已经令她的继女受到很深的情感伤害了,又令她的亲生女儿差一点连命都丢了,何苦再继续伤害于她。

放手,才是对她最大的爱。

这是何太太对萧静说的最后一句话。

萧静默然,他没有任何反驳的余地。

何太太走了之后,他把自己关在房间里,喝了一杯又一杯,喝得烂醉如泥,萧南看着他这样,却无能为力,只能等时间冲淡一切,就如时间冲淡了自己当初对何亚娴的感情一样。

幸好,因为何亚娴的绝情反而收获了与米娜的爱情,失失得得之间,令萧南更加珍惜这份来之不易的感情。

既然一切过去了,就不必再纠结,萧南这么想的。在前几天,他收到了澳大利亚阿奇博尔德奖的获奖通知,这个奖虽然姗姗来迟,他也没有多大的惊喜,但是还是有意义的。萧氏集团对他来说,一个家电企业,终究不是自己擅长并喜欢的,他知道到现在,他都没能帮上萧静什么忙,只能做一些杂活,而做这些杂活,他觉得是在消磨自己的生命。

所以他跟米娜商量之后,他俩决定开一个画室,教孩子们画画,他喜欢跟孩子待在一起,因为孩子们的想象力是无限的,他们画中的世界往往比成人的世界更富感染力,更加不拘于现实,他喜欢并欣赏这种没受到任何污染,纯真又充满奇异梦想的生动世界,这也是毕加索所说的向孩子学习的原因。

萧静同意了他退出公司的请求,但是还是给了他部分股份,毕竟这公司也是父亲的心血,两个儿子都有权分享。

而萧明清知道丁莫伟的事后,大病了一场,然后执意退休,不再参加公司的事务,由萧静全权打理,再加上萧南的退出,萧静身上的担子变得更重了。

也好,有时候,忙碌会让人暂时忘却很多东西。

何亚娴在离婚之后,情绪一直很低落,细想着这一切,确实自己也犯下太多的过错,她想了好几天,拿起了她的大提琴,一次又一次地拉着,最终决定,继续出国深造,给自己一次脱胎换骨的机会,也跟过去作一次彻底的道别。

她走的时候,小豪送她去机场,小豪不停地问她:"亚娴姐,你几时才会回来,回来一定要找我,我会等你的。"

何亚娴想说,你等我什么,但是没有说出口,她苦笑道:"好好保重,找一个喜欢的女孩谈一场恋爱吧。"

小豪却说:"亚娴姐,我等你两年,我会跟你保持联系的,你受的苦我都懂。"

何亚娴不再言语,她无论如何都想不到,在自己最落魄最低谷的时候,当自己跟过去做一个彻底的了断时,对自己最诚恳的却是这个误打误撞,萍水相逢,仅几面之缘的男孩。

坐在飞机上,窗外是茫茫的一层白色云朵,如厚重又柔软的棉花,又如长着无数白色触须的海洋生物,看上去如人生般虚幻。

爱如夏花

在住院的这段时间,夏栀一直在等,等那个人,哪怕是他能在窗口掠过,哪怕只是一个淡淡的短信问候。

但是,她失望了,在她出院的那一天,下起了雨。她在等,等到萧静能过来看她一眼,然后急匆匆地辩解,这段时间真的太忙没能来看你对不起,那么之前的冷落她都可以忽略不计,都可以无原则地原谅。但是,却没有。

她恋恋不舍地三步一回头,后背的伤口依旧隐隐作痛,眼泪如潮水般汹涌,恰如这秋天的雨,冰凉而透彻。

末了,她擦干了眼泪,终于明白,有的爱恰如夏花,最美也美不过一季。也最终明白,有的人,再怎么等也无用。

她看着丁皓哲,似是而非地说:"皓哲,你愿意跟我结婚吗?"

丁皓哲愣了一下,但是,随之点了点头:"愿意,不管你以什么样的心态,我都愿意。就如第一次见面时你对我的坚持那样。"

那一刻,她再次泪如泉涌。

(完)